몽월 新무협 판타지 소설
FANTASTIC ORIENTAL HEROES

대법왕 5

몽월 新무협 판타지 소설

초판 1쇄 찍은 날 § 2008년 10월 29일
초판 1쇄 펴낸 날 § 2008년 10월 31일

지은이 § 몽월
펴낸이 § 서경석

편집장 § 문혜영
편집 § 정서진 · 유경화 · 최하나

펴낸곳 § 도서출판 청어람
등록번호 § 제1081-1-89호
등록일자 § 1999. 5. 31
어람번호 § 제2-1611호

주소 § 경기도 부천시 원미구 심곡동 163-2 서경B/D 3F (우) 420-010
전화 § 032-656-4452 팩스 § 032-656-4453
http://www.chungeoram.com
E-mail § eoram99@chollian.net

ⓒ 몽월, 2008

ISBN 978-89-251-1531-3 04810
ISBN 978-89-251-1420-0 (세트)

※ 파본은 구입하신 서점에서 교환하여 드립니다.
※ 저자와 협의하여 인지를 붙이지 않습니다.
※ 이 책은 도서출판 청어람과 저작자의 계약에 의해 출판된 것이므로,
   무단 전재 및 유포 · 공유를 금합니다.

몽월
新무협 판타지 소설

대법왕
大法王

6

백아절현(伯牙絶絃)

1장 황산	7
2장 늑대의 죽음	41
3장 사(死), 귀거래	73
4장 욕망지종(慾望之終)	105
5장 모정	143
6장 역천의 겁	171
7장 지옥의 추적	209
8장 천뇌(千腦) 몰(沒)	247
9장 형제 조우	281

第一章
황산

大 대法 법 왕 王

황산은 아름답다. 온갖 모양을 한 기암괴석과 바닷물보다 짙푸른 송림과 안개가 자욱한 황산은 가히 신선의 산이라고 하기에 조금도 부족하지 않았다.

이른 아침부터 황산은 시끄러웠다.

한 노인이 웃통을 벗어젖힌 채 부채를 들고 무예를 수련하고 있었다. 부채에서 나오는 바람도 위력적이지만 내지르는 기합은 황산을 뒤흔들 만큼 컸다.

차가운 바람이 부는 데도 아랑곳하지 않고 비쩍 마른 상체를 드러내 놓고 부채를 흔드는 노인은 족히 팔십이 넘어 보였다.

"아그그가자자!"

기합도 괴상했다. 가늘면서도 무척 길었다.

쉬익!

쉭!

오른손에 쥐어진 부채가 뻗어나갔고, 거센 바람이 불며 맞은편 바위를 박살 냈다. 그것은 단순한 부채 바람이 아니라 가공할 폭풍이었고 그 앞에서는 거대한 소나무도 바위도 제 모습을 금방 잃어버렸다.

"아리아리도옹!"

노인은 또다시 요란한 기합을 흘리며 부채를 쭉 뻗었다.

두둥!

이번에는 바람이 없었다. 그 대신 부채 속에서 또 한 개의 부채가 뻗어 나와 이십여 장 밖에 있는 소나무를 찍었다.

빠악!

강한 충격이 가해졌는데도 소나무는 꼼짝도 하지 않았다. 그러나 잠시 후 쿵 하는 소리와 함께 소나무가 쓰러졌는데 부러진 표면이 칼로 자른 듯 매끈했다.

스슥!

쓰러진 소나무 곁으로 다가가 매끄러운 표면을 어루만지는 노인의 얼굴에 제법 흡족한 표정이 떠올랐다.

"이 자식 오기만 해봐라. 이렇게 모가지를 확 잘라 버리겠다."

그러면서 부채를 쥔 손으로 모가지 베는 시늉을 해 보였다.

"와라, 얼마든지."

누군가를 향해 큰 소리를 지른 후 한쪽으로 고개를 돌렸다.

"얼마든지 오라고 하지 않느냐? 난 네놈이 아까부터 그곳에 숨어 있는 것을 알고 있었느니라. 썩 나오거라."

그러자 노인이 소리쳤던 방향으로부터 한 사내가 모습을 드러냈다. 몸에 아무것도 지니지 않았고 어슬렁거리며 나왔는데 입가에 미소를 짓고 있었다.

"흐흐흐! 숨어서 봤겠지만 난 네놈을 하나도 두려워하지 않는다. 장부들끼리 긴말은 필요없고, 곧바로 시작하자꾸나."

착!

그러면서 부채를 힘있게 펼쳤다.

"와라. 한 방에 날려 보내주마."

노인은 기마자세에서 오른손을 앞으로 겨누고 왼손을 허리에 얹었다.

"난 네놈 손에 앞서 간 늙은이들과는 다르다. 너 따위 애송이쯤은 하나도 두렵지 않다."

노인의 날카로운 기세와 달리 흑의사내는 피식 웃더니 소나무 숲 언덕배기에 있는 모옥으로 가며 말했다.

"물 한 잔 얻어먹읍시다."

온 힘을 다해 공격 자세를 취하고 있는데 상대는 신경은커녕 물 한 잔 얻어먹자는 말로 한껏 끌어올린 노인의 기세를 꺾어버렸다. 하지만 노인은 다시 온몸에 힘을 일으켰다. 자신을 방심토록 유도한 후 기습을 가할지도 모른다는 생각을 했다.

"건방진 놈, 빨리 먹고 오너라."

노인은 여전히 긴장을 늦추지 않고 있었다. 하지만 모옥으로 물을 마시러 간 흑의사내는 더 이상 나타나지 않았다. 한참 동안 공격 자세를 취하고 있던 노인의 눈썹이 모아졌다.

오랫동안 기수식을 취했더니 다리가 아프고 떨려왔다. 그러나 자세를 풀 때를 노리기 위해 어딘가에 숨어 있을 것이라고 또다시 의심하며 이를 악물고 떨리는 다리에 힘을 주어 바로잡았다.

그러나 흑의사내는 여전히 나타나지 않았다.

"비겁하게 꼼수를 쓰려는 것이냐? 당당하게 나와라!"

소리를 질렀지만 아무런 반응이 없었다. 노인은 하는 수 없이 기수식을 풀었지만 주위 경계를 소홀히 하지 않았다. 예리한 눈으로 주위를 살피며 조심스럽게 모옥을 향해 걸어갔다.

멈칫!

어딘가 숨어서 공격을 준비하고 있으리라고 생각했는데, 흑의사내는 놀랍게도 자신의 모옥 마루에 걸터앉아 안개에 휩싸인 천도봉을 바라보고 있었다.

"하루를 쉬지 않고 달려왔더니 몹시 출출하구려. 아직 아침 안 했을 텐데 한 끼만 얻어먹읍시다."

노인이 동천몽의 위아래를 훑어보더니 눈빛이 변했다.

긴장이 풀려서인지, 자세히 보니 자신이 기다리던 사내와는 전혀 달랐다. 살인자에게는 살인자 특유의 기세가 있는데 마루에 앉아 있는 동천몽에게는 놀랍게도 은은한 자비의 기운이 흘러나왔다.

그래도 노인은 오랜 강호 경험상 방심하지 않았다. 적은 상상을 초월한 모습으로 접근해 온다.

"내가 왜 네놈에게 아침을 제공해야 한단 말이냐? 잔머리 그만 굴리고 어서 날 죽이러 왔으면 공격하거라."

"누가 노인장을 죽이러 왔단 말이오?"

"흐흐! 내가 어린아인 줄 아느냐? 다 알고 있느니라. 주접 그만 떨고 덤벼라."

동천몽은 어이가 없다는 듯 피식 웃으며 왼손으로 배를 만지작거렸다.

"농담 아니오. 정말로 배가 고파서 그러니 한 끼만 부탁드리겠소. 반찬 같은 것은 신경 쓸 필요 없소."

"미친놈아, 당연하지. 내가 왜 네놈의 반찬을 신경 쓴단 말이냐?"

"노인장께서 뭘 단단히 착각하고 계시오. 난 노인장을 죽이러 온 남궁관이 아니라 대법왕이오."

멈칫!

대법왕이라는 말에 노인의 눈이 가늘어졌다. 그러더니 고개를 쳐들고 큰 소리로 웃었다.

"우홧홧! 이 자식 이제 보니 정말 웃기는구나. 네까짓 놈이 대법왕이라고? 그 말을 노부더러 믿으란 말이냐?"

"정말 듣자 듣자 하니까 이 늙은이가."

느닷없이 욕설이 터지며 일목이 허공에서 뚝 떨어졌다.

일목이 나타나자 노인은 화들짝 놀랐다. 허공에 숨어 있었는데도 전혀 낌새를 알아차리지 못한 것이다.

노인의 표정이 변했다. 자신의 감각이라면 아무리 뛰어난 고수라고 해도 금방 감지한다. 하지만 사내는 분명 자신의 모옥 지붕 위에서 떨어져 내렸다. 바람일지라도 그런 거리면 잡힌다.

한순간 노인의 머릿속으로 한 문파의 비전절기가 떠올랐다. 그 문파의 비진이라면 자신의 감각을 충분히 속일 수 있었다.

"너, 배교에서 왔구나."

"당신이 아무리 연장자라지만 한 번만 더 대법왕님께 불손하게 대하면 가만있지 않겠소."

일목의 눈에서 차가운 살기가 뻗어 나왔다.

노인이 흠칫하며 다시 동천몽을 살폈다. 선입견 때문인가. 아까와는 전혀 딴판으로 보였다. 입가에 가벼운 미소를 짓고 있는 것이 완전한 부처를 떠올리게 했다.

'대법왕은 몰라도 귀인이다.'

"저… 정말로?"

정말로 대법왕이냐고 물으면 속아 넘어간 것처럼 보일 수 있기 때문에 뒷말은 고의로 생략했다.

동천몽이 여전히 아랫배를 만지며 말했다.

"밥부터 먹읍시다. 내 눈에는 오직 밥밖에 보이지 않소이다."

동천몽을 또 한 번 쳐다보던 추풍살선 위청청은 이내 결심을 굳힌 듯 팔소매를 걷어붙였다.

"어쨌든 내 집에 온 손님이라면 밥 한 끼 대접 못하겠느냐?"

곧장 부엌으로 들어가 쌀을 씻고 솥에 밥을 안쳤다. 밥이 뜸들 동안 위청청은 몇 가지 나물을 무쳤고 귀한 손님이 올 때만 꺼내놓는 궐채(蕨菜) 나물도 내놨다.

밥상을 내놓자마자 순식간에 밥 한 공기를 비우더니 동천몽이 그릇을 내밀었다. 위청청은 아무 말도 않고 다시 부엌으로 가 밥을 가득 담아주었는데 또다시 게 눈 감추듯 먹어치우고 또 그릇을 내밀었다.

위청청의 눈이 커졌다. 자신의 집에 있는 공기는 일반 민가에서 사용하는 공기보다 세 배는 크다. 그 이유는 먹는 음식 그릇은 자고로 커야 푸짐하고 복이 든다는 평소 지론 때문에 특별히 유명한 자기(磁器) 집에서 맞춘 것들이다.

"고작 하루 굶었다면서 그렇게 배가 고프냐?"

노인이 눈을 흘겼다.

순간 일목이 밥 먹던 숟가락을 상 위로 집어 던졌다. 위청청이 놀라 쳐다보자 일목이 인상을 썼다.

"정말 이럴 거요? 말투 고치라니까. 대법왕님이시라고 몇 번을 말해야 알겠소."

일목이 너무 노려보았으므로 위청청은 웃으며 고개를 끄덕였다.

"알겠다, 알겠어. 말투 고치면 될 것 아니냐. 한데 말투 좀 고쳐 주십시오, 하면 될 일을 그렇게 밥숟가락을 던지면서 공포 분위기를 조성하며 지랄이냐. 나이도 어린 놈이."

"조심하시오."

일목이 던진 밥숟가락을 주워 다시 밥을 퍼먹기 시작했고, 위청청은 세 번째 공깃밥을 수북이 담아주었다.

여전히 동천몽은 왕성하게 밥그릇을 비웠고 연신 궐채 나물이 입에 착착 달라붙는다고 칭찬을 아끼지 않았다.

"그런데 너… 진짜 대법왕이시오?"

너 대법왕 맞냐, 고 말하려다 일목을 살피며 잽싸게 말투를 고쳤다.

"꺼억!"

동천몽이 세 번째 공기까지 싹싹 비우더니 만족스러운 듯 길게 트림을 했다. 위청청이 냉수까지 떠다 바치자 시원하게 마신 후 또다시 트림을 하고 나서 주위를 살폈다.

바늘만 한 막대기를 툭 부러뜨려 날카로운 끝으로 이를 쑤셨다.

쩝쩝!

이빨 사이에 나물이 낀 듯 연신 쩝쩝 소리를 냈다.

"아니, 나이가 몇인데 벌써부터 이빨에 이물질이 끼는 것이오. 쯧쯧! 이빨 좋은 건 오복 중 하나라고 했거늘, 이 늙은이가 이빨 좀 볼 줄 아는데 어디 봅시다."

"그게 정말이오? 그렇잖아도 이빨과 이빨 간격이 너무 넓어 음식을 먹을 때마다 곤욕이었는데… 아!"

동천몽이 입을 쩌억 벌렸다.

밥상을 가운데 두고 위청청이 허리를 숙여 동천몽의 입 안을 살폈고, 그 와중에도 일목은 열심히 짭짭거리며 밥을 먹었다.

"쯧쯧! 아이구야. 완전히 갔네. 이빨 안쪽에 검게 달라붙은 게 뭐지?"

젓가락으로 슥슥 긁어보더니 놀란 눈으로 동천몽을 보았다.

"당신 대법왕 맞소?"

탁!

일목이 숟가락으로 상을 치며 노려보았다.

"이 늙은이가 정말!"

"대법왕이라면서 아편을 한 것이오? 이건 아편을 태울 때 묻어 나오는 진이오."

동천몽이 깜짝 놀라는 표정을 지었고 일목 또한 놀란 눈으로 바라보았다. 아편은 정신병자나 못된 부랑아들이나 하는 나쁜 것인데 동천몽의 이빨에 아편 진이 묻어 있다는 말에 입을 떠억 벌렸다.

"이 늙은이가 알기에 불가에서는 고기를 먹는 것보다 아편을 하는 것을 더 나쁜 행위로 본다던데?"

하지만 동천몽의 시선은 일목에게 맞어 있었다.

"허험! 일목아, 일단 그런 눈으로 날 볼 것이 아니라……."

"해명해 보십시오. 만약 어영부영 대답하시거나 제대로 해명을 못하시면 가만있지 않겠사옵니다."

"너 혹시 과거의 흔적이라는 말을 들어보았느냐? 주로 기녀들이 혼인을 할 때 과거에 기녀 노릇을 했던 흔적을 지우려고 노력하는 것 말이다. 모든 인간들에게는 과거라는 것이 있다. 그 과거가 아름답고 건실하면 괜찮지만 조금은 부끄럽고 당당하지 못하면 함부로 꺼내놓고 싶지 않지. 그래서 자꾸 숨기려 하는 것 아니겠느냐."

일목의 눈이 커졌다.

"하오시면 대법왕님께서도 과거가 있단 말입니까?"

"당연히 있지. 아름답지 못한 과거이기 때문에 꺼내고 싶지 않지만 너도 어느 정도 알고 있지 않느냐? 내가 포달랍궁에 오기 전 소주에서 무엇 하면서 놀았다고 했더냐?"

일목이 눈을 깜빡거렸다.

"소… 소주의 개고기."

"어험! 그 시절 호기심에서 몇 번 한 것이 전부이니라. 대법왕이 된 이후에는 너도 알다시피 일체 그런 것을 모르고 살고 있느니라. 네가 그림자처럼 곁에 쭈욱 있었으니 알 것 아니냐?"

그제야 일목의 눈빛이 가라앉았다.

위청청이 눈을 크게 뜨고 물었다.

"무슨 말이시오? 소주의 개고기라뇨?"

"그런 것이 있으니 신경 끄시고 어서 살펴주시오."

"의원은 완전한 치료를 위해 환자의 모든 사생활과 식생활을 알아야 하는 것이 정석이지만 본인이 원하면 듣지 않을 때도 있지요. 이것을 벗겨내면 떨어진 이가 붙소이다."

"아편 찌꺼기를 떼어내면 붙는단 말이오?"

"아편 찌꺼기가 이빨 사이에 끼다 보니 틈이 벌어진 것이오."

"치료할 수 있겠소?"

"난 자신없으면 애초에 시작도 하지 않소. 일단 밥부터 먹고 합시다."

위청청은 남은 밥을 후다닥 먹었다.

일목도 배가 부른 듯 마당가에 어슬렁거렸다.

"일목아."

"예, 대법왕님."

"출가한 승려에게 공짜는 없느니라. 얻어먹었으니 설거지는 네가 해야 할 것 아니냐?"

"알겠사옵니다. 소승에게 맡기시오, 노인장."

일목이 밥상을 가로채 부엌으로 가지고 들어갔다.

"대법왕 맞소이까?"

노인이 다시 물었다.

동천몽이 웃으며 품에서 백상불을 꺼내 보여주었다.

"허억!"

위청청의 눈이 찢어져라 커졌다.

"오오! 백상불이라니, 이 늙은이 죽기 전의 소원이 대법왕님 존안을 한 번 뵙는 것이었는데 이런 꿈같은 일이!"

위청청이 토방에 곧바로 무릎을 꿇고 마루에 앉아 있는 동천몽에게 절을 올렸다.

워낙 동작이 빨라 말릴 틈도 없었다.

"소인 위청청이 천상천하 유아독존이신 대법왕님께 예를 올리옵나이다."

"왜 이러시오? 그만 일어나시오."

동천몽이 위청청의 손을 잡아 일으켜 세웠다.

위청청은 황공하고 감격한 표정을 감추지 못하였고 동천몽과 시선을 제대로 맞추지를 못했다.

"이러지 마시고 자, 앉읍시다."

상대는 강호육군 중 한 사람이었다. 현 무림에서 가장 배분이 높다고 할 수 있고, 무공 또한 그 깊이를 측량할 길이 없을 만큼 극강한 경지에 올라 있었다.

"꿈은 아니군요. 오오! 이 늙은이 소원이 이뤄지다니 정녕 하늘이 무심치 않구려. 사실 젊어서 대법왕님을 뵙고자 몇 번 포달랍궁을 갔지만 하필 폐관 중이어서 발걸음을 돌려야 했지요."

위청청은 어린아이처럼 좋아 어쩔 줄 몰라 했다.

입가에 웃음이 떠나지 않았고 방 안으로 뛰어들어 가더니 온갖 먹을 것이란 먹을 것을 죄다 꺼내놓았다. 꺼내놓은 것들이라는 게 대부분 산열매 말린 것들이었고 맛도 썼다. 동천몽은 먹고 싶지 않았지만 성의를 무시할 수가 없었고 몸에 좋다는 말에 억지로 서너 개 삼켰다.

잠시 후, 위청청은 정말로 동천몽의 이 치료에 들어갔다. 가느다란 줄로 이빨 사이와 안쪽에 낀 아편 찌꺼기를 갈아냈다. 서걱거리는 소리가 소름이 끼쳤지만 절간 음식이라는 게 나물이 대부분이고 식사를 한 후 이빨 쑤시는 것이 일과가 되어버린 동천몽에게는 희소식이었으므로 꾹 참고 있었다.

"됐사옵니다."

위청청이 동경을 가져다주어 살폈는데 놀랍게도 아편 찌꺼기가 하나도 눈에 띄지 않았고 이빨 간격이 붙은 것 같았다.

"며칠만 지나면 이가 완전히 붙을 것이옵니다."

동경으로 이빨을 살피는 동천몽의 얼굴에 웃음이 떠나지 않았고, 그 모습을 바라보는 위청청의 얼굴에는 흐뭇한 미소가 떠올랐다.

"하온데 어인 일로 이 늙은이가 사는 이런 산골까지 오셨는지요?"

가장 궁금했던 일이었지만 대법왕이라는 사실에 질문을 하기란 쉽지 않았다. 최소한 불교를 숭배하는 사람에게 대법왕은 살아 있는 부처였다.

대법왕의 목소리만 들어도 환희였고 먼발치에서라도 그를 보면 행복했으며, 만사가 형통해질 것이라는 사실을 믿어 의심치 않는다. 절대 권위의 대상이며 존엄의 상징이기에 함부로 말을 붙인다는 것 또한 결례이기 때문이었다.

"별것 아니오. 사람 한 놈 잡으러 왔소."

"사람을 잡으러 오다뇨?"

"남궁관."

"남궁관이라면 남궁천 맹주의 아들 아니옵니까?"

"노산도 죽었더구려, 놈에게."

"정말입니까?"

위청청이 깜짝 놀라는 표정을 지었다. 얼마 전 노산의 집에서 차 한 잔 하고 왔었다. 불과 며칠 되지도 않았는데 가장 절친했던 벗이 숨을 거두었다는 말에 안색이 굳어졌다.

"남궁천의 기세가 욱일승천이오. 그의 기세를 잠시 누그러뜨려 놓을 필요가 있소. 이대로 가면 강호는 남궁세가의 손에 완전히 장악될 것이오."

"그러하옵니다. 그래서 우리 강호육군이 무통령을 반대했던 것인데 지금 철저히 앙갚음을 당하고 있지요."

"그런데 노산과 싸웠던 장소에서 한 가지 이상한 점을 발견했소."

동천몽은 구덩이의 변화에 대해 말해주었다.

위청청의 표정이 굳어졌다.

"사실 이 늙은이도 남궁세가의 검에 뭔가 흑막이 있다 생각하고 있었사옵니다."

"흑막이라뇨?"

"남궁세가의 검은 이 늙은이가 잘 알고 있사옵니다. 암향류는 물론 뛰어난 검법입니다. 빠르고 무겁지요. 하지만 그렇게 파괴적인 검법은 아닙니다. 검에서 아주 극사한 기세가 뿜어나오는 것이 마도의 검법이 섞이지 않았나 싶사옵니다."

"천마검법을 말하는 것이오?"

위청청이 깜짝 놀란 표정을 지었다.

"대… 대법왕님께서도 그렇게 생각하시옵니까? 이 늙은이도 남궁세가에서 어쩌면 천마검법을 갖고 있을지 모른다는 의심을 하고 있었사옵니다."

동천몽이 위청청을 보았다.

어떻게 정도 명문 중 한곳에서 몰락한 마교의 검법을 갖고 있을 수 있느냐는 질문이었다.

"마교는 일백 년 전 망했다고 들었소."

"망했지요. 하지만 마교 교주의 시체를 발견했다는 말은 없었사옵니다."

"설마 남궁천이 마교 교주라도 된단 말이오?"

위청청이 웃었다.

"너무 희박한 가능성이지요."

이런저런 얘기를 계속 나누었지만 어떤 해답도 나오지 않았다. 단지 남궁세가의 검법이 천마검법이며 흐름이 흡사하다는 것에서는 두 사람 모두 일치된 생각을 갖고 있었다.

황산삼해라고 하여 운해(雲海), 송해(松海), 석해(石海)는 말 그대로 천하절경이었는데 모용산은 지금 송해에 취해 있었다.

코끝을 파고드는 솔 향과 용의 비늘을 닮은 거송들의 껍질에서 대자연의 위엄이 물씬 풍겨 나왔다. 연신 감탄과 기쁨을 주체 못하는 모용산을 쳐다보는 남궁관의 눈이 빛났다.

그녀의 목소리, 표정, 몸짓 하나하나에는 사내를 유혹하는 무서운 마력이 있었다. 함께 동행하는 동안 시와 때를 가리지 않고 그녀의 몸을 탐했지만 욕망은 끝없이 솟아났다.

사실 남궁관은 그녀가 소녀표향대법을 익혔다는 것을 모르고 있었다. 소녀표향대법 또한 금지마공이며, 사내들을 유혹하기 위한 표향문이라는 전설의 사문(邪門)의 절기였다. 표향문은 소녀표향대법으로 무장하여 천하의 영웅호걸들을 치마폭에 가두었고, 무림을 색향의 폭풍 속으로 몰아넣었다. 결국 뜻있는 지사들의 협공에 몰락했지만 그녀들이 끼친 폐해는 컸다.

멈칫!

모용산의 눈이 빛났다. 자신을 쳐다보는 남궁관의 시선 속에 강렬한 욕망이 솟구치고 있음을 간파한 것이었다.

스르르!

단지 앞섶을 가볍게 매만졌을 뿐인데 그녀의 겉옷이 바닥으로 미끄러졌다. 걸친 것이라고는 하체의 조그만 천뿐이었으며 맨가슴이 출렁대었다.

이른 아침 소나무 바다에서 두 남녀의 뜨거운 신음 소리가 울려 퍼졌다. 주위 산새들도 뜨거운 열기에 감전되었는지 모두가 숨을 죽이며 쳐다보았다. 쾌감에 들뜬 두 사람의 신음은 갈수록 커졌고 끝내는 비명으로 이어졌다.

거센 폭발이 있었고, 두 사람은 한동안 서로를 끌어안은 채 떨어질 줄 몰랐다.

"괜찮겠어요?"

남궁관의 배 위에 오른 모용산이 물었다.

남궁관이 올려다보며 말했다.

"뭐가 말이오?"

"강력한 적을 앞두고 이렇게 힘을 빼서 지장이 없겠냐구요."

"걱정되오?"

"호호호! 농담이었어요."

남궁관이 모용산의 입에 입술을 맞추고 가만 밀어냈다.

모용산이 앙탈했다.

"좀 더 있고 싶어요."

그러면서 그녀의 입술이 남궁관의 입술을 덮쳤다.

"읍!"

두 사람의 입술은 다시 뜨겁게 부딪쳤다. 벌려진 남궁관의 입속으로 뜨겁게 달구어진 모용산의 혀가 거침없이 들어가 입 안을 휘저었다. 그것은 남궁관의 입 안 구석구석을 자극했고 그에게 다시 걷잡을 수 없는 욕망을 불러일으켰다.

"아아!"

모용산이 고개를 쳐들며 입을 벌렸다. 하체에 묵직하고도 강력한 기운이 파고들었다. 두 남녀는 또다시 풀밭을 나뒹굴었고 거친 숨소리가 소나무 숲을 울렸다.

"아아아!"

모용산은 쾌감에 어깨를 떨었고 발가락이 부르르 떨며 휘어졌다. 한참 동안 경직되었던 모용산의 발가락이 서서히 풀리고 두 사람의 얼굴에는 만족스러움과 기쁨이 넘쳐흘렀다.

"그만 일어납시다."

"세 호흡만."

그녀는 남궁관의 목을 끌어안고 가만있었다. 입가에는 의미 모를 미소가 가득 채워져 있었다. 어쨌든 남궁관은 이제 완전히 자신의 치마폭에 들어왔다.

쪽!

남궁관의 볼에 입을 맞추고 나서 그녀는 몸을 일으켜 세웠다. 두 사람이 의관을 갖추고 다시 산길을 올라갔다.

"하하하!"

"호호호!"

두 사람은 끝없이 웃으며 이따금 볼에 입을 맞추며 산새들이 시샘할 만큼 행복해했다.

조그만 등성이를 넘어서자 저만치 한 채의 모옥이 눈에 들어온다. 그러자 지금까지 색욕으로 가득 차 있던 남궁관의 눈빛이 얼음처럼 차가워졌다.

"저곳인가요?"

"그렇소."

"어서 가요."

모용산이 앞장서 걸었고 남궁관이 뒤를 따랐다. 두 사람이 모옥 앞 울타리에 이르러 걸음을 세웠다. 남궁관은 본능적으로 집 주위를 살폈지만 어디에서도 의심할 만한 흔적은 발견되지 않았다.

강호육군이라는 명성이 있기 때문에 음모나 함정 따위는 파놓지 않았겠지만 사람 속은 모른다. 더구나 자신의 손에 하나

둘 죽어가고 있기 때문에 올 줄 알고 어떤 대책을 세워놓지 않았으리란 법도 없었다.

별 이상 없음을 간파한 두 사람은 마당 안으로 들어섰다.

뚝!

마당 안으로 들어선 남궁관의 눈이 한곳에 멎었다.

토방 위 댓돌에 두 개의 신발이 나란히 놓여 있었다. 두 개의 신발 모두 무척 낡았고 초라해 보였지만, 방 안에 한 사람만 있는 것이 아니라는 뜻이었다.

'누구지?'

남궁관의 미간이 좁혀졌다.

강호육군은 고수들이다. 하지만 워낙 강했기 때문에 독선적이었고, 그래서 인간관계가 그다지 원활하지 못했다.

자신이 조사한 바에 의하면 강호육군의 친구는 강호육군뿐이었다.

"한 수만 물러주십시오. 딱 한 수만."

방 안으로부터 노쇠한 음성이 들려왔다.

그러자 이번에는 아주 단호한 목소리가 흘러나왔다.

"처음 시작할 때 뭐라고 하셨소? 일수불퇴라고 하지 않았소. 만약 약속을 어길 때는 이부견자라고 큰소리쳤소이다."

"압니다. 이 늙은이 지금부터 아비가 두 사람이고 갭니다. 그러니 제발 한 수만 물러주십시오."

"어찌 한 수를 물림받기 위해 아버지를 과감히 개라고 표현한단 말이오? 내 아버지는 아니지만 조금 심한 것 아니오?"

"한 수 물림받기 위해 잠시 아버지가 개 좀 되는 게 무슨 흠이겠사옵니까? 저승에 계시는 이 늙은이의 아버지께서도 이해하실 것입니다."

"정히 그렇다면 한 수 물러 드리지요."

따악!

한 수 물려주는 듯한 소리와 함께 노인의 목소리가 들려왔다.

"이 늙은이를 불쌍히 여기시고 과감히 물러주어 진실로 감사하옵나이다."

"이젠 진짜로 물러주지 않을 것이오."

"알겠사옵니다. 이제야말로 한 번만 더 물러달라고 하면 이 늙은이는 사람이 아니라 붕어입니다."

모용산이 남궁관을 쳐다보았다.

"바둑을 두나 봐요?"

"흐흐흐! 죽음을 목전에 두고 바둑이라, 실컷 두라지. 생애 마지막 바둑이 될 테니까."

남궁관이 야릇하게 웃었다.

"죽음이 방문했다는 것도 모르고 세월 좋게 바둑이라니, 불쌍한 늙은이예요."

남궁관은 조용히 집 안 여기저기를 둘러보았다. 강호육군의 청렴성은 이미 알고 있었지만 누추하다 싶을 만큼 초라했다. 모두가 자신이 직접 농사를 지어 끼니를 해결했다. 강호에서 그 정도의 위치면 충분히 편히 먹고살 수 있을 텐데도 그들은 사서 고생을 하고 있었다. 자신의 사고로는 도무지 이해가 되지 않을 뿐 아니라 융통성이라고는 없는 한심한 늙은이들일 뿐이었다.

"죄… 죄송하옵니다. 진짜로 한 수만 더 물러주시지요."

"이거 너무하잖소."

"삼세판이라고 이번이 마지막이옵니다."

"조금 전 뭐라고 했소? 한 번만 더 물러달라고 하면 붕어라고 했잖소?"

"그럼 앞으로 이 늙은이를 붕어라고 불러주십시오. 그리고 새롭게 한 수를 양보해 주심이."

"허어! 참."

"진짜 진짜 마지막이옵니다. 이번에 또 물러달라고 하면 그때는 정말로 난 사람이 아니라 토끼입니다."

"까짓것, 물러주는 김에 확실히 물러 드리지요. 자, 거두었으니 어서 두시오."

"성은이 망극하옵니다."

순간 모용산과 남궁관의 눈빛이 부딪쳤다.

성은이 망극하다는 말은 신하들이 임금의 따뜻한 배려에 감은하며 사용하는 말이었다. 그렇다면 설마 저 안에 황제가 와 있단 말인가. 두 사람은 더욱 이해가 되지 않아 이마를 찡그렸다.

한 사람은 위청청일 것이었다. 그렇다면 손님이 황제라는 얘기가 된다. 하지만 신발을 보건대 말도 되지 않는 일이다. 황제가 할 일이 없어 이런 곳을 찾아온단 말인가. 더구나 근처에는 시위 무사 한 명 보이지 않았다.

"죽을 때가 되면 미친다더니 그 짝인가요?"

남궁관은 그럴지도 모른다고 생각했다.

딱!

바둑 소리가 유난히 컸다.

한순간 방 안으로부터 아무런 말도 들려오지 않았다. 필시 조금 전 둔 수가 완전히 쐐기를 박은 것 같았다.

"뭐 하는 거요? 어서 두시오."

하지만 상대로부터는 아무런 반응이 없었다. 남궁관 또한 바둑을 좋아하기 때문에 그림이 그려졌다. 필시 살아갈 수 있는 묘수를 찾느라 부지런히 눈알을 굴릴 것이다. 그러나 반응이 없는 것을 보면 판은 끝난 듯했다.

"졌사옵니다. 패배를 인정하옵니다. 하지만 한 가지 물어봐도 되겠는지요?"

"묻구려."

"이 늙은이가 알기에 삼삼은 반칙으로 알고 있사옵니다."

"누가 그런 헛소리를 합디까?"

"지난 수십 년간 수많은 사람과 내기 오목을 두었지만 거의가 삼삼은 반칙이라고 했사옵니다."

"어떤 개… 누가 그럽디까?"

"이 늙은이와 둔 사람들 모두가 그랬사옵니다. 그래서 삼삼이 되면 다른 곳에 두는 예의를 보였지요."

"그것은 어디까지나 중원의 오목이고 우리 서장에서는 그런 것 없소이다. 그래서 패배를 인정하지 않겠다는 것이오?"

"아닙니다. 진 것은 진 것이니까 인정하옵니다. 그러나 삼삼은 절대 반칙임을 말씀드립니다."

"그 말은 죽어도 패배를 인정하지 않는다는 의미 아니오?"

"인정한다니까요?"

"그런데 눈빛이 왜 그러시오? 아주 억울함에 불타고 있지 않소?"

"이 늙은이의 눈빛은 원래 그러하오니 양해하십시오."

"알겠소. 오랜만에 오목을 두었더니 머리가 깨지려 하는군."

남궁관은 어이가 없었다.

바둑을 두는 줄 알았는데 결국 오목이었다. 자신의 판단이 잘못되었고, 좀 더 엄밀하게 따진다면 조롱을 당한 것이었다.

벌컹!

문이 열리고 동천몽이 모습을 드러냈다.

남궁관을 발견하고 동천몽이 방 안을 향해 말했다.

"손님이 와 있소이다."

"손님? 어느 미친놈이 이런 산속까지 찾아왔지?"

위청청이 밖으로 나왔다. 남궁관과 모용산을 발견하고 눈살을 찌푸리더니 물었다.

"뉘시오? 난 댁들을 모르오만, 잘못 찾아온 것 아니오?"

위청청이 신발을 신고 마당으로 내려섰다.

"영감님께서 추풍살선 위청청 대협이신가요?"

"그렇소만 낭자는 뉘시오?"

"호호호! 네놈을 죽이러 온 저승사자니라."

모용산이 깔깔거리며 웃었고 가슴 가리개를 하지 않은 젖가슴이 옷 밖으로 튀어나올 듯 출렁거렸다.

위청청이 인상을 썼다.

"어린 계집이 버릇이 없구나. 감히 어른 앞에서 농담을 하다니, 정체를 밝혀라."

남궁관이 조용히 입을 열었다.

"남궁관이라고 하오."

위청청이 고개를 끄덕였다.

"자네가 그 사람이로군? 우리 강호육군을 찾아다니며 목을 벤다는 남궁천의 아들?"

"맞소."

"그렇잖아도 한 가지 묻고 싶은 게 있었는데 잘됐군. 도대체 왜 우릴 죽이려고 하는가? 사람을 죽일 때는 그 이유가 있을 것 아닌가?"

모용산이 또다시 상체를 뒤흔들며 웃었다.

"호호호! 당신 아주 바보군요. 정말 그 이유를 몰라서 묻나요?"

"네년에게 묻지 않았다. 감히 어디서 끼어드느냐?"

위청청의 욕설에 모용산의 표정이 굳어졌다. 하나 이내 다시 교소를 터뜨렸다.

"늙은이, 귀여워."

"이런 쳐 죽일 년을 봤나? 뭐가 어째?"

남궁관이 말을 가로막고 나섰다.

"강호육군이라는 대고수께서 한낱 여인의 말에 시시비비를 따지려고 하시오. 왜 죽이느냐고 물었소? 늙으면 조용히 후학들에게 자리를 양보하고 물러나 앉는 게 대접받는 지름길인데 당신들은 그렇지 않고 끝까지 앞길을 막고 있소."

"그 후학이라는 사람이 혹시 자네 부친을 말하는가?"

"부인 않겠소."

"우핫핫핫!"

위청청이 앙천광소를 흘렸다. 어찌나 웃음소리가 컸던지 주위 나무들이 바람에 휩쓸린 듯 몸서리를 쳤다.

웃음을 멈춘 위청청이 뒤춤에 꽂아두었던 부채를 뽑아 들었다.

"죽이러 왔다는 얘기 아니냐? 그래, 어디 한번 죽여보아라."

"훗훗!"

남궁관이 자신에 찬 미소를 지었다.

그때 한쪽에 유유자적하며 서 있던 동천몽이 끼어들었다.

"영감님, 강호에 그런 말이 있다고 들었습니다."

"무슨 말?"

"거 뭐냐? 저어 아주 별 볼일 없는 사람을 잡는 데 빛나는 큰 칼을 사용하는 걸 빗대어 하는 말이 있다던데… 그러니까, 한마디로 말하자면."

"오! 그 얘기를 말하는구만. 닭 잡는 데 어찌 소 잡는 칼을 쓸 수가 있느냐는 말?"

동천몽이 눈을 빛냈다.

"맞습니다. 닭은 닭이 잡아야지 소가 잡으면 덩치도 안 맞고, 체면도 안 서고 말이 안 되지요. 공평하지도 않고."

남궁관이 동천몽을 날카롭게 쏘아보았다.

사실 처음 봤을 때부터 자꾸 신경이 쓰였다. 남궁관이 가장 신경 쓰이는 부분은 무공 수위였다. 자신의 안목이면 현 강호에서 누구일지라도 무공의 깊이를 정확이 읽어낼 수가 있었는데 동천몽에게서만큼은 도무지 느껴지는 감각이 없었다.

언뜻 보면 초탈한 인물 같기도 하고, 다른 한편으로는 그저 그런 인물 같기도 했다.

"더구나 소생에게 오목을 져서 기분도 별로일 텐데 대신 싸워 드리면 위로가 조금은 되겠지요."

"조금만 되겠습니까? 왕창 되지요."

동천몽이 남궁관을 보며 말했다.

"들었나? 영감님께서 내게 양보를 흔쾌히 해주시는군. 자, 나와 붙어보지."

"호호호! 이 망아지 같은 놈아, 넌 본녀가 상대해 줄 테니 일로 오너라. 넌 나와 놀아보자꾸나."

모용산이 가소롭다는 듯 깔깔거렸다.

동천몽이 모용산을 보며 야릇한 표정을 지었다.

"흐흐! 옛날 같았으면 통째 삼키기에 무척 좋은 계집이로군."

유감스럽다는 듯 동천몽이 입맛을 다시며 조용히 말했다.

"뒈지기 싫으면 거기 잠자코 있거라. 한 번만 더 주둥이를 나불거리면 확 뭉개 버리겠다."

모용산의 눈이 벌러덩 뒤집혔다.

무림쌍미 중 한 명인 자신에게 이토록 노골적인 모욕을 준 사내는 여태껏 없었다. 모두가 어떻게 해서라도 잘 보이기 위해 갖은 아부와 선물 공세를 마다하지 않았다.

특히 명문가의 핏줄로 태어나 사람을 부려보았을 뿐 고용당해 보지는 않았다. 그래서 지금과 같은 막말에는 무척 감정 적응이 되어 있지 않았다.

"이… 이 찢어 죽일 놈이 감히!"

그녀의 눈꼬리가 위로 치켜 올라갔다. 붉은 입술 사이로 게거품을 물며 그대로 몸을 날려왔다.

"네놈 모가지를 난도질해 주마."

그녀의 손에는 어느새 검이 뽑혀 있었고 동천몽의 머리통을 향해 힘껏 내려쳤다.

콰아아!

떨어지는 검의 위세는 우악스러울 만큼 힘이 넘쳤다.

그런데 동천몽은 전혀 피할 기미를 보이지 않고 왼손을 뻗어 내려치는 모용산의 검을 잡아갔다.

순간적으로 멈칫하던 모용산은 코웃음을 쳤다.

"미친놈, 네놈 손이."

탁!

네놈 손이 금강석으로나 된 줄 아는 모양이구나, 라고 말하려다 그녀의 입이 닫혔다. 동천몽이 자신의 검을 번개처럼 낚아 거머쥐고 있었기 때문이다.

"내게 미친놈이라고 욕을 한 사람은 네년이 처음이다. 모두가 날 보면 허리를 제대로 펴지 못했고, 내가 인상이라도 쓰면 전전긍긍했는데."

"익!"

그녀가 힘껏 내공을 끌어올려 검을 잡아당겼지만 집채만 한 바위에 깔린 것처럼 꼼짝도 하지 않았다.

투툭!

동천몽이 왼 손목을 꺾자 검이 그대로 부러져 나갔다.

모용산의 눈이 커졌다. 동천몽이 나직하지만 냉정한 목소리로 말했다.

"너의 피는 내 손이 아니다. 네년을 죽일 손은 따로 있다는 얘기지. 다시 말하는데 까불지 말고 얌전히 있거라."

손에 쥐어진 부러진 검날을 한쪽으로 획 던져 버리고 남궁관을 돌아보았다.

남궁관의 얼굴은 납덩이처럼 굳어 있었다.

동천몽의 무위를 전자, 즉 초탈한 사람으로 인식했기 때문이었다.

"고인의 존성대명을."

동천몽이 피식 웃었다.

"존성대명?"

동천몽이 이마를 찡그렸다. 귀에 아주 익은 단어였지만 정확히 이것이라고 떠오른 답이 없었다.

'존성대명! 씨발, 그게 뭐였더라?'

속으로 투덜거리고 있을 때 귓가로 일목의 전음이 파고들었다.

"상대의 이름을 높여 묻는 것입니다."

"그러니까 이름이 뭐냐, 그거 아냐?"

"그렇죠."

"개자식. 그럼 이름이 뭐냐고 그냥 가볍게 물을 일이지."

동천몽이 가벼운 미소를 지었다.

"나 같은 졸부에게."

"틀렸사옵니다. 졸부는 아주 멍청한데 돈이 많은 놈을 말하는 것이고, 지금 대법왕님께서 하고자 하시는 말씀은 자신을 낮춘 졸장부를 말하려는 것 아닙니까?"

"허험! 이제 그만 해라."

가볍게 경고를 주고 동천몽이 말했다.

"굳이 이름이랄 것도 없지만 악착같이 알고 싶다면 가르쳐 드리지. 상천감초라고 한다. 세속의 이름은 동천몽이고."

"도… 동천몽."

모용산이 기겁할 듯 놀랐다.

"당신이 진짜 천상각의 실종된 막내아들 동천몽이란 말이냐?"

동천몽이 조용히 웃었다.

"한때 네년의 시동생이던 때도 있었지. 지금도 눈에 선하군. 우리 집에 처음 왔을 때 날 쳐다보던 그 눈구멍 말이야. 날 벌레 보듯 했고, 우리 아버지까지 깔아뭉개는 말을 너는 거침없이 뱉었지."

"진짜 동천몽이란 말이냐?"

출러엉!

그때 갑자기 허공에서 공기가 물결처럼 파장을 일으키더니 일목이 뚝 떨어져 내렸다. 느닷없는 외눈박이의 등장에 모용산이 깜짝 놀라며 뒤로 한 걸음 물러났는데, 일목의 눈에서 분노가 솟구치고 있었다. 사실 좀 더 일찍 나타나 모용산을 혼내주려고 했지만 동천몽이 자제하라고 해서 힘들게 견디고 있었는데, 이제 더 이상 참을 수가 없었다.

"야, 이 잡년아! 한 번만 더 대법왕님께 불손한 언행을 보일 시에는 주둥이를 쫙쫙 찢어버린다!"

일목의 눈에서 시퍼런 불꽃이 피어났다.

동천몽에 이어 일목에게까지 욕을 먹자 모용산의 눈이 뒤집혔다.

"이런 병신새끼가 감히 본녀를 모욕해도 유분수지."

가뜩이나 동천몽에게 당해 울분 터뜨릴 곳을 찾지 못했는데 모용산은 잘 걸렸다는 듯 반 토막뿐인 검을 들어 일목을 찔러갔다.

"그 눈마저 없애 완전히 맹인으로 만들어주마."

그녀의 공세는 아주 표독했다. 더구나 부러진 검이 허공을 가르자 파공음이 선뜩하게 들렸다.

치이이!

번쩍!

일목의 옆구리에 달린 검이 뽑혔다.

화악!

그 순간 남궁관의 눈이 커졌다. 그것은 검이라기보다는 한 줄기 광채였다.

자신이 나서기에는 이미 늦었다.

한편 모용산은 자신의 검이 텅 빈 허공을 벴다는 것을 직감하고 신속히 검을 거두어 뒤로 물러났다. 다행히 후퇴가 제때에 이뤄져 아무런 상처나 위험을 당하지 않은 것에 만족했다.

第二章
늑대의 죽음

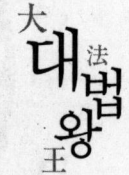

고개를 쳐들자 일목의 검은 어느새 검집으로 들어가 있었다.
 다시 검을 세워 공격을 하려고 들 때 뭔가 이상한 느낌이 감지되었다. 뭐랄까, 몸이 가볍다고나 할까? 고개를 갸웃거리는데 너무 쉽게 옆으로 기우뚱해진다. 머리가 가벼워진 것이다.
 팟!
 그 순간 느껴지는 것이 있어 얼른 왼손으로 머리를 만졌다. 그런데 있어야 할 머리가 없었다. 깜짝 놀라 땅바닥을 쳐다보자 자신의 머리카락이 수북이 쌓여 있었다.
 화악!
 모용산의 눈이 찢어질 듯 커졌다.

일목이 으스스한 음성으로 말했다.

"한 번만 더 대법왕님께 망령된 행동을 하면 그때는 한쪽 가슴을 없애 버리겠다. 명심해라, 이년."

그리고 팟 하는 소리와 더불어 어느새 사라져 버렸다.

'배교 사람이구나.'

남궁관은 일목이 보여준 기예가 신법이 아니라 환술이라는 것을 알아차렸다.

동천몽이 머리가 잘린 모용산을 웃음 가득한 얼굴로 바라본 후 고개를 돌렸다.

"눈치를 챘겠지만, 너를 기다렸다."

"무슨 뜻이냐?"

"무슨 뜻이라니? 당연히 널 죽이려고 기다린 거지."

남궁관의 이마가 찌푸려졌다.

그것은 동천몽과 아무런 은원이 없는데 이해를 못하겠다는 표정이었다.

카악!

동천몽이 바닥에 침을 뱉더니 정색하고 말했다.

"네 아버지가 무림맹을 앞세워 본 가에서 뜯어간 돈이 얼마인 줄 아느냐? 물론 그것이 널 죽이려고 기다린 목적은 아니다. 내가 기다린 진정한 목적은 천하패권을 위해 반대자들을 척살하는 너의 발길을 묶기 위해서이다. 강호육군은 절대 너에게 죽을 일을 하지 않았다. 단지 너희 아버지가 천하를 거머쥐는 데 방해가 될 뿐이겠지."

"훗훗! 그래서 내 목을 베어 아버지의 뜻을 꺾겠다는 것이로군."

"물론 아들이 죽어도 부친의 의지는 쉽게 꺾이지 않을 것이다. 그러나 일단 너의 목숨으로 너희 아버지에게 기회를 주려 한다. 만약 네가 죽었는데도 고집을 피운다면, 그땐 너희 아버지 목에 직접 내가 검을 겨눌 것이다."

"크하하하!"

남궁관이 고개를 쳐들고 웃었다. 분노를 발산하기 위한 웃음인지, 아니면 동천몽의 광오한 말에 어처구니가 없어서인지 한참을 웃던 남궁관이 조용히 말했다.

"대법왕이라고? 포달랍궁 대법왕의 무예는 신의 반열에 있다던데 어디 뜬소문인지 사실인지 한번 보지."

남궁관이 날카롭게 쏘아보며 자세를 취했다.

상체를 약간 앞으로 숙이고 두 무릎을 구부렸다. 기회가 보이면 곧바로 달려들 전형적인 공격 태세이다.

동천몽은 양손을 서서히 끌어올렸다. 강호육군을 제거한 검이라면 만만하게 볼 것이 아니었다. 특히 천마검법이라면 더욱 신중을 기해야 했다.

화아아!

남궁관의 검이 찔러왔다. 어떤 변도 담지 않은 단순한 공격이었지만 빠르다.

딱!

지옥금이 가득 주입된 왼손이 남궁관의 검기를 쳐냈다.

남궁관의 검이 방향을 틀어 엉뚱한 곳에 흔적을 남겼다. 하나 남궁관은 전혀 당황하거나 놀라지 않고 오히려 웃음을 지었다. 아마 일초는 동천몽의 힘을 재보기 위한 공격인 듯했다.

 그리고 자신감이 생긴 듯했다.

 콰아아!

 자신감을 얻은 탓인지 남궁관의 검은 처음과는 백팔십도 달랐다. 한줄기 빛이 쏘아오는 순간 동천몽의 눈이 가늘어졌다. 탄검인 것이다. 검끝에 내기를 실어 찌르는 것이 아니라 지력처럼 검기를 튕겨낸다.

 동천몽이 좌장을 뻗었는데 지옥금이었다.

 퍼억!

 검기와 장이 뻗어갔다.

 씨익!

 남궁관의 입가에 웃음이 배어 나왔다. 완전히 자신감을 찾은 얼굴이었다.

 촤악!

 검강이었다. 남궁관은 곧바로 승부를 걸려는 것 같았다. 동천몽은 고개를 끄덕였다. 자신 뒤에 위청청이 기다리고 있었다. 자신을 이긴다고 해도 체력이 소모될 테고, 그런 몸으로 강호육군 중 한 사람을 상대하기란 쉽지 않다고 판단을 내렸을 것이었다.

 스으으!

 동천몽의 오른손이 뻗었는데 완전한 불덩이였다. 이글거리는 화염도 없고 열기도 없이 단지 시뻘겋기만 했다. 정말로 뜨거운 불길은 화염이 없고 이글거리지 않는다. 다만 빨간색으로 달아올라 있기만 할 뿐이었다.

쾅!

검과 장이 충돌했고 두 사람이 동시에 한 걸음씩 물러났다.

이번에는 남궁관의 눈빛이 미묘하게 변했다. 자신의 검강을 어렵지 않게 받아낸 것에 놀란 것이다. 사실 앞선 두 번의 공격에서 느낀 동천몽의 힘은 검강을 받아낼 정도까지 되지는 않았다.

쉭!

검끝이 뱀의 혓바닥처럼 두 가닥으로 나눠졌다. 그만큼 검끝에 엄청난 힘이 실려 검신이 감당할 수 없어 떨리는 것이었다. 그야말로 뭐든지 부딪치면 뚫고 벨 것 같은 기세였다.

동천몽의 오른손이 다시 뻗어나가 두 개로 나눠진 틈을 정면으로 가격했다.

뻑!

강한 충격에 남궁관의 검이 밑으로 휘청 밀려났고, 그 틈을 노리고 동천몽의 좌장이 앞가슴을 쾌속하게 찍어갔다.

슝!

전광석화와 같은 공격이었다. 힘에 밀려 밑으로 휘청 밀린 검을 들어 막기란 너무 시간이 촉박했으므로 남궁관은 왼손을 뻗었다.

쾅!

둘 모두 다시 상체를 휘청거리며 두세 걸음씩 물러났다.
"훗훗! 끝내주마."
남궁관은 완전하게 여유를 찾고 있었다. 그럴 수밖에 없는 것이 모든 사람은 자신이 가장 자신있는 절기로 생사의 대결을 벌인다. 동천몽은 지금 장을 들었고, 그것은 그의 주력이 장법이라는 얘기였다. 문제는 그 장(掌)이 자신이 뻗은 좌장과 동수를 이뤘으니 싸움의 결과가 어느 정도 눈에 보였다. 자신의 주력은 검이다.
지이잉!
남궁관의 검이 변했다. 검에서 붉은 혈기가 아지랑이처럼 피어나기 시작했다.
"처… 천마검법!"
위청청이 경악의 외침을 터뜨렸다.
치치직!
검에서 뿜어 나온 천마의 검기는 주위 나무와 심지어 돌까지 순식간에 태워 버렸다.
"크크크! 간다, 이놈!"
쿠우우!
그것은 검이라기보다는 거대한 핏빛 안개였다. 파도처럼 밀려오는 핏빛 안개를 향해 동천몽은 망설임없이 오른손을 뻗었다. 동천몽의 손이 파랗게 변했다.
진정으로 뜨거운 불길은 파랗게 보인다.
빠아앙!

엄청난 굉음이 울렸고, 우지끈 하는 소리가 들리더니 모옥이 산산조각이 나 폭풍에 날아가 버렸고 위청청과 모용산 역시 멀찍이 몸을 피했다.
　콰콰콰!
　충격에 잠시 주춤하던 남궁관의 검이 빗발처럼 쏟아졌다. 동천몽을 검기 안에 완전히 가둬 버린 것이었다.
　"우핫핫핫!"
　살기가 넘치는 포악한 광소와 더불어 동천몽의 몸은 금방이라도 난도질당할 듯 위태로웠다.
　쓰으으!
　동천몽의 오른손이 원을 그렸다.
　그러자 에워싸고 있던 천마검기가 잘려 나가며 허물어졌고 동천몽은 조용히 포위망을 빠져나갔다.
　남궁관의 눈이 커졌다. 잡았다고 여겼는데 너무도 쉽게 천마검법이 만든 포위망을 빠져나가 버린 것이다. 특히 그가 놀란 것은 천마검법이 동천몽의 손짓에 잘려졌다는 것이었다.
　하나 그것은 전혀 이상할 것도 없었다. 불가무학, 그것도 포달랍궁의 무예는 사도나 마도의 무공과는 천적을 이루고 있었다. 그 사실을 모르는 남궁관은 당연히 놀랄 수밖에 없고, 다시 동천몽을 향해 최후의 일검을 날렸다.
　쐐애액!
　붉은 혈기를 가득 담은 검이 날아오고 있다.
　"영감님, 그 부채 좀 빌려주시겠소?"

늑대의 죽음 49

"그러게나."

위청청이 빠르게 부채를 던져 주었고, 탁 낚아 잡은 동천몽이 자신을 향해 파고드는 남궁관의 검을 향해 부채를 대각선으로 그었다.

콰아아!

대낮인데도 엄청난 광채가 주위를 압도했다. 찔러오던 남궁관 또한 강렬한 눈부심에 이마를 찡그렸다.

일섬단극, 만마생사혈 중 가장 빠른 초식이 펼쳐진 것이다.

푸욱!

분명히 늦게 펼쳐졌는데 부채는 어느새 남궁관의 오른쪽 가슴을 뚫고 있었다. 반 호흡 정도의 시차를 두고 남궁관의 검은 동천몽의 어깨를 스쳤다.

"컥!"

남궁관이 짧은 비명을 지르며 걸음을 세웠는데 눈을 둥그렇게 뜨고 있었다.

천마검법이 깨진 것을 믿을 수 없다는 표정이었다. 충분히 이길 수 있다고 자부했는데 동천몽의 힘이 갑자기 두 배는 상승한 현상이 더욱 이해가 가지 않는다는 얼굴이었다. 왜냐하면 조금 전 펼친 것은 비록 부채였지만 분명히 검강이었다. 동천몽의 주력은 장이고, 또한 내공이 강(罡)을 펼치기에는 부족했다. 그런데 서슴없이, 그것도 완벽하게 완성된 강이 가슴을 찔렀다.

주르륵!

가슴에서 피가 흘러내렸다.

"갑자기 힘이 배가 된 건 어떻게……?"

"어찌 된 일이냐고 묻는 건가?"

동천몽이 별것 아니라는 듯 가벼운 미소를 지었다.

"일목."

다시 허공에서 일목이 떨어져 내렸다.

"부르셨나이까, 대법왕님."

"내가 누구냐? 나를 한마디로 함축해서 표현해 보거라. 지난 세월 오랫동안 겪었을 테니 어려운 질문은 아닐 것이다."

"물론이옵니다. 전혀 어려운 질문이 아니옵니다. 대법왕님을 한마디로 표현한다면 잔대가리의 왕이라고 할 수 있지요."

홱!

동천몽이 인상을 쓰며 돌아보자 일목이 잽싸게 말을 바꿨다.

"자… 잔머리의 왕이지요."

"들었나? 하나도 이상할 것 없다. 네가 한 만큼 나도 할 뿐이지. 네가 십이라는 힘을 쓰면 나도 십만 쓸 뿐이고, 백을 쓰면 나도 백을 쓸 뿐이다."

"……."

"왜 그러는지 아나? 내 지론은 싸움은 쉽고 편하게 하자는 생각이지. 자, 그럼 어떻게 하면 쉽고 편하게 할 수 있는가를 설명해 주지. 그것 또한 아주 간단하다. 상대에게 맞춰 대응하면 상대는 내 수준이 그 정도밖에 되지 않은 것으로 착각하고

기고만장한다. 지금 너처럼."

남궁관의 안색이 굳었다.

완벽하게 속은 것이다. 아니, 작전에 휘말린 것이었다. 무공은 강하면 이길 확률이 분명 높지만 싸움을 하다 보면 정반대의 결과가 나오는 것이 무인들의 격투였다.

동천몽은 더도 아니고 덜도 아닌 자신의 힘에 보조만 맞춘 것이었다. 그래서 자신이 완전히 자신감을 갖고, 좀 더 정확히 표현한다면 방심해 있을 때 모든 것을 쏟아내 버린 것이었다.

화악!

남궁관이 날아왔다. 하지만 조금 전과는 눈에 띄게 차이가 나는 검이었다.

"기어코 추한 꼴을 보겠다는 거군."

딱!

부채가 검을 쳤다. 치는 부채는 이미 검강으로 변해 있었기 때문에 남궁관의 검이 힘없이 옆으로 밀렸다.

푸우욱!

동천몽의 부채가 이번에는 복부를 찔렀다.

또다시 배가 붉게 물들었다. 하지만 남궁관은 포기하지 않고 재차 검을 휘둘렀다.

"끝까지 해보겠다는 거냐?"

탁!

남궁관의 검을 왼손으로 잡아 사정없이 잡아당겼다. 그러자 남궁관이 그대로 끌려왔다.

"병신, 이럴 땐 끌려오는 것이 아니라 검을 놓는 것이다. 왜냐하면 이렇게 터지기 때문에."

빠악!

오른손 부채가 면전으로 끌려온 남궁관의 대갈통을 내려쳤다.

피가 이마를 타고 흘러내렸고 남궁관은 검을 여전히 쥐고 있었다. 검을 놓는다는 것은 곧 패배이자 어떤 변명으로도 통하지 않는 무인에게 가장 큰 수치라고 생각한 것이다.

"일목, 너 같으면 이 상황에서 어찌하겠느냐?"

"일단 검이고 뭐고 팽개치고 멀찍이 물러나지요."

"나도 그런다. 그런데 이놈은 아주 골통이구나. 검도 힘이 있을 때 쥐고 있어야 뽀대가 나지, 완전히 맛이 갔는데도 쥐고 있다는 것은 병신 짓거리라는 것을 모르는구나."

빠악!

오른발이 남궁관의 사타구니를 걷어찼다.

그제야 남궁관이 검을 놓고 양손으로 아래를 감싸 쥐었다.

곰처럼 잔뜩 사타구니를 감싸고 부르르 떨던 남궁관이 끝내 옆으로 넘어졌다. 상상할 수 없는 고통이 밀려왔다.

"천마검법을 어떻게 정도의 명문인 남궁가에서 사용하지?"

남궁관이 더듬거렸다.

"죽여라."

"죽일 테니 걱정 말고 묻는 말에 대답해라."

남궁관은 대답하지 않았다.

피식!

동천몽이 가소롭다는 듯 메마른 웃음을 짓더니 있는 힘을 다해 사타구니를 걷어찼다.

"아이구야. 끄거거거!"

"혹시 대법왕이라고 해서 내가 편히 죽일 것이라고 생각했다면 포기해라. 대법왕이라고 다 자비심이 넘치는 것만은 아니거든. 본 궁 대법왕 중 한 분은 사람을 죽일 때 한 번도 그냥 죽이지 않았느니라. 온갖 고문과 고통을 주며 괴로워하는 상대를 보며 희희낙락했다고 전해오지. 난 그 정도는 못 되어도 편하게 죽이고 싶은 마음은 없다."

빠악!

또다시 사타구니를 찼다.

남궁관은 비명을 지를 뿐 대답이 없었고 동천몽은 굴러가는 그를 따라가며 걷어찼다.

빡!

빡— 빠아악!

남궁관은 끝내 비명도 지르지 못했다. 완전히 사색이 되었고 정신이 나간 듯했다.

"주… 증조부님께서 마교 교주의 제자이셨… 다."

남궁관의 말을 요약하면 이렇다.

백 년 전, 무림맹에 쫓기던 마교 교주는 남궁세가의 전전 가주였던 남궁용과 조우했다. 평소라면 모를까 이미 사경을 헤매고 있는 마교 교주에게 남궁용은 벅찬 상대였다.

마교 교주는 한 가지 제의를 했다. 자신을 살려주면 마교 교주의 무공을 전수해 주겠다는 것이었다. 보는 사람도 없고, 남궁용은 거절할 이유가 없었다.

 가짜 마교 교주의 시신을 만들어놓고 진짜 마교 교주는 남궁세가로 데려와 그에게 무공을 전수받기 시작했다. 그 후 남궁세가의 가주들은 마교 교주의 무공을 수련하기 시작했지만 너무 심오하고 복잡했다. 하지만 세월이 흐르며 마침내 천마검법을 완전히 소화한 것이었다.

 "어엇!"

 그때 일목이 놀란 소리를 했다.

 "그 계집이 사라졌사옵니다."

 모두가 남궁관에게 집중되어 있는 틈을 이용해 모용산이 도망을 쳐버렸다.

 "당장 잡아오겠사옵니다."

 "아니다, 그럴 필요 없다. 그 계집을 죽일 손은 따로 있다고 했지 않느냐? 여기서 죽는 게 나을 텐데."

 동천몽이 불쌍하다는 표정을 지었다.

 동천비의 성격에 잡히면 그냥은 죽이지 않을 것이다. 그녀는 곱게 죽을 수 있는 기회를 스스로 버린 셈이었다.

 부르르르!

 남궁관이 심한 경련을 했다. 가슴과 복부에 치명적인 상처를 입은 데다 사타구니가 깨져 죽음이 몰려들고 있었다.

 "나… 나의 천마검법은 겨우 오성이… 다. 아… 아버지를 만나면 넌 결코 살아… 나… 지 못할… 것."

툭!

웅크린 채 남궁관은 숨을 거두었다.

"일목! 시신을 잘 싸서 마차에 실어 남궁세가로 보내주어라."

"존명!"

일목이 남궁관의 시신을 거적에 대충 말아 옆구리에 끼더니 산을 내려갔다.

동천몽이 위청청을 돌아보았다.

"어떻습니까? 기분도 전환할 겸 오목 한 수 더 하는 게?"

"좋습니다. 이번엔 그냥 두는 것보다는 내기를 하는 게 어떻겠습니까?"

동천몽이 눈을 크게 떴다.

"내기? 그거 좋지요. 그런데 뭘 내기로 걸겠습니까?"

"이긴 사람은 무조건 진 사람 소원을 들어주는 것, 어떻겠습니까?"

동천몽이 눈을 크게 떴다.

진 사람이 이긴 사람의 소원을 들어주는 내기는 많이 봤지만 이긴 사람이 진 사람의 소원을 들어준다는 건 처음 겪은 경우였다.

동천몽은 생각할수록 복잡했으므로 그냥 고개를 끄덕였다.

두 사람은 다시 바둑판을 놓고 앉아 오목을 두었고, 또다시 위청청이 패했다.

그런데 패한 위청청이 아까와는 달리 무척 즐거워했다.
"그럼 지금부터 소원을 말하겠습니다."
"뭐요?"
위청청이 동천몽을 빤히 쳐다보았다.
"소원 말하라니까 뭘 그렇게 쳐다보는 거요?"
"이 늙은이를 포달랍궁의 제자로 받아줄 수 없겠사옵니까?"
동천몽의 눈이 커졌다.
위청청이 진지한 표정으로 말했다.
"포달랍궁의 제자가 되어 얼마 남지 않은 삶, 대법왕님을 받들어 모시며 살고 싶습니다."
"이… 이보시오."
"안 된다는 말씀은 하지 마십시오."
"아무리 절간이 자유화가 되었다고는 하지만 젊은 사람을 제자로 받는 것이지 어떻게 죽음이 목전에까지 닥친 늙은 사람을 받는단 말이오?"
위청청의 눈이 커졌다.
"그래서 너무 늙어 안 된다는 말씀이옵니까?"
위청청의 표정이 비장해졌다.
동천몽이 이마를 찡그렸다.
"늙었다고 안 된다는 법은 없지만, 관례상 젊은 사람을 제자로 받는데……"
"어쨌든 늙어서 안 된다는 것 아닙니까?"
"솔직히 말해 늙어도 너무 늙었소. 올해 춘추가 어찌 되시오?"

"정확히 백일곱입니다."

동천몽이 인상을 썼다.

"백일곱 먹은 제자를 받아들여 누가 맘 놓고 심부름을 시키겠소? 생각해 보시오. 위 대협 같으면 자신보다 나이 많은 제자에게 맘 놓고 심부름 시키겠소?"

"예, 이 늙은이 같으면 나이고 뭐고 인정사정없이 시킵니다. 강호 원로랍시고 걸핏하면 이놈 저놈 찾아와 무림의 정세에 대해 상의를 하려 듭니다. 원로 대우를 받으면서 그들의 사정과 얘기를 들어주지 않을 수도 없고, 한데 문제는 그들이 나와 상의하고자 하는 내용입니다."

위청청의 미간에 주름이 생겼다.

"강호 평화와 흑도와의 공존에 관한 건설적인 얘기면 괜찮은데, 하나같이 자신들이 하는 일에 동참해 줄 것을 호소하지요. 거절하면 섭섭하다고 앙심을 품고 허락하자니 그들의 일이 떳떳하지 않고, 그래서 이 늙은이에게는 친구보다 적이 많습니다."

"그래서 그런 귀찮은 일을 피하기 위해 불문에 귀의하겠다는 얘기오?"

"꼭 그런 복잡한 강호사를 피하려는 목적 하나만을 갖고 불가에 몸을 던지려는 것은 아닙니다. 이 늙은이, 죽을 때가 다 되었지요. 죽기 전에 사람다운 일 좀 해보려고 하지요."

"사람다운 일?"

"남을 위해 희생하는 것 말입니다. 포달랍궁에 가면 공부만

하는 학승도 있고 무예만 익히는 무승도 있지만 백성들 속으로 들어가 그들과 생사고락을 함께하며 그들의 삶을 돕는 속승도 있다고 들었사옵니다."

뚝!

물건 떨어지듯 일목이 나타났다.

"다녀왔사옵니다. 마차 한 대를 구해 보냈습니다."

"그래, 수고했느니라."

"오면서 들었는데 한마디 해도 되겠사옵니까?"

"해라."

일목이 침을 삼키며 말했다.

"위청청 선배님께서 본 궁의 제자가 되고 싶어한다고 들었습니다. 단도직입적으로 말씀드리겠사옵니다."

화악!

동천몽의 눈이 커졌다. 요즘 일목이 틈틈이 공부를 하고 있다는 것을 알고 있었다. 조그만 서책을 품속에 넣고 다니며 짬 날 때마다 읽은 것을 두어 번 보았다.

"단도직업적?"

"단도직업적이 아니라 단도직입… 아이고!"

말이 끝나기도 전에 동천몽이 그대로 사타구니를 걷어찼고 일목이 양손으로 감싸며 비명을 질렀다.

"네놈의 간덩이가 부었구나. 요즘 칭찬을 해줬더니 이제 어른들 얘기하는 데 불쑥 끼어들다니."

"송구하옵니다. 소승이 죽을죄를 졌사옵니다. 그럼 이만."

팟!
연기처럼 흩어지며 일목이 자취를 감춰 버렸다.
동천몽이 위청청을 바라보았다.
"영감님 의지가 정 그러하시다면 받아들이겠소. 하지만 연장자라고 대우받을 생각은 꿈에도 하지 마시오?"
위청청이 펄쩍 뛰었다.
"절대 그런 생각 하지 않습니다. 마구 아랫사람 부리듯 일도 시키고 심부름도 보내십시오. 그리고 정식으로 계를 받지는 않았지만 제자임을 구두로 맹세했으니, 앞으로 이 늙은이에게도 말씀을 놓으십시오. 어찌 천상천하 유아독존이신 대법왕님께서 제자에게 존칭을 사용한단 말이옵니까?"
동천몽은 고개를 끄덕였다.
"알았느니라. 계를 받으면 정식으로 법명을 내리겠지만 우선은 청청이라고 부르자꾸나."
"청청이라? 정말 마음에 드옵니다."
위청청이 합장을 하며 허리를 숙였다.
"지금은 이렇게 예를 올리지만 나중에는 정식으로 대법왕님께 몸과 마음을 바쳐 큰절로 제자가 되었음을 신고하겠사옵니다."
"진정한 예는 몸이 아니라 마음이니라. 넌 이미 본 궁의 제자가 되었고 예를 갖추었느니라."
위청청의 눈이 커졌다.
지금까지 짓궂은 모습만 보았다. 그런데 지금 자신을 쳐다보는 동천몽의 얼굴에서 금빛 광채가 쏟아졌다. 감동에서 오는 착시 현상일지 모른다고 생각했지만 동천몽의 얼굴은 웅장하고 근엄한 빛을 뿌렸다.

바로 그때, 둘 모두 갑자기 고개를 돌렸다.

인기척을 느낀 것이었다. 잠시 후 산 아래로부터 한 개의 붉은 인영이 바람처럼 날아왔다.

흠칫!

위청청의 눈이 커졌다. 날아오는 사람의 신법이 상상을 초월할 만큼 빨랐기 때문이었다.

처억!

가벼운 먼지를 일으키며 붉은 인영은 마당 한가운데 날아내렸다. 나타난 사람은 눈썹이라고는 하나도 없는 무미 선사였다. 무미 선사를 본 위청청의 눈이 찌푸려졌다.

눈이 하나뿐인 일목에다가 눈썹이 없는 무미가 나타나자 갑자기 웃음이 터져 나오려 했고, 그래서 참다 보니 인상을 쓰게 된 것이었다.

"어쩐 일이냐?"

무미 선사가 허리를 구부리며 빠르게 말을 이었다.

"목와북천이 대대적인 공세를 시작했사옵니다. 이미 사천과 운남, 섬서까지 점령당했고 파죽지세로 장강을 넘어 밀려오고 있사옵니다."

동천몽의 눈이 커졌다.

양쪽의 충돌이 곧 있을 것이라고 예상은 했지만 생각보다 빨랐다.

팟!

갑자기 동천몽의 눈이 빛을 발했다.

지금 흑도와 무림맹은 잠시 휴전 중이었다. 양쪽 모두 내부 사정 때문이었는데 흑도는 자금이 부족했고, 무림맹은 지휘 통제가 일원화되지 않은 탓이었다.

"먼저 칼을 뽑은 곳이 흑도라고 했느냐?"

"그러하옵니다."

동천몽이 야릇한 웃음을 지었다.

동천몽이 짓는 웃음의 의미를 알 수 없어 두 사람은 몹시 궁금해했다.

"형님이 무림맹의 포위망을 뚫고 나왔군."

"아니옵니다. 그것은 불가능하옵니다. 대법왕님의 사가는 상관량에 의해 완벽히 포위되어 있사옵니다. 개미 한 마리도 빠져나올 수 없지요."

"흑도는 군수물자 부족으로 잠시 공세의 고삐를 늦추었다. 그런데 그들이 다시 공격을 시작했다면 군수물자가 보충이 되었다고 봐야겠지. 흑도무림에 군수물자를 지원할 만큼 많은 자금을 갖고 있는 사람이 누구겠느냐?"

무미 선사가 의혹의 표정을 지었다.

"하… 하지만 대법왕님의 형님께서는 갇혀 있사옵니다."

"몰래 빠져나왔을 것이다. 그리고 아버님께서 형님에게 선조 때부터 내려온 최후의 재산을 모조리 넘긴 것이 분명하다.

그 자금이 아니면 흑도는 절대 무림맹을 공격할 여력이 되지 않는다."

무미 선사의 눈이 커졌다.

동천몽의 말을 듣고 보니 맞는 것 같았다. 자신도 군수물자 부족에 시달리는 흑도가 공격을 시작했다는 소식을 듣고 무척 의아했었다.

"아마 무림맹에서 누군가 아버지와 통하는 사람이 있었을 것이고, 그의 힘을 빌어 형님을 빠져나갈 수 있도록 했을 것이다."

동천몽은 가벼운 한숨을 내쉬었다.

핏줄이자 장자이다. 결국 부친은 동천비의 손을 들어주었고, 그에게 천상각의 미래를 맡긴 것이다. 부친과 동천비는 이제 완전히 한 배를 탄 것이었다.

부친의 마음을 충분히 이해할 것 같았다.

부친에게는 선택의 여지가 동천비 말고는 없었다. 자신에게도 기대를 했을 것이다. 그런데 당장 가시적인 사건 해결을 보여주지 않고 아직 때가 아니라는 말에 서운했을 것이며, 조급한 부친은 무척 실망하며 자신들이 과거 미워했던 감정이 남아 고의로 모른 체하고 있다고 오해를 했음이다. 그래서 자신을 버리고 동천비에게 죽이 되든 밥이 되든 주사위를 던진 것이다.

"훗훗! 하지만 뭐니 뭐니 해도 가장 대단한 분은 아버님이로군. 그렇잖아도 풍부한 장비 등을 앞세운 목와북천에 밀리는 무림맹으로서는 미칠 노릇이구나."

위청청과 무미 선사가 눈을 깜박거렸다. 동천몽의 말뜻을 알아듣지 못한 얼굴이었다.

동천몽이 웃으며 설명해 주었다.

"무림맹에서는 형님이 포위망을 벗어난지를 모르고 있다. 아니, 일부러 아버지께서 철저히 숨기고 있다. 형님이 같이 있는 것처럼 행동하고 있을 것인데, 그 이유는 여러 가지가 있다. 형님이 도망친 사실을 숨겨 안전을 지켜주려는 것도 있을 테고, 시간을 벌어 형님이 안전하게 추적망을 충분히 벗어나도록 시간을 벌어주기 위함과 아울러 집 안 어딘가에 쌓여 있을 보화를 모조리 옮겨갈 시간적 여유를 주기 위해서지. 하나 가장 큰 이유는 다른 데 있을 것이다."

"무엇입니까?"

"형님이 있는 것처럼 하여 본 가를 에워싸고 있는 무림맹 무사들을 붙잡아두려는 것이지. 본 가를 둘러싸고 있는 무림맹 무사들은 최정예들이다. 그들까지 전선에 투입되었다면 아무리 풍부한 장비로 무장한 목와북천일지라도 손쉽게 밀어붙이지는 못할 것이다. 그런데 아버님이 그들을 붙잡아주고 있기에 목와북천은 승승장구할 수 있지."

"결국 목와북천의 가장 큰 힘은 어쩌면 아버님이란 말씀 아니옵니까?"

"아버지 또한 형님과 한 배를 타기로 마음먹었으니 목와북천의 사람이라고 할 수 있지만, 어쨌든 대단한 계략이구나."

장사꾼의 머리는 역시 비상했다.

무림맹은 지금 동천비가 포위망을 빠져나갔을 뿐 아니라 막대한 자금을 이용해 앞선 장비로 무림맹을 몰아친다는 사실을 전혀 모르고 있을 것이었다.

무림맹이 계속 밀릴 것이다. 하지만 계속 밀리도록 내버려둬서는 안 된다.

흑도의 공세는 가공했다. 연일 엄청난 물자와 병력을 동원해 폭풍처럼 밀고 내려왔다. 그들은 무림맹이 쳐놓은 함정과 진법은 귀씨 화가에서 매입한 화탄으로 무력화시켰고, 만잠여의를 흑의 속에 입어 어지간한 병기에 찔려도 끄떡하지 않았다. 거기다 감여철가로부터 사들인 면강오금의 병기는 더욱 위력을 실어주었다.

전한 말기 천봉(天鳳) 사 년에 신시(新市) 사람인 왕광(王匡), 왕봉(王鳳)은 민중에게 추대되어 거수(渠帥)가 되어 궁민(窮民)들을 데리고 녹림산으로 들어가 도적단이 되었다. 후세에 도적단을 녹림이라고 부르는 이유는 여기서 유래되는데, 과거 왕광과 왕봉이 거느린 녹림단의 주거지였던 녹당(綠堂)에 일단의 사람들이 모였다.

녹당은 거의 허물어지고 잡초가 무성했는데 왕봉의 거처였던 천방(天房)만이 겨우 남아 형태를 유지하고 있었다.

천장에 거미줄과 박쥐들이 가득 달라붙은 가운데, 그 아래에서 이십여 명의 인물들이 심각한 표정으로 회의를 하고 있었다. 이들은 바로 무림맹의 맹주인 남궁천을 비롯해 구파일방과 사대세가 및 몇몇 명문가의 수뇌들이었다.

무림맹이 흑도에 의해 불타 사라진 이후 무림맹의 기세는 급전직하했다. 특히 무사들의 사기에 미치는 영향은 컸다. 그래서 지휘부가 뒤에 설 것이 아니라 전선의 선두에서 직접 적과 맞서 싸우는 것만이 떨어진 무사들의 사기를 올릴 수 있다는 남궁천의 판단에 의해 각파 장문인들이 모두 이렇게 나온 것이다.

하지만 한 번 밀리자 반전의 기회는 좀체 오지 않았고, 파괴적인 무기로 무장한 흑도 무사들에게 시간이 흐를수록 더욱 밀렸고 차이는 현저하게 벌어졌다.

남궁천이 내린 결론은 하나였다.

흑도의 위력적인 장비도 밀리는 한 원인이지만 결정적인 패퇴의 이유는 수뇌들의 소극적인 부대 지휘라고 꼬집었다. 무통령에 의해 어쩔 수 없이 진두지휘를 하고 있지만, 일부 자신에게 불만을 갖고 있는 무림맹 소속의 수뇌들이 적극적으로 적과 맞부딪치지 않는다는 것이었다.

조금만 위태롭다 싶으면 철수를 감행했고, 혹시나 제자들에게 피해가 생길까 봐 그들의 신변 안위에 치중한 나머지 전투가 이루어지지 않는다는 것이다. 그래서 직접 이렇게 예정에 없던 회의를 전선 인근에서 개최한 것이다.

"다시 말하겠소. 이유없이 후퇴를 하거나 피해가 적은 문파는 용서하지 않겠소이다. 본보기 차원에서라도 그 수뇌의 목을 내가 직접 베겠소이다."

모든 사람들이 경악의 표정을 지었다.

그것은 충격적인 선언이었다.

"맹주."

"말하시오, 용두신개."

개방 방주 용두신개가 눈을 빛내며 말했다.

"참수 규정이 너무 애매하오이다."

"뭐가 애매하다는 것이오?"

"맹주의 말은 피해가 적은 문파는 적극적으로 싸우지 않은 것으로 간주하겠다는 뜻 아니오?"

남궁천이 멈칫했다.

용두신개의 지적은 날카로웠고 빈틈이 없었다.

"포위가 되어서도 적은 피해를 입을 수가 있고, 유리한 조건에서도 많은 피해를 당할 수 있는 것이 전쟁이오. 그런데 단지 피해의 규모 하나만을 놓고서 책임을 구분한다는 것은 아주 위험한 전략이고 지휘책이오. 며칠 전 생사곡 싸움에서 본 방은 별로 힘들이지 않고 목와북천의 금령단을 몰살시켰소. 그에 반해 곤륜은 혼신의 힘을 다해 싸웠지만 천대에 밀렸소. 그럼 곤륜 장문인의 목은 베어져야 하는 것이오?"

"맞소이다."

"맹주가 내세운 원칙에는 약간의 무리가 따르오이다."

여기저기서 한마디씩 던졌다.

콰앙!

남궁천이 탁자를 주먹으로 쳤다.

"난 이 전쟁의 모든 실권을 쥐고 있는 무림맹주이오. 내 전략과 생각은 절대 바뀌지 않을 것이오."

남궁천이 자리에서 벌떡 일어났다.

"다시 말하겠소. 후퇴와 공격이 적절치 않았다고 판단되면, 그 문파가 누구든 수장의 목을 가만 놔두지 않을 것이오. 내 말은 절대 변하지 않소. 그만들 각자 문파가 주둔한 곳으로 가 보시오."

서슬 퍼런 남궁천의 기세에 아무도 대꾸하지 못하고 자리에서 일어났다.

각파의 장문인들이 돌덩이처럼 차갑게 굳은 얼굴로 실내를 빠져나올 때 한 사내가 복도를 달려오고 있었다. 무사의 얼굴은 분칠을 한 듯 순백색이었다.

쿵쾅쿵쾅!

가뜩이나 오래되어 금방이라도 무너질 것 같은 천방의 건물이 무사의 체중 실린 발자국 소리에 흔들거렸다.

"가만, 저자는 남궁세가의 총관 백면염라(白面閻羅) 시벌(柴罰) 아니오?"

"맞소이다. 얼굴이 하얀 것이 틀림없는 백면염라외다."

복도를 빠져나가던 사람들의 발길이 일제히 멎었다. 모두가 고개를 돌려 시벌이 들어간 회의장을 쳐다보았다.

"뭣이? 그게 정말이냐?"

안으로부터 남궁천의 커다란 목소리가 흘러나왔다. 모두가 가던 길을 멈추고 돌아섰다.

 잠시 침묵이 찾아왔고, 곧 남궁천이 모습을 드러냈다. 남궁천의 얼굴이 창백하게 변해 있었다. 좀체 표정 변화를 보이지 않는 남궁천이다. 회의에 참석했던 수장들은 뭔가 심상치 않은 일이 일어났다는 것을 느꼈다.

 "우공 선사는 어디 계시오?"

 남궁천이 눈을 두리번거렸다.

 맨 끝에 서 있던 우공 선사가 앞으로 다가왔다.

 "부르셨소이까, 맹주."

 "급히 사가에 좀 다녀와야겠으니 장문인께서 모든 작전을 진두지휘하시오."

 "아미타불! 맹주 사가에 무슨 일이 생겼기에."

 말이 끝나기도 전에 남궁천은 중인들 시야에서 사라져 버렸다. 남궁천이 사라지고 모두들 의혹의 표정으로 서로를 쳐다보았다. 혹시 짚이거나 아는 것 있느냐고 서로에게 묻는 것이었다. 하지만 누구도 속 시원한 대답을 해준 사람은 없었다.

 "태산이 무너져도 기침 한 번 하지 않을 사람인데 하얗게 굳어진 것을 보면 큰일이 생긴 것만큼은 틀림없소."

 "그러니까, 그 큰일이 뭐냐는 것이오?"

 "낸들 아오? 어서 갑시다. 자칫하다간 모가지 잘리게 생겼으니."

 장문인들이 복도를 빠져나갔다.

 "어리석기 그지없는 인간들, 찬성할 것을 해야지 무통령을

늑대의 죽음 69

내려 뭘 어쩌겠다는 거야."

개방의 방주 용두신개가 서둘러 떠나는 각파의 장문인들을 보며 투덜거렸다.

"무통령을 잘못 내리면 가혹한 독선과 아집, 피바람이 불어닥친다는 것을 몰라서 그랬단 말인가. 쯧쯧!"

용두신개도 떠났다.

이제 녹당에는 소림 장문인 우공 선사와 시자승 명철 두 사람만 남았다.

바람에 잡초들이 흐느적거리며 서로의 몸을 비볐다. 우공 선사는 꼼짝도 않고 서서 푸른 하늘을 올려다보았는데 두 눈을 지그시 감고 입으로는 연신 아미타불을 외우고 있었다.

근심이 가득한 얼굴로 눈을 감고 있는 우공 선사를 보며 명철이 조심스럽게 말했다.

"그만 가시지요."

우공 선사는 아무런 반응을 보이지 않았다.

한동안 석상처럼 눈을 감고 있던 우공 선사가 땅이 꺼져라 한숨을 쉬었다.

그리고 천천히 걸음을 옮겨 소림의 제자들이 집결해 있는 양양(亮陽)을 향해 걸었다. 신법을 전력으로 펼쳐 달려도 두 세 시진 걸릴 거리인데 천천히 걸어가자 명철이 염려스런 표정으로 말했다.

"서두르셔야 하옵니다."

"명철아."

우공 선사가 나직이 불렀다.

명철이 뒤를 따르며 대답했다.

"네, 방장 스님."

"네가 보기에는 어떠냐?"

"네에?"

명철의 눈이 커졌다.

우공 선사가 걸으며 말했다.

"네가 보기에 앞으로 강호는 어떻게 변할 것 같으냐? 너도 느낀 것이 있을 것 아니냐?"

"무지한 제자가 어찌 알겠사옵니까?"

"아니다. 괜찮으니 그냥 해보거라. 아무 말이라도 좋으니라."

명철의 눈이 빛났다.

그렇잖아도 나름대로 생각해 본 것이 있었다.

"하오면 감히 한마디 하겠사옵니다."

"그래."

"제자가 보기에 앞으로 강호는 전무후무한 피의 강물로 덮일 것 같사옵니다."

뚝!

앞서 가던 우공 선사의 걸음이 멈췄다.

그러자 명철이 당황하여 황급히 말했다.

"제자가 말하는 피의 강물이란 진짜로 피가 장강의 물처럼 흐른다는 것이 아니라 조금 많이 흘릴 것이라는 뜻입니다."

우공 선사가 고개를 끄덕이며 다시 걸음을 옮겼다.
"계속 말해보거라."
"언젠가 장경각에서 무림천록이란 고서를 본 적이 있사옵니다. 그런데 한 사람에게 너무 과도한 힘이 집중되면 그 힘은 절대 올바로 사용되지 않는다는 말이었습니다."
"좋은 말이구나."
"지금 강호가 그렇지 않사온지요?"
"헛헛헛!"
의미를 알 수 없는 미소를 지으며 우공 선사가 몸을 날렸다. 그 뒤를 따라 명철 또한 몸을 날려 따랐다.

第三章
사(死), 귀거래

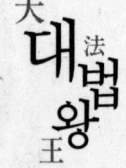

한 대의 마차가 있었다. 말은 비쩍 마른, 언뜻 노새처럼 작고 볼품이 없지만 틀림없는 말이었다. 마차는 검은 휘장으로 덮어씌워져 있었는데 주위로 남궁세가의 무사들이 굳건한 기세로 지키고 있었다. 무사들 선두에는 남궁천의 오랜 시위이자 가로인 자추가 굳은 얼굴로 서 있었다.

 팟!
 자추의 눈이 빛났다.
 저 멀리 두 개의 인영이 빠른 속도로 날아와 오른쪽 인영 앞에 멈춰 섰다. 평생을 모셔온 남궁천이었다.

 획!
 삽시간에 마차 앞에 내려선 남궁천을 향해 자추가 허리를 숙였다.

남궁천의 시선은 마차에 멎었다. 한동안 꼼짝도 하지 않고 마차를 쳐다보던 남궁천이 천천히 마차를 향해 다가갔다.

걸으면서도 남궁천의 시선은 마차에서 떨어지지 않았다.

척!

마차 가까이에 도착한 남궁천이 심호흡을 했다.

휘장을 걷기 위해 뻗는 손에 힘이 없었고 손끝이 미세한 떨림을 보였다.

불과 한 자 거리 정도밖에 안 되는데 손을 뻗어가는 시간은 무척 오래 걸렸다.

마침내 마차 휘장에 손이 닿은 남궁천이 천천히 걷어 올렸다.

마차 바닥은 마구간처럼 짚이 깔렸고, 그곳에 한 구의 시신이 반듯하게 누워 있었다. 시신을 보는 남궁천의 얼굴에는 아무런 변화도 없었다. 한 손으로 휘장을 걷고 시신을 쳐다보았는데 석상이 된 것 같았다.

쫘아악!

마차 휘장을 잡아당기자 힘없이 찢어졌다.

남궁천이 마차 위로 올라가 쭈그리고 앉았다. 한동안 말없이 남궁관의 시신을 내려다보던 그의 오른손이 뺨에 닿았다.

스르르!

금방이라도 벌떡 일어나 '아버님' 하며 부를 것 같았다.

"과… 관아!"

아들의 뺨을 쓰다듬으며 남궁천이 나직이 불렀다.

남궁관의 죽음은 한 사람의 죽음으로 끝나는 것이 아니었다. 그는 유일한 아들이고 남궁세가의 미래이자 꿈인 것이었다. 그런 남궁관이 죽었으므로 남궁세가는 대가 끊긴 것이다. 아무리 명문일지라도 대가 끊기면 가세는 흔들린다.

이번에는 남궁관의 손을 쥐었다.

얼음을 만지는 것처럼 차갑다. 남궁천은 남궁관의 손을 쥐고서 놓을 줄 몰랐다. 한동안 말없이 남궁관의 손을 잡고 망연자실해 있었다.

얼마나 지났을까. 남궁천이 쥐고 있던 남궁관의 손을 놓고 마차에서 내려왔다.

기다렸다는 듯이 자추가 입을 열었다.

"그냥 마차만 왔사옵니다."

"그게 말이 되느냐? 저 말이 어떻게 본 가를 알고 찾아왔단 말이냐?"

자추가 눈을 깜빡거렸다.

그러고 보니 너무 황망하여 그 생각을 못했다. 말이 남궁세가를 알아서 올 리는 절대 없었다.

"최소한 본 가 근처까지는 누군가 몰고 왔을 것이다. 그놈을 잡아라. 멀리 가지 못했을 것이다."

즉시 남궁세가의 무사들이 장원을 떠났다. 뻗은 길이란 길은 모조리 봉쇄했고, 의심이 가는 사람들은 모두 붙잡아 들였다. 또한 말이 워낙 비쩍 말라 특이했으므로 누군가 기억하고 있는 목격자가 있을 것이라고 생각해 저잣거리를 탐문하고 다녔지만 의외로 목격자는 단 한 명도 나오지 않았다.

그것은 사실 본 사람이 없어서가 아니라 그만큼 남궁세가가 지역 주민들에게 인심을 잃었기 때문이라고 자추는 생각했다. 명문가일수록 지역 주민들과 절친하다. 자주 교류하고 그 지역에 행사가 있을 때는 적지 않은 돈을 쾌척한다.

하지만 남궁세가는 철저히 외면했고, 오히려 지역 사람들을 괴롭히며 못살게 굴었다. 남궁세가의 무사들이 그만큼 사문을 등에 업고 지역 주민들에게 행패를 부린 것이었다. 그러다 보니 무사들의 질문에도 지역 주민들이 냉담한 태도를 보이며 전혀 협조하지 않을 수밖에.

사흘을 추적하고 증거를 찾기 위해 조사했지만 모두 헛수고였다.

남궁천은 흥분하기 시작했다. 감히 무림맹주인 자신의 아들을 죽여 시신으로 보내는 인물이 있다는 것에 더욱 분기탱천했고, 아무런 증거도 찾지 못했다는 것에 더욱 발작 직전이었다.

엎친 데 덮친 격으로 전선으로부터 계속 좋지 않은 소식이 날아들었다. 호북이 거의 목와북천에 점령당했다는 소식이었다. 언제까지 마차를 끌고 온 마부를 찾는 데 매달릴 수가 없었기 때문에 남궁천은 자추에게 모든 것을 맡기고 전선으로 나아갔다.

가뜩이나 감정이 격앙된 남궁천은 총공격을 명했다.

하지만 한 번 꺾인 힘은 쉽게 회복되지 않았고 엄청난 사상자를 내면서 무림맹은 연일 패퇴했다.

이런 식으로 가다간 호북은 물론 호남 귀주까지 흑도의 수중에 떨어질 것이 뻔했다. 뭔가 특단의 조치가 필요했다. 그때 남궁천의 귀로 한 가지 소식이 들어왔다.

사시(沙市)를 방어하던 곤륜파가 적의 공세를 막지 못하고 후퇴를 했다는 것이었다. 그래서 사시가 적의 수중에 떨어졌다는 보고였다. 사시는 호북 서쪽의 최후 보루다. 그곳이 무너지면 적은 곧바로 호남성으로 진입한다.

가뜩이나 흥분한 남궁천에게 그 소식은 불난 집에 부채질하는 꼴이 되었고 단번에 곤륜 장문인 무극자의 목을 베어버렸다. 무극자는 전혀 저항하지 않았다. 다만 남궁천의 검날 아래 쓰러지면서도 의미를 알 수 없는 웃음만 지었다고 했다.

이유야 어쨌든 무극자의 죽음은 곤륜 제자들을 자극했다.

아무리 무림맹주이고 무통령이 떨어져 모두가 남궁천의 명령을 따라야 하지만 자파 장문인을 죽였다는 것은 용납할 수 없는 일이었다.

무림맹 용대의 대주이자 곤륜의 열두 장로 중 한 사람인 청송자가 배덕의 검을 뽑아 들었다. 비밀리에 장로들과 회합을 갖고 이른 새벽 목와북천으로 투항해 버린 것이었다.

그러자 순식간에 호북의 서쪽이 뚫렸고, 호남성으로 목와북천의 무사들은 진입했다.

청송자의 배신 소식은 다른 문파에도 거센 파장을 일으켰다. 가뜩이나 남궁천의 독선에 불만을 갖고 있던 다른 문파들이 들썩거리며 심상치 않은 기운이 감돌았다.

전쟁 중에 분란은 자멸의 길이다.

그런데 곤륜에 이어 화산파와 아미파가 한밤중에 목와북천으로 들어가 버렸다. 그러자 그들이 지키고 있던 지역은 피 한 방울 흘리지 않고 목와북천의 차지가 되어버렸다. 무림맹의 본영은 어느새 동정호 황학루 근처로 옮겨졌다.

꽈앙!

남궁천의 주먹이 연신 탁자를 내려쳤다. 목와북천으로 투항해 버린 세 문파를 향해 막말까지 해가며 비난했고 저주를 퍼부었다.

'아미타불!'

우공 선사가 속으로 불호를 외웠다.

그리고 암울한 미래를 떠올렸다. 남궁천은 지금 완전히 이성을 잃고 있었다. 물론 이성을 잃은 첫째 이유는 아들의 죽음이었다. 그로 인해 상황 판단이 무뎌졌고, 오로지 강공책만을 구사하고 있었다. 상황에 따라 공격과 방어, 대치를 적절하게 구사해야 하는데 아들의 죽음에 이성을 상실한 그는 오로지 공격, 또 공격이었다.

남궁관을 죽인 사람은 누구일까. 그가 어떤 목적으로 남궁관을 죽였는지 직접 물어보지 않았으므로 알 수는 없다. 다만 한 가지 분명한 것은 남궁천과 무림맹을 확실히 뒤흔드는 효과를 가져왔다는 것이었다. 남궁관의 죽음으로 일거에 무림맹을 목와북천이란 사냥꾼에게 쫓기는 사냥감 신세로 만들어 버린 것이다.

그렇다고 목와북천의 솜씨라고 할 수는 없었다. 목와북천에서 남궁관을 죽일 수 있는 인물은 흔하지 않았다. 암살이란 한두 사람, 또는 많아야 다섯 명을 넘지 않는 소수로 조용히 벌여야 한다. 대규모로 움직이면 반드시 눈에 띄게 되어 있었다.

아무튼 결과가 눈앞에 보였다. 이런 상황이라면 백만 대군이 투입되어도 승산은 전무했다. 애꿎은 수많은 생명만 들판에 버릴 뿐이었다. 이 전쟁을 멈추지 않으면 무림사 최악의 피를 흘리게 될 것이고, 정도무림은 향후 백 년 이내에는 일어설 수 없는 손실을 입을 것이 분명했다.

"더 이상 물러설 수 없소. 만약 또다시 물러선다면 우린 완전히 몰살할 것이오. 당문주."

당문의 문주 당대군이 고개를 들었다.

"예, 맹주."

"당문이 좀 더 수고를 해줘야겠소."

사실 당문이 아니었다면 무림맹은 훨씬 더 아래로 후퇴해 있었을 것이다. 그러나 당문의 독술이 목와북천의 진격을 둔화시켰다. 그들도 독 앞에서는 무척 조심스러워했다. 그러므로 당문이 좀 더 적극적으로 앞장서서 독전을 펼쳐 줄 것을 요청한 것이다.

"알겠사옵니다, 맹주."

"정신들 차려야 하오. 생사가 달려 있소."

남궁천의 목소리가 떨어지는 동정호의 석양 속으로 메아리쳐 갔다.
　"이제야말로 배수의 진이오. 목숨을 버린다는 생각으로 맞서야 할 것이오."
　회의가 끝났다. 엄밀히 말해 회의라기보다는 남궁천의 악다구니만 듣는 시간이었다. 모두가 본영을 빠져나가 각 문파가 있는 곳으로 사라져 갔다.
　"맹주!"
　누군가 말려야 했다. 이 상태로 싸웠다가는 백전백패가 뻔했다.
　우공 선사가 부르자 남궁천이 홱 돌아보았는데 두 눈이 붉게 상기되어 있었다.
　흠칫!
　우공 선사는 깜짝 놀랐다.
　자신을 쳐다보는 남궁천의 붉은 눈은 흥분으로 상기된 것이 아니었다. 그것은 틀림없는 마기였다. 불문의 인물이기 때문에 사마외도의 무공을 익히면 발생하는 여러 징후에 밝았다.
　"왜 그러시오, 선사? 내게 할 말이 있소?"
　우공 선사가 조용히 말했다.
　"아미타불! 그렇소이다. 맹주에게 한마디 해야겠소이다."
　"해보시오."
　"맹주와 노납, 단 두 사람만 있소. 그러니 마음에 있는 말을 털어놓아 봅시다."

"마음에 있는 말?"

"그렇소이다. 맹주는 이런 식으로 싸우면 과연 우리에게 승리가 있을 것이라고 믿소?"

"선사, 무슨 말을 하고 싶은 거요?"

"전쟁은 감정으로 하는 것이 아니오. 패배하고 수하들이 죽을수록 냉철해야 하는 법이오. 그런데 지금 맹주는 자제 분을 잃은 것까지 더해져 감정의 혼란이 극에 달해 있소."

"선사."

남궁천의 눈이 빛났고 그 안에서 또다시 붉은 혈기가 나타났다.

"감히 나에게 훈계하는 것이오?"

"냉정해질 것을 권유하고 있소이다. 이런 식의 싸움은 어쩌면 무림맹 사상 최악의 결과를 불러올 수도 있소이다. 흑도무림에게 천하의 지배권을 넘겨줄 수도 있다는 말이오."

부르르!

남궁천이 분노로 몸을 떨었다.

금방이라도 살수를 펼칠 듯 입술을 깨물었는데 마지막 이성이 그를 붙잡고 있는 듯했다.

"가시오. 못 들은 것으로 하리다. 하나 한 번만 더 나에게 그따위 어설픈 훈계를 할 땐 아무리 소림 장문이라고 해도 절대 묵과하지 않을 것이오."

우공 선사가 깊숙한 시선으로 남궁천을 바라보았다.

'흥분할 때마다 나타나는 마기는 뭐란 말인가.'

남궁세가는 누백 년 명문으로 내려왔다. 한 자루의 검으로 대강남북을 호령하던 그들에게 마기란 결코 비집고 들어갈 틈이 없었다. 그런데 남궁천의 눈에서 이따금 비치는 붉은 혈기는 틀림없는 마기였다.

우공 선사는 밖으로 나왔다. 멀리 동정호 위로 석양이 떨어지고 있었다.

동정호의 낙조야말로 천하 으뜸이라고 했지만 우공 선사에게는 어떤 감흥도 일어나지 않았다. 단지 명철만 넋을 놓고 동정호 위로 떨어지는 낙조를 바라보고 있었다.

"아미타불! 과연 황홀하도다."

수면으로 길게 늘어진 붉은 물결은 마치 호수가 피로 변한 것 같았다.

우공 선사는 천천히 돌아섰다. 우공 선사가 떠나는데도 명철은 여전히 낙조에 시선을 빼앗기고 있었고, 한참 뒤에서야 우공 선사의 부르는 소리에 깜짝 놀라며 몸을 돌려 달려갔다.

"명철아."

오늘따라 장문인의 목소리에 힘이 없었다.

"네 나이가 올해 몇이더냐?"

"나이는 갑자기 왜 물으십니까?"

"오래 살고 싶으냐, 빨리 죽고 싶으냐?"

명철이 눈을 부릅떴다.

말 같지도 않은 우공 선사의 질문에 놀란 것이었다.

"그것을 지금 질문이라고 하십니까요. 당연히 오래 살고 싶지요. 어떤 사람들은 짧고 굵게 사는 게 인생관이라고 하지만, 이 제자는 오뉴월 엿가락처럼 늘어져서라도 길게 살고 싶사옵니다."

"헛헛헛! 세상은 오래 살면 살수록 고통스러운 법이니라."

"그래도 전 오래 살고 싶습니다. 개똥밭에 굴러도 이승이 낫다는 말도 있잖사옵니까?"

"그러느냐? 그래, 오래오래 살 거라."

칭찬인지 악담인지 헷갈렸다.

명철이 진의를 살피기 위해 고개를 쑥 빼고 우공 선사의 얼굴을 살폈다.

흠칫!

우공 선사의 얼굴은 돌덩이처럼 굳어 있었다. 아직까지 괴로워하는 표정은 적지 않게 보아왔지만 오늘처럼 굳어 있는 모습은 처음이었다.

"바… 방장 스님."

"아미타불! 지금 추세로 본다면 무림맹이 궤멸되는 것은 시간문제니라."

"네엣! 그게 정말이옵니까?"

"하늘이 정녕 정도무림을 버린단 말인가?"

우공 선사가 깊은 탄식을 하며 몸을 날려갔다.

사라지는 우공을 바라보는 명철의 얼굴이 우울해졌다.

그들은 모두 열일곱 명이었다. 몸에 착 달라붙은 흑의에 옆구리에는 검이 매달려 있었다. 무성한 숲을 지나가는데도 풀잎 스치는 소리 하나 들려오지 않았고, 누구도 입을 열지 않았다. 모든 것은 선두사내의 손짓에 따라 움직였다.

선두사내는 강퍅한 인상이었다. 왼쪽 옆구리에 녹이 붉게 슨 검집이 매달려 있었는데 가죽으로 둘둘 말린 손잡이만 번들거렸다.

두 개의 봉우리를 넘어섰는데 앞서 가던 사내의 오른손이 불현듯 올라갔다.

그러자 뒤따르던 열여섯 명의 무사들이 멈췄다.

그들은 각자 바위를 은폐물 삼아 맞은편 계곡 아래를 내려다보았다.

계곡은 제법 평평하고 넓었는데 거대한 천막이 여기저기 세워져 있었고, 적지 않은 사람들이 분주히 움직이고 있었다.

선두사내의 눈은 부지런히 평평한 곳에 쳐진 천막을 살폈다. 계곡 아래 설치된 천막은 모두 열 개였다.

팟!

천막을 살피던 선두사내의 눈이 기광을 발했다.

열 개의 천막은 둥그렇게 포진하고 설치되어 있었는데, 중심이랄 수 있는 곳의 천막에 한 마리 전갈 문양이 선명하게 그려져 있었다. 전갈을 가문의 문장으로 사용하는 곳은 천하에 오직 독술의 가문, 당문뿐이었다.

슥!

앞으로 이동하라는 듯 선두사내가 손가락을 까딱였다.

일행은 한 마리 뱀처럼 숲과 나무 사이를 빠져나가 계곡으로 내려갔다.

쏵!

다시 선두사내의 오른손이 올라가자 일제히 멈췄다.

계곡 주위로 경비무사들이 지키고 있었다.

그러나 선두사내의 시선이 닿고 있는 곳은 당문의 경비무사들이 아니라 계곡 한쪽에서 모여 있는 이십여 명의 사내들이었다.

그들은 양손을 부지런히 찌르고 돌리고 잡아당기는 행동을 하고 있었는데 무예를 연마하는 것 같았지만 기합 소리가 없었고, 병장기 또한 쥐고 있지 않았다.

흑의사내들 또한 그들의 동작에 의혹의 표정을 지었다. 난생처음 보는 괴상한 동작이었다.

그러나 선두사내는 그들이 취하고 있는 동작이 무엇인지 아는 눈치였다.

당문의 인물들이 취하고 있는 기이한 자세들은 당문비전 십팔독전술이었다. 십팔독전술은 적과 대치 중에 자연스럽게 독술을 펼치는 열여덟 가지의 방법인 것이었다.

독술이라고 해서 아무렇게나 펼치면 되는 줄 알지만 전혀 그렇지 않았다. 같은 독으로 적을 공격해도 얼마만큼 상대의 눈과 감각을 속이느냐에 따라 효과는 달라지는데, 십팔독전술이 바로 적을 속이기 위해 탄생된 당문의 고유 절기였다.

가볍게 뺨을 만지는 듯하면서 독을 펼치고, 입을 가리고 큰 소리로 웃으며 용독을 하고, 머리카락을 가볍게 쓰다듬어 올리며 용독을 하는 등의 열여덟 가지의 동작인 것이었다.

스으으!

선두사내가 두 명의 경비무사를 향해 접근했다.

두 발이 풀잎 위로 떠가는 초상비의 경공이었으므로 경비무사들이 어떤 소리를 듣는다는 것은 불가능했다. 더구나 두 무사는 뭐가 그렇게도 좋은지 서로 마주 보며 깔깔거리고 있었다.

촤악!

바람 소리가 일어났고 두 경비무사의 목이 뎅강 잘려 나갔다. 몸과 분리되었지만 두 경비무사의 눈은 부릅떠져 있었다.

목을 잃은 두 개의 몸뚱이가 엎어졌고, 뒤를 따르던 흑의무사들이 당문의 영역권으로 들어섰다.

"절대 비명을 내거나 소란을 피워서는 안 된다."

선두사내의 전음이 파고들었다.

"단 일격에 숨통을 끊어라."

사내들이 낮은 자세로 십팔독전술을 연마하고 있는 당문 무사들을 향해 접근해 갔다. 워낙 은밀하고 소리가 없었기 때문에 그들은 등 뒤로 죽음이 밀려오고 있음을 알아차리지 못했다.

쏴아아아!

동시에 열일곱 명의 흑의무사들이 날아올랐고, 십팔독전술을 연마하고 있던 당문 무사들이 그들을 발견했을 때는 이미 목이 몸에서 분리되고 있었다.

한 개의 목이 떨어지는 소리는 작지만 이십여 개의 목이 동시에 떨어지면 그 소리는 굉음에 가깝다. 흑의무사들은 목이 떨어지며 내는 소리까지도 막기 위해 일제히 허공섭물의 방법으로 목을 받아 슬며시 바닥에 놓았고 몸뚱이들도 가볍게 안아 뉘었다.

화악!

화다닥!

흑의사내들은 일제히 독문 무사들의 복장으로 갈아입었다. 사전에 치밀하게 연습이 된 듯 옷을 갈아입는 데는 불과 다섯 호흡을 넘지 않았다. 단순한 흑의나 백의라면 미리 변복이 가능하지만 전갈 문양이 수놓아진 흑의를 제작한다는 것은 불가능에 가까웠다. 유일한 방법은 직접 기습하여 변장하는 것밖에 없었다.

변복을 마친 사내들은 일제히 시신에 뭔가를 뿌렸다. 검은 가루의 그것은 시골산이었다. 순식간에 당문 무사들은 흔적도 없이 사라졌고 수련장에는 열일곱 명의 가짜 당문 무사들이 십팔독전술을 연마하고 있었다.

서너 번 연습하는 시늉을 내던 일행은 조용히 줄을 맞추어 천막들이 있는 곳을 향해 걸어갔다.

지나가는 당문 무사들이 많았지만 누구도 그들이 가짜라는 것을 의식하지 않았고, 일행 또한 대담하게 어깨를 펴고 당당히 걸어갔다. 선두사내의 시선은 중앙에 있는 천막이었다.

"자네들, 수련이 벌써 끝났나?"

"하긴 그게 그건데 쉬어가면서 해야지, 다음은 우리 조 차례인가."

계곡이고 공간이 비좁다 보니 조별로 십팔독전술을 수련하고 있는 것이었다.

좌측 천막에서 이십여 명의 사내들이 십팔독전술을 수련하기 위해 나가고 있었다. 선두사내는 그제야 한 개의 천막에 한 개 조가 묵고 있다는 것을 알아차렸다.

누구도 일행을 의심하지 않았다. 소규모 문파라면 모든 제자들이 서로의 얼굴을 알고 있겠지만 규모가 큰 명문에서는 같은 문파에 소속되어 있다고 해도 얼굴을 모르는 것이 태반이었다. 오직 신분을 증명하는 패로 적과 우군을 판단할 뿐이었다.

두 개의 천막을 지나자 전갈 문양을 한 천막이 눈에 들어왔다. 예상대로 경비가 삼엄했다. 십여 명의 무사들이 천막을 빙 둘러싸고 있었다.

같은 무리인데도 유독 경계가 삼엄하다는 것은 가장 높은 사람이 묵고 있음을 의미하는 모습이었다.

"몇 조인가?"

"삼조일세."

"삼조면 술시쯤 출동한다던데 오늘도 고생들이 많겠구만."

경비병의 두목인 듯한 오십가량의 사내가 웃음을 지었다.

"쳐랏!"

선두사내의 명령이 떨어졌고 그의 검이 뽑혀 나왔다. 지금 자신에게 술시에 출동한다고 말했던 경비무사의 우두머리를 노렸다. 우두머리가 기겁하며 놀랐다.

"뭐야, 이 새끼들이!"

촤악!

목을 노렸는데 어깨를 베었다. 확실히 당대군을 지키는 호위무사의 두목다웠다. 하지만 그를 공격한 선두사내는 혈섬 이산이라는 흑도의 전설적인 검객이었다.

휘청하는 틈을 놓치지 않고 이산의 검이 벼락같이 떨어졌는데 이번에는 정확히 목을 잘랐다.

"컥!"

"으악!"

호위무사들의 무공은 달랐다. 완벽하다고 할 만큼 제대로 된 기습이었는데도 강력하게 저항했다.

열일곱 명 모두 목와북천에서 추리고 추려 보낸 최고들이었지만 당대군의 호위무사들 또한 만만치 않았다. 하지만 이십여 초가 흐르면서 호위무사들 모두 제압되었고, 그 와중에 이쪽 희생자도 생겼다.

하나 소란 틈에 당문의 무사들이 순식간에 몰려왔다.

"막아랏!"

이산이 짧게 명령을 내리고 자신은 천막 안으로 들어갔다.

한 명의 인물이 나무 의자에 앉아 있었다. 한 마리 대호를 보는 듯한 당당한 체격에 힘찬 눈빛이었다.

밖으로부터는 병기 부딪치는 소리와 비명이 들려왔다.

척!

이산이 당대군에게 포권의 예를 취했다.

"이산이라 하옵니다."

당대군의 눈이 커졌다.

"혈섬."

"소생을 알고 계시는군요. 그럼 편히 가십시오."

번쩍!

이산의 검이 허공을 날아갔다.

비록 독이 전문 분야이지만 무공 또한 평범치 않은 당대군이었다.

뻥!

하는 소리가 들리며 당대군의 우장이 이산의 검을 때렸다. 하지만 당대군의 장력은 쪼개졌고, 이산의 검 또한 표적을 비켜 그가 앉아 있던 의자를 조각냈다.

취리릿!

이산은 전혀 당황하지 않고 재차 검을 휘둘렀다. 고수는 어떤 상황에서도 냉정을 잃지 않는다. 냉정을 잃지 않아야 제 실력이 정확히 분출되는 것이었다.

백전의 경험으로 무장된 이산의 검은 오 초를 넘기지 않고 당대군의 오른팔을 잘랐다.

"문주님을 구해야 한다."

"더욱 밀어붙여라!"

밖에서는 안으로 들어오기 위해 안간힘을 썼고, 이산의 부하들은 악착같이 막았다.

파파팍!

좁은 천막 안에서 두 사람의 격투는 치열했다.

이산의 검은 상상을 초월할 만큼 빨랐다. 그것은 당대군으로 하여금 용독을 하지 못하게 하기 위해서였다. 당대군 또한 이산의 전광석화와 같은 공격에 좀체 독술을 펼칠 기회를 잡지 못했다. 독술을 펼치기 위해서는 일단 손이 품속의 독을 꺼내기 위해 들어가야 하는데 그것이 쉽지 않았다.

파팍!

검과 장력이 부딪쳤는데 당대군이 뒤로 밀렸다.

슈욱!

이산의 검이 밀린 거리만큼 파고들었다.

딱!

다급히 왼손을 들어 막았지만 이산의 검에 실린 힘은 백 년의 공력이었다. 팍 소리가 나며 당대군의 왼손이 잘려져 비명을 지르며 휘청거릴 때 이산의 검이 다시 섬광을 발했다.

콰아!

빛나는 검광이 당대군의 몸을 수직으로 가르고 사라졌다.

당대군의 눈은 경악으로 물들어 있었고 조금씩 피가 흘러나왔는데, 정확히 두 조각이 되어 쓰러졌다.

와르르!

그때 당문의 제자들이 물밀듯 밀려들어 왔고 이산의 검은 인정사정없었다.

파파팍!

"컥!"

"크아악!"

일검에 다섯 명이 쓰러졌지만 밀려들어 오는 숫자가 너무 많았다.

파아아!

이산이 천막을 찢고 뒤로 빠져나가자 당문의 무사들이 뒤를 따라붙었다.

채채챙!

콰아앙!

치열한 싸움이 이어졌고, 이산의 얼굴은 절망으로 물들었다.

독에 걸린 것이었다. 천막 안에서는 걸리지 않았지만 수하들과 부딪치며 그들이 펼친 독술에 빠져든 것이었다.

오늘의 거사를 위해 지난 보름 동안 숱한 연습을 반복했다. 독을 사용하기 때문에 그들이 독을 펼치기 전에 일을 마무리하는 훈련이었다. 그리고 다행히도 고생한 보람이 있어 당대군을 죽였다. 그 대신 부하들을 거의 잃고 자신 또한 독에 걸려든 것이었다. 하나 이산의 표정은 밝았다. 전쟁에서 목적을 달성한 것보다 더 위대하고 완전한 기쁨은 없기 때문이었다.

어딘지 방향을 가늠할 수가 없었다. 내기로 퍼지는 독을 저지하고 있지만 조금씩 심장을 향해 몰려오고 있었다. 거기다 온몸에는 수많은 상처를 입고 있었다.

풀썩!

더 이상 걷지를 못하고 이산은 주저앉았다.

일어나야 한다. 누구든 검을 쥔 무사가 되면서부터 죽음을 도외시해야 한다고 배웠다. 그래서 항시 죽음이라는 것을 생각하고 염두하며 살아왔다.

이산은 기어코 옆의 나무기둥을 붙잡고 일어섰다.

혈섬 이산 하면 흑도에서뿐만 아니라 무림맹에서조차도 그 권위를 인정해 주었다. 결코 아무에게도 자신의 죽음을 보이고 싶지 않았다. 이산답게 아무도 없는 곳에서 조용히 생을 마무리하고 싶었다.

더 이상 걸을 수가 없었다. 나무와 바위들이 두 겹, 세 겹으로 보였고 중심을 잡을 수가 없었다.

털썩!

다시 주저앉아 소나무 기둥에 몸을 기대었다.

"학… 하학!"

이산의 입에서 거품이 흘러나왔다. 독이 심장에까지 침투했을 때 나타나는 현상이었다.

'대종사!'

눈앞으로 백쾌섬의 얼굴이 떠오른다.

흑도 사상 최고의 기재로 불리었고, 그래서 반드시 흑도의 시대를 열어줄 것이라고 누구도 의심치 않는 그가 갑자기 보고 싶어진다.

'이 몸 먼저 가오니 부디 흑도의 천하를 이루소서.'

임무는 완수했으므로 후회는 없었다.

얼굴이 검게 변한 이산은 몇 번 눈을 깜빡거렸다.

'대… 대종… 사!'

이산의 몸이 조용히 옆으로 쓰러졌다.

한 시대를 종횡무진했던 검객은 그렇게 이름 없는 산속에서 숨을 거두었다.

당대군의 죽음은 그나마 무림맹을 지탱하고 있던 커다란 축이 무너진 것과 같았다. 그의 죽음은 순식간에 천하에 퍼졌고, 흑도무림에서는 더욱 자신감을 갖고 공격했다.

무림맹은 연전연패를 거듭하며 계속 후퇴를 했다.

급기야 남궁천은 천상각을 지키고 있던 상관량에게 사람을 보냈다. 천상각을 에워싸고 있는 무사들을 전선으로 투입하라는 것이었다. 하지만 상관량은 그럴 수 없다고 했다. 상관량뿐만이 아니라 남궁천의 핵심 참모들도 가로막고 나섰다.

그들을 이동시키면 전세를 역전시키지는 못해도 당분간은 팽팽한 대치를 이루겠지만 천상각이라는 거대 상가의 막강한 자금을 포기하는 것이고, 군수물자가 턱없이 부족한 작금의 무림맹으로서는 패배를 더욱 재촉하는 꼴이 된다는 것이었다.

참모들과 일부의 반대가 워낙 심했으므로 남궁천은 자신의 결정을 철회할 수밖에 없었다.

상관량의 안색에 그늘이 드리워져 있었다. 뭔지 모르지만 느낌이 계속 좋지 않았다. 사람에게는 육감이라는 것이 있는데, 아무래도 돌아가는 전황이 비정상적이었다.

목와북천의 공세가 너무 일방적이고 거셌다.

아무리 준비가 잘되었다고 해도 한 달이 넘게 되면 그때부터는 군수물자가 승패를 가른다. 자신의 예상대로라면 이미 목와북천은 군수물자가 바닥이 나서 무림맹에 밀려야 정상이었다. 그런데 그들에게서는 전혀 그런 낌새가 나타나지 않고 있었다.

벌떡!

갑자기 상관량이 자리에서 일어났다.

"왜 그러시옵니까?"

금수 선사가 물었다.

"갈 데가 있소. 아니, 함께 갑시다."

상관량은 천상각의 정문을 지키는 목와북천 무사들에게 동오룡을 만나러 왔다고 했다.

목와북천의 무사들은 순순히 비켜주었다. 무림맹이 공격하면 자신들은 단 몇 시진도 버티지 못하고 궤멸될 것이다. 공격을 하지 않고 그나마 아직까지 기다려 준 것이 고마울 뿐이었다. 물론 무림맹이 무리한 공격을 하지 않는 것은 동오룡을 붙잡아봤자 그가 입을 열지 않을 것이라는 걸 알기 때문이다. 동천비를 잡아 협박을 해도 통하지 않을 위인이기 때문에 쓸데없이 공격을 하여 동오룡의 비위를 더 거슬려서는 안 된다는 생각이 섰기 때문이었다. 차라리 포위한 채 시간을 끌어 동오룡이 심정의 변화를 일으키길 기대하고 있었다.

"어쩐 일이오?"

동오룡은 붓글씨를 쓰고 있었다.

상관량이 기가 막히다는 표정을 지었다. 집 밖은 지금 난리가 났는데 포위된 주제에 한가하게 붓글씨로 유유자적하는 동오룡이 쳐 죽이고 싶도록 미웠다. 그러나 겉으로 내색할 수가 없었으므로 조용히 말했다.

"필치가 힘차구려."

"요즘 마음을 식히기 위해 며칠 계속 잡고 있는데 그렇게 보이다니 다행이오."

사사삭!

삭풍비노기(朔風悲老驥) 추상동지금(秋霜動鷙禽).

흠칫!

흰 한지에 동오룡이 써 내려간 글씨를 본 상관량의 표정이 굳어졌다.

"어떠시오? 볼만하오?"

상관량은 대답하지 않았다.

동오룡이 쓴 글씨를 해석하면 이렇다.

매서운 북풍은 노쇠한 천리마를 비장하게 하고 차디찬 가을 서리는 맹금을 높이 날게 한다.

한마디로 무림맹이 목을 옥죄면 죌수록 자신의 저항은 더욱 강력해질 것이라는 내용이었다.
사사삭!
또다시 동오룡이 글씨를 써 내려갔는데 상관량의 표정이 더욱 굳어졌다.

영위유하옥(寧爲有瑕玉) 부작무하석(不作無瑕石).

그 뜻은 이렇다.

차라리 티가 있는 옥이 될지언정 티가 없는 돌이 되지는 않겠다.

죽더라도 굽히지 않겠다는 자신의 의지를 보여주는 대목이었다.
탁!
붓을 놓은 동오룡이 자신이 써놓은 글씨가 마음에 드는 듯 미소를 띠며 보았다.

그리고 힐끔 굳어 있는 상관량을 보더니 밖을 향해 말했다.
"손님이 오셨는데 차를 내와야 할 것 아니냐?"
꾸중이 담긴 목소리였다.
상관량이 말했다.
"아니오. 차 생각은 없고, 한 가지 묻고 싶어서 왔소이다."
"그래도 차는 한잔해야지요."
"동천비 어딨소?"
흠칫!
여유를 부리던 동오룡이 놀란 표정을 지었다. 하지만 순식간에 넉넉한 표정을 짓는다. 그러나 상관량의 날카로운 눈은 속일 수가 없었다.
"동천비를 만나러 왔소. 아니, 그가 바쁘다면 목소리만이라도 듣고 싶소."
"물론 어려운 일이 아니지요. 여봐라, 천비를 오라 이르라."
"네, 가주님."
밖에서 부하의 대답이 들려왔다.
하지만 아무리 기다려도 동천비가 나타나지 않자 동오룡이 버럭 소릴 질렀다.
"왜 여태 소식이 없느냐? 그놈을 빨리 데려오라고 하지 않느냐?"
"지… 지금 찾고 있나이다. 조금만 기다려 주시옵소서."
동천비는 오지 않았다.
상관량의 얼굴이 굳어졌다. 그러더니 씁쓸한 웃음을 지었다.

"헛헛! 언제 내보냈소?"

동오룡이 멈칫했다.

상관량의 얼굴에 다 알고 있으니 말하라는 가벼운 표정이 나타났다.

그러자 동오룡 또한 웃었다.

"오래되었소."

"결국 우리 쪽에 당신과 손이 닿은 인물이 있다는 건데?"

"물론이오. 그쪽의 도움 없이 어찌 나가겠소."

상관량이 두어 번 고개를 끄덕이더니 방을 나왔다.

밖으로 나온 상관량은 곧바로 진격 명령을 내렸다. 명령이 떨어지고 채 두 시진이 되지 않아 천상각은 무림맹 무사들에 의해 짓밟혔다. 목와북천의 고수들은 완전히 도륙당했고, 동오룡은 생포되었다.

"놈을 끌고 전선으로 간다."

결국 동오룡의 꾀에 속아 그에게 붙잡혀 있는 꼴이 되었다. 만약 자신들이 전선으로 투입되었다면 이곳의 무사들이 워낙 정예이기 때문에 전황은 달라졌을 것이다. 또한 천상각 지하 모처에 숨겨진 막대한 양의 보화는 지금 목와북천이 승승장구하는 밑거름이 되었다. 이 상황에서 상관량은 어떻게 동오룡을 사용할까 연구에 몰입했다.

비천야차의 눈이 이글거리고 있었다. 그녀의 두 눈은 태사의에 앉아 있는 모용파에 고정되어 있었다. 모용파는 뭔가 깊은 고뇌에 잠긴 듯 이마를 찡그리고 있었다.

"……."

"……."

두 사람은 여전히 아무 말도 하지 않았다.

비천야차는 강한 시선으로 모용파를 보았고, 모용파는 여전히 깊은 생각에 잠긴 얼굴이었다.

"음! 철수라."

모용파가 혼잣말로 말했다.

비천야차가 기다렸다는 듯 말했다.

"본 가에서 전선까지는 백 리가 채 남지 않았사옵니다. 본가 제자들이 보내온 보고에 의하면 영천 방어선이 무너지는 건 시간문제라면서 서둘러 대비책을 세우라고 합니다."

모용파가 자리에서 일어났다.

"피난을 가자는 얘긴데."

"우리뿐만 아닙니다. 그동안 수많은 문파들이 목와북천의 공격을 피해 모든 것을 버리고 떠나고 있습니다. 특히 흑도인들에게 지나치게 가혹하게 대했던 정도문파는 풀뿌리 한 포기 남기지 않고 도륙하고 있다 하옵니다."

남궁천에게 잘 보이기 위해 누구보다도 흑도무사들에게는 악명 높게 굴었다. 이유 여하를 막론하고 흑도무사라면 그 자리에서 참수하거나 팔 하나를 베어버렸다.

모용세가야말로 흑도에게 짓밟히면 개미새끼 한 마리 남지 못할 것이 뻔했다.

꽈당!

그때 방문이 벌컥 열리는 소리에 두 사람이 고개를 돌렸다.

"아… 아가씨!"

들어선 사람은 모용산이었는데 힘없이 바닥으로 고꾸라졌다.

"사… 산아야."

두 사람이 동시에 몸을 날려 모용산을 부축했다. 그녀의 얼굴은 핼쑥했고 온몸의 의복은 찢겨져 있었다.

"아가씨, 왜 이러십니까? 정신 차리십시오!"

비천야차가 아무리 흔들고 소리쳐도 모용산의 눈동자는 희멀겋게 변해 변화가 없었다.

"뭣들 하느냐? 어서 의원을 불러라!"

모용파가 밖을 향해 소리쳤고, 두 사람은 모용산을 부르며 흔들고 난리법석을 피웠다.

第四章
욕망지종(慾望之終)

의원은 맥을 짚고 눈을 까뒤집어 보기도 했다. 모용산의 안색을 유심히 살피고 손톱의 변색 상태를 날카롭게 보았다. 의원의 뒤로는 비천야차와 모용파를 비롯한 모용세가의 간부들이 긴장한 얼굴로 서 있었다.

모용산의 신체 변화를 꼼꼼하게 살피던 의원은 마지막으로 다시 한 번 맥을 짚었다. 두 눈을 지그시 감고 오랫동안 맥을 살피던 의원이 모용산의 팔을 놓았다.

"좋지 않은가? 뭘 그렇게 자세히 살피는가?"

모용파가 물었다.

의원이 돌아서서 자신을 쳐다보는 모용파를 보더니 두 눈을 지그시 감았다

의원이 눈을 감자 방 안에는 숨 막히는 긴장이 흘렀다.
"왜 아무 말 없이 눈만 감고 있는가?"
모용파의 목소리가 떨려 나왔다.
의원이 조용히 눈을 뜨더니 말했다.
"잘 모르겠습니다. 그럼."
의원은 가방을 챙겨 들고 모용세가 사람들을 밀치며 나가 버렸다. 잠시 어리둥절한 표정으로 서 있던 모용피가 잽싸게 의원의 뒤를 쫓아나가며 외쳐 말했다.
"도대체 무슨 말인가? 무슨 의원이 모르겠다는 말 한마디 던져 놓고 도망치듯 가는가?"
의원이 돌아서서 말했다.
"말 그대로입니다. 왜 아가씨께서 넋이 나가 버렸는지 원인을 모르겠습니다. 원인을 모르니 처방은 더욱 불가능하지요. 그럼."
또다시 의원은 빠른 걸음으로 복도를 걸어갔다.
"뭐라고 합니까?"
비천야차를 필두로 간부들이 다가왔다.
모용파가 긴 한숨을 내쉬며 힘없이 입을 열었다.
"모르겠다는구만."
비천야차가 복도 끝을 보며 인상을 썼다.
"패 죽일 돌팔이, 무려 이각을 이 잡듯 뒤지며 조사하더니 내놓은 답이라는 게 모르겠다고? 아는 늙은이만 아니면 그냥 한 주먹에 대갈통을!"

모용파가 다시 방 안으로 들어섰다.

모용산은 깊은 잠 속에 빠져 있었다.

'도대체 무슨 일이 있었기에.'

의복도 여기저기 찢겨 있고 얼굴에 가벼운 찰과상이 있다.

사내에게 강제로 능욕을 당한 여인의 행색이었기에 모용파의 얼굴은 더욱 굳어졌다. 대부분 그런 여자들은 거의 실성하다시피 정신이 이상해지지 않던가.

그러나 다른 한편으로는 강호의 일류고수가 능욕을 당했다는 것이 이해가 되지 않았다. 물론 더 강한 사내를 만나면 꼼짝없이 당할 수밖에 없지만 일류고수쯤 되면 최소한 도망을 쳐서라도 위기는 피한다.

"으음!"

모용산이 이마를 찡그리더니 신음을 흘렸다.

"산아야!"

"아가씨!"

기다렸다는 듯 모용산을 불렀다.

"아아! 아으으으!"

모용산이 이마를 찡그리며 더욱 괴로워했고 모용파의 안색이 잿빛으로 변했다. 전형적인 능욕 후유증이다. 강제로 몸을 더럽히면 잠결에도 헛소리를 하고 신음을 흘리는데, 지금 모용산이 그런 증세를 보이고 있었다.

부르르!

모용파의 주먹이 불끈 쥐어지며 온몸을 떨었다. 여인에게

욕망지종(慾望之終) 109

정조는 생명과도 같다. 남궁관과의 혼사가 거의 성사 단계에 있는데 만약 능욕당한 사실이 알려지면 파혼은 불문가지이다. 남궁세가는 현 무림의 실세이자 머잖아 천하를 경영할 놓칠 수 없는 가문이었다. 비록 지금은 고전을 하고 있지만 일시적인 현상일 뿐이었다.

"아그그! 아아흐흐!"

모용산이 이마를 찡그리며 더욱 헛소리를 하자 지켜보던 모용파의 속은 더욱 검게 타 들어갔고, 비천야차와 나머지 간부들도 대략의 상황을 짐작한 듯 침통하기 이를 데 없는 표정들이었다.

'감히 어느 놈이!'

으드득!

여기저기서 이를 가는 소리가 들려 나왔다.

벌떡!

갑자기 모용산이 상체를 일으켜 세웠다.

"산아."

"아가씨, 정신이 드십니까?"

모용산이 자신을 쳐다보는 사람들을 살펴보더니 눈을 크게 떴다.

"아… 아버지."

"오오! 그래, 이제 정신이 드나 보구나. 날 알아보겠느냐?"

"여긴 어디죠?"

"어디긴 어디냐, 집이니라."

모용산이 다시 한 번 주위를 휘둘러보았고 모용파가 조심스럽게 입을 열었다.

"누… 누구냐? 어느 놈이냐? 당장 말해라. 이 아비가 그놈을 패대기를 쳐 죽이고 말겠다."

"무슨 말씀이세요. 누굴 패대기쳐 죽인다구요?"

"괜찮다. 사실대로 말해라. 어떤 자식에게 당했느냐? 죽어도 용서할 수 없다."

"무… 물 좀."

"네, 아가씨."

비천야차가 벼락같이 탁자 위에 올려진 냉수를 잔에 따라 가져왔다.

모용산은 목이 말랐던 듯 단숨에 냉수를 마시고 소리나게 트림을 하더니 침상에서 내려왔다.

모용파가 눈치를 보며 다시 물었다.

"사… 산아야, 널 능욕한 놈이 누구냐? 말하거라."

"그래요, 아가씨. 이 늙은이가 절대 가만두지 않겠어요. 이름이 뭔가요?"

"소신들이 그놈을 완전히 가루로 만들어 버리겠나이다."

모용산이 부친을 비롯한 일행을 보더니 안색이 굳어졌다. 정신이 들면서 황산의 악몽이 떠오른 것이다.

"큰일 났어요."

"그래, 큰일은 큰일이지. 말해라, 그놈을."

"남궁 공자가 죽었어요."

욕망지종(慾望之終) 111

"……."

"……."

"왜 그런 눈으로 보죠? 정말로 내가 보는 앞에서 죽었단 말이에요."

"저… 정말로 남궁 공자가 죽었단 말이냐?"

"아직 소식을 못 들으셨나 보군요. 죽었어요. 그것도 그 사람 동생에게."

"그 사람은 누구고, 동생은 또 누구냐?"

"천상각 동 공자 말이에요. 동천비 대공자의 동생이 나타났어요. 어찌나 무공이 강하고 무서운지 기절할 뻔했어요. 그는 사람이 아니었어요. 남궁 공자 같은 고수가 그에게 쩔쩔맸어요. 내가 보기에 그것도 많이 봐주는 것 같더군요."

모용파가 눈을 빛냈다.

"그놈에게 능욕을 당했단 말이냐?"

모용산이 버럭 소릴 질렀다.

"아까부터 아버지는 자꾸 능욕 얘기를 꺼내고 그러세요! 내가 무슨 능욕을 당했다고 그래요. 내가 놀란 건 그놈 때문이라니까요, 동천몽."

"실종됐다는 천상각의 막내아들."

"소문이 사실이었어요. 대법왕이란 신분으로 나타났는데 무공이 이미 입신의 경지에 올랐더군요. 소녀가 보기에 천하에서 그의 적수가 될 사람은 아무도 없어요. 한데 내가 가장 놀란 것은."

"뭐냐?"

모용산이 말을 중단하자 모두 궁금한 표정을 지었다.

"날 죽일 수 있었는데도 살려주었다는 거예요. 한데 그가 했던 마지막 말이 가장 꺼림칙해요. 날 죽일 사람은 따로 있다는 거죠."

"무슨 말이냐? 누가 널 죽인단 말이냐?"

"그러니까 미칠 노릇이죠. 아무리 생각해도 감히 날 죽일 사람이 없는데."

팟!

돌연 비천야차의 눈이 커졌다.

"아가씨, 혹시."

"생각나는 사람이 있나요? 말해봐요."

"그자가 말한 따로 아가씨를 죽일 사람이라면 동천비를 두고 한 말이 아닐까요?"

화악!

모용산의 눈이 커졌다.

왜 그 생각을 못했을까. 생각해 보니 자신과 생사의 감정을 갖고 있는 사람은 그뿐이었다. 그를 배신하고 무림맹과 손을 잡음으로써 뼈아픈 패배와 치욕을 안겨주었다.

평소 동천비의 성품으로 보아 절대 자신을 가만두지 않을 것이었다. 더구나 지금 목와북천이 파상 공세를 퍼붓고 있는데 그 선두에 동천비가 있다.

그럴 가능성이 높았다. 배신을 했으니 배신당한 자기 형님

욕망지종(慾望之終) 113

의 손에 죽게 만들기 위해 일부러 놓아준 것이 틀림없었다.

동천비를 생각하자 온몸이 으스스 떨려왔다. 소문에 듣자 하니 묵곤혈참기가 십이성에 올라 조금씩 인성이 마비되며 마공 특유의 사악함을 본격적으로 드러내고 있다고 했다.

방 안의 공기는 얼음장처럼 싸늘해졌다.

그렇잖아도 지금 목와북천의 공격이 지척에까지 이르러 가솔들을 데리고 일단 안전한 지역으로 옮길 것인지 말 것인지를 의논하고 있었다. 만약 꾸물거리다 포위가 되거나 점령이라도 되면 동천비는 가장 먼저 모용세가를 칠 것이다.

동오룡보다 더 차갑다는 그이니 아마 잿더미로 만들고 말 것이다.

"서두릅시다."

모용파가 내린 결론은 하나였다.

서둘러 떠나는 것이다. 멀리 광동 쪽으로 피해 있다가 어느 정도 전선이 안정된 후에 돌아오면 되는 것이었다. 지금은 무림맹이 밀리고 있지만 워낙 저력이 있는 만큼 곧 반격을 개시해 잃은 성들을 되찾을 것이었다.

곧바로 피난 준비가 시작되었다.

중요한 문서들과 지하 석실에 보관된 금화와 진귀한 물건들을 마차 두 대에 실었다. 너무 대규모로 움직이면 쉽게 눈에 띌 수 있었으므로 오십 명씩 열 개 조로 나누어 출발하기로 했다. 모든 준비를 마치자 해가 떨어졌다.

모용파는 내일 아침 일찍 떠나기로 했지만 모용산은 한시가

급하다고 당장 움직이자고 했다. 그러나 하룻밤 정도 더 묵는데 별일이 있겠냐고 했다. 수백 년 이어온 장원을 잠시 비우고 떠난다는 게 쉽지 않으니 떠나기 전 간부들을 모아 조촐한 술자리를 갖자는 부친의 제의에 모용산은 뜻을 굽혔다.

그런데 그게 마지막 밤이 되고 말았다.

술자리가 무르익고 다들 얼굴에 취기가 올라 있을 때, 갑자기 밖으로부터 비명 소리가 들려왔다.

"크아악!"

"아악!"

모두가 놀란 표정으로 창밖으로 고개를 돌릴 때 출입문이 떨어져 나가며 피투성이가 된 무사가 뛰어들었다.

"적이옵니다. 목와북천의 육검산이 옵니다."

"유… 육검산?"

모두가 경악했다. 육검산은 검귀들로 불리는 집단이었다. 태어나 오로지 검과 더불어 평생을 동고동락해 온 목와북천의 자랑이기도 하며 수장이자 산주인 이여송은 그야말로 적수가 없었다. 오죽했으면 고검이라는 별호를 갖고 있겠는가.

"크가각!"

"웩!"

"물러나지 마랏!"

비명 소리가 가까워 오고 있었다. 밀리고 있다는 부인할 수 없는 의미였다. 일제히 술을 마시던 간부들이 각자 애병을 챙겨 밖으로 날아갔다.

모용파와 모용산, 비천야차 모두 밖으로 몸을 날려갔다.

어둠 속에서 수많은 무사들이 서로 엉켜 치열한 싸움을 벌이고 있었다. 양쪽 모두 흑의를 걸치고 있어 정확한 구분이 쉽지 않았지만 모용파의 표정은 의외로 어둡지 않았다.

비록 전체적인 형세는 모용세가의 무사들이 밀리고 있지만 일방적이지는 않았기 때문이었다. 역시 소문난 잔치에 먹을 것 없다는 말이 맞다고 생각했다. 육검산에 대한 소문은 너무 과대 포장되어 있는 것이 분명했고, 일부 모용세가의 무사들 중에는 그들과 팽팽히 맞설 뿐만 아니라 몰아붙이는 경우도 있었다.

적지 않은 충격을 받고 뛰쳐나왔는데 전황은 예상보다 불리하지 않았으므로 모용파는 곧바로 뛰어들었다.

두 명의 모용세가 무사의 목을 자른 흑의인을 향해 일검을 떨쳤다.

카캉!

흑의인이 모용파의 검을 맞받아쳤고 불똥이 사방으로 튀었다.

"커억!"

흑의사내가 뒤로 밀리며 눈을 부릅떴다.

언제 봐도 상대가 당황하고 놀라는 모습은 보기가 좋았다. 모용파는 히죽 웃으며 검을 곧추세웠다.

"흐흐! 감히 본 가를 공격하다니!"

힘주어 뱉은 후 달려들었다.

쉭!

 깊숙하게 찔러가는 모용파의 검을 사내가 쳐냈다. 그러나 찔러가는 힘에 비해 쳐내는 힘이 약했으므로 모용파의 검은 방향을 바꾸지 않고 그대로 사내의 복부를 파고들었다.

"크악!"

 모용파의 얼굴에 희색이 돌았다. 오랜만에 느껴보는 손맛이고 피 냄새였다.

"올 때는 몰라도 갈 때는 걸어서 가지 못하리라."

 자신감에 찬 모용파는 더욱 육검산 무사들 속으로 뛰어들어 검을 휘저었다.

 콰아아아!

 위기에 몰려 고전하던 무사들이 모용파가 뛰어들자 용기백배되어 더욱 힘을 냈고, 싸움은 조금씩 팽팽한 분위기로 흘렀다.

 모용산 또한 육검산 무사들 속으로 뛰어들어 정신없이 검을 휘둘렀다.

"컥!"

"커어억!"

 그녀의 검이 번뜩일 때마다 육검산 무사들이 비명을 지르며 바닥을 나뒹굴었다. 소문보다 직접 부딪쳐 본 육검산 무사들의 무공이 약했으므로 그녀는 용기백배했다.

"건방진 놈들!"

차가운 외침을 흘리며 그녀의 검이 파상적으로 뻗어나갔다.

그때, 공격해 가던 그녀의 귓가로 단말마의 비명들이 소낙비처럼 쏟아져 들어왔다.

"큭!"

"껙!"

"꺄!"

비명을 보면 대략의 상황을 읽어낼 수가 있었다. 지금 들려오는 비명은 일방적으로 몰살당할 때 흘리는 단말마였다. 단말마는 도저히 상대가 되지 않는 적과 맞설 때 흘러나온다.

비명만으로 피아를 구별할 수는 없었지만 조금씩 비명 소리가 가까워지고 있었다.

두 명의 육검산 무사의 목을 벤 모용산이 비명이 들려오는 방향으로 고개를 돌렸다.

화악!

멀리 한 명의 백의 인영이 날아오고 있었다. 그런데 놀라운 것은 그의 손짓이 한 번씩 번득일 때마다 모용세가의 무사들이 무더기로 날아가고 있었다.

'도대체!'

무시무시한 무공이었다.

강약을 떠나 일수에 대여섯 명씩 날려 버리기는 아무나 보일 수 있는 기예가 아니었다.

퍼퍼퍽!

그의 손이 연거푸 달려드는 모용세가 무사들을 후려치며 날아왔다.

척!

모용산의 앞에 내린 백의사내의 옷에는 피가 범벅이 되어 있었다. 자신의 피라기보다는 그의 손에 죽은 모용세가의 무사들이 흘린 피일 것이었다.

그런데 백의사내를 본 모용산이 경악했다.

그녀의 두 눈이 찢어져라 커졌다.

"도… 동 공자!"

그녀 앞에 나타난 사람은 바로 동천비였다. 동천비의 몸에서는 그냥 서 있기만 하는데도 상대를 질식시킬 강한 마기가 뿜어 나왔다.

파르르!

모용산의 어깨가 가늘게 떨렸다.

동천비가 그녀를 보며 괴소를 흘렸다.

"큭큭! 여전하군."

모용산은 아무 말도 하지 않았다. 백 마디 말을 뱉어봤자 핑계이고 자신만 초라해질 뿐이었다. 이왕지사 이렇게 만났으므로 어떻게 해서라도 그를 죽이는 것만이 최선이었다.

"우리 사이에 더 이상 말은 구차하겠죠."

스으으!

모용산이 동천비를 향해 검을 겨누었다. 그러나 동천비는 아랑곳하지 않고 모용산을 쳐다보았다.

"남궁관과 어울려 다닌다더니 더욱 요염해졌군."

그것은 남궁관과 얼마나 살을 섞었으면 강한 색기가 풍기느냐는 비아냥이었다.

어깨에 이어 이번에는 모용산의 눈이 흔들렸다.

완벽한 한 개의 마기 덩어리였고, 어디에도 틈새는 보이지 않았다.

'음!'

그녀는 터져 나오는 신음을 눌렀다.

거대한 금강석덩이 같아서 검을 휘두를 용기가 꺾이고 있었다.

하지만 방법은 없다.

착!

그녀가 검을 뻗어갔다.

모든 힘을 쏟아낸 필살의 검초였다. 동천비의 눈에서 검은 흑기가 뿜어 나왔고 오른손을 뻗었다.

빡!

검과 장이 부딪쳤는데 모용산이 비명을 지르며 뒤로 물러났다. 채 중심을 잡기도 전에 동천비가 벼락처럼 좌장을 때렸다.

모용산은 본능적으로 검을 휘둘렀지만 검은 물론이고 손목까지 뒤로 꺾이려 했다. 검을 놓지 않으면 팔목이 꺾인다.

"악!"

쓰러지지는 않았지만 그녀의 눈에 절망이 떠올랐다. 손에 쥐고 있던 검은 어느새 어둠 속으로 날아가 버렸다.

히죽!

동천비가 웃더니 다가왔다.

모용산은 피하기 위해 뒤로 물러났지만 소용이 없었다. 어느새 머리채를 잡히고 말았다.

탁!

손목도 아닌 머리채를 잡혔는데 온몸에 힘이라는 힘은 하나도 없었다. 반격을 하기 위해 진기를 모았는데도 모아지지 않는다.

'아아!'

모용산은 절망의 표정을 지었다.

"내게 할 말 없느냐?"

"없어요. 더 이상 날 부끄럽게 하지 말고 죽이세요."

"흐흐흐! 내가 오늘을 얼마나 기다렸는데 네년을 간단히 죽일 것 같으냐?"

그때 뒤에서 두 명의 모용세가 무사가 달려들었지만 동천비의 가벼운 손짓에 비명도 지르지 못하고 즉사했다.

가히 공포스러운 솜씨였다.

쫘악!

동천비의 왼손이 위에서 밑으로 내리그어지자 모용산의 옷자락이 길게 찢어졌다. 두 개의 젖무덤이 출렁거리며 얼굴을 내밀었고 속옷을 입지 않은 그녀의 차림새에 멈칫하더니 괴소를 흘렸다.

"홋홋! 남궁관이 원하면 언제든지 눕기 위해 준비를 해가지고 다녔다는 얘기구나."

그녀는 알몸을 가릴 생각이나 부끄러워하는 따위의 행동은 하지 않았다. 오로지 싸늘한 눈빛으로 쏘아볼 뿐이었다.

"커억!"

또다시 한 사내가 덮쳤다가 동천비의 손에 모가지가 통째로 떨어져 나갔다.

콱!

동천비가 왼손으로 그녀의 젖가슴 한 개를 거세게 움켜쥐었다.

"아악!"

모용산이 고통에 비명을 질렀고 동천비는 더욱 세차게 쥐었다. 손가락 사이로 풍만한 젖가슴이 비집고 나왔는데 금방이라도 터질 것 같았다.

"아아아!"

퍼억!

급기야 그녀의 젖가슴이 동천비의 손아귀에 의해 터졌다. 엄청난 피가 사방으로 뿜어졌고 모용산은 고통에 어찌할 바를 몰랐다.

동천비가 히죽 웃더니 주위를 휘둘러보았다.

등 뒤 칠팔 장 떨어진 곳에서 모용세가 무사들을 몰아세우고 있는 육검산 무사들을 발견하고 소리쳤다.

"거기 다섯 명."

동천비의 부름에 다섯 사내가 돌아보았다. 그들의 손에 쥐어진 검에서 핏방울이 뚝뚝 떨어졌다.

"부르셨사옵니까, 각주님?"

목와북천에서 동천비에 대한 호칭은 천상각의 각주이다.

다섯 사내가 알몸의 모용산을 보며 놀랐고 터져 버린 젖가슴을 보고 더욱 놀란 표정을 지었다.

동천비가 피 묻은 손으로 모용산의 턱을 밀어 숙여진 얼굴을 들리게 했다.

"난 너에게 최선을 다했다. 아니지. 내 아버지가 네년 아비에게 온갖 열정을 다 쏟았다. 하도 무림인들에게 시달린 아버지는 너희 부녀의 도움을 받아 조금이라도 덜 시달려 볼 생각으로 네년 아비가 달라는 돈은 거절하지 않고 모두 주었다."

모용산의 가슴에서는 피가 계속 흘러내렸다.

"나 또한 네년에게 온갖 정성을 다 쏟았지. 아마 나처럼 계집에게 많은 선물을 안긴 사내놈은 천하에 없을 것이다. 본 가의 약점을 알고 너희 부녀는 온갖 명목으로 돈을 뜯어갔지. 그래도 우린 단 한 마디도 불평을 하지 않았고 최선을 다해 대접했다. 그런데 돌아온 것이 배신이더냐."

동천비가 좌측으로 도열하듯 서 있는 다섯 사내에게 모용산의 무공을 폐지한 후 던지듯 밀었다.

"받아라."

모용산은 넘어질 듯 밀려가며 가장 앞선 사내의 품에 안겼다.

"흐흐흐! 가져라. 죽이든 살리든 너희들 맘대로 해라."

순간 다섯 사내의 눈이 화등잔만 해졌고 금세 입가에 음흉한 웃음을 지었다. 비록 한쪽 가슴이 터져 나간 흉측한 모습이었지만 절색의 미모에 몸매는 가히 눈이 부실 지경이었다. 더구나 무림쌍미 중 한 여인인 다음에야.

"가… 감사하옵니다."

"이 은혜 평생 잊지 않겠사옵니다, 각주님."

나머지 네 명의 거한이 벌 떼처럼 알몸의 모용산에게 달려들었다.

"잠꽈안!"

가장 먼저 모용산을 끌어안게 된 사내가 한 손을 들어 달려드는 동료들을 제지시켰다.

"옛말에 이르기를 장유유서라고 했느니라."

"장유… 서?"

"유서라면?"

사내가 인상을 썼다.

"쉽게 말하면 윗사람과 아랫사람 사이에는 지켜야 할 규범이 있다는 얘기지."

모두가 놀란 눈으로 사내를 쳐다보았다.

"여기서 가장 나이가 많은 사람이 누구냐? 검찰, 너 몇이냐?"

검찰이라는 사내가 멈칫거리며 대답했다.

"스물일곱요."

"청수 넌?"

"서른둘."

"정원이는 서른셋이지?"

"네!"

"시중이 넌 내가 알기로 서른여섯이고?"

"호적이 잘못되었다니까요. 원래 나이는 서른다섯입니다."

"난 마흔이라는 건 너희 모두가 알고 있겠지?"

"그… 그래서 네가 가장 먼저 그 여인과 부부의 연을 맺겠다고?"

"금방 끝낼 테니까 나이 순서대로 기다리거라. 아이야, 조용한 곳으로 가자꾸나."

사내가 모용산을 끌고 눈앞에 있는 전각으로 들어갔다.

모용세가 무사 셋이 앞을 가로막자 사내가 버럭 소릴 질렀다.

"뭣들 해, 이 새끼들아! 이것들을 치워야 내가 빨리 끝낼 것 아냐?"

"마… 맞다."

네 명의 사내들이 바람처럼 달려들어 모용세가의 무사들을 난도질해 버렸다.

탁!

전각 문이 닫혔고, 나머지 사내들은 전각을 보며 입맛을 다셨다.

돌연 전각 안으로부터 모용산의 비명이 흘러나왔다.

"까악! 악! 아아악!"

갑자기 터져 나온 비명에 모든 사내들이 눈을 휘둥그레 떴다.

"아으악! 끄으칵!"

"이… 이 자식 설마 그거 아냐?"

"그거라니?"

"그것? 여자를 사랑해 주지 않고 몽둥이나 채찍 같은 것으로 마구 때리며 흥분하는 놈들 있잖아."

"서… 설마 형님이?"

안방에서는 모용산의 비명이 끊임없이 흘러나왔고 사내들은 침을 삼키며 연신 조바심을 냈다.

동천비는 잠시 비명이 흘러나오는 전각을 쳐다보더니 몸을 날렸다. 그가 날아내린 곳은 육검산 무사들을 베고 있는 모용파 앞이었다.

동천비를 발견한 모용파의 눈이 커졌다.

"큭큭! 안녕하시오, 한때 빙장어른."

모용파의 눈이 커졌다.

묵곤혈참기를 터득했다는 얘기는 들었다. 그러나 직접 보는 동천비의 몸은 무시무시했다.

"내가 알기로 아버지에게 무척 많은 군자금을 가져간 것으로 아는데 어떻게 아이들이 모두 비실비실하구려?"

모용파가 흠칫했다.

동천비의 말처럼 동오룡으로부터 온갖 명목으로 상당한 돈을 끌어왔다. 하지만 그중 일부는 재산 증식에 사용했는데, 돈이 반드시 돈을 낳는다.

여기저기 토지도 매입하고 북경의 요지에 과거 한 시대 명성을 날렸던 고관들의 장원도 구입했는데, 명문의 조건 중 가장 중요한 것 중 하나가 강력한 재력이었다.

비록 천상각으로부터 후원을 받지만 사람 일이란 언제 어떻게 변할지 모른다. 양가 모두 철저한 계산에 의해 맺어진 정혼이기 때문에 깨질 수도 있었다. 그래서 부지런히 챙겨놓은 것이었다.

"아악!"

유난히 귀를 자극하는 여인의 비명이 들려왔다. 모용파의 안색이 급변했다. 비명의 주인이 누군지 한눈에 알아볼 수 있었다.

"지금쯤 다섯 놈의 사내들로부터 극락을 왔다 갔다 할 거요?"

"네… 네 이놈! 아무리 그래도 한때 네놈의 여인이었거늘."

"내 여인, 크캇캇캇!"

고개를 쳐들고 광소를 흘리던 동천비가 이글거리는 검은 눈으로 노려보았다.

"한때의 빙장이었음을 감안하여 편히 죽여주지."

휘익!

동천비가 손바닥을 뻗어왔다.

강력한 흑장에서 강한 압력과 무게가 느껴졌다.

"자… 장강."

소스라치며 마주 검을 날렸지만 검은 부러졌고 남은 장강이 그대로 가슴을 찍었다.

"후욱!"

돌덩이에 한 대 맞은 듯했다. 욱신거리는 것이 갈비뼈도 일부 부러졌음이 분명했다.

동천비가 다시 날아왔고 머뭇거릴 틈이 없었다. 모용파는 있는 힘을 다해 맞섰지만 묵곤혈참기라는 마공에는 도저히 상대가 되지 않았다.

쫘아앙!

"크악!"

모용파가 비명을 지르며 날아가자 팟! 하는 소리와 더불어 동천비가 뒤를 따라 날아가더니 연거푸 이장을 더 쏟아 넣었다. 폭발하듯 모용파의 몸이 산산조각이 나며 사방으로 흩어졌다.

파아아!

땅에 내려선 동천비의 눈이 더욱 마기를 뿜어냈고, 모용세가의 무사들 속으로 뛰어들며 닥치는 대로 살수를 펼쳤다. 그동안 쌓이고 쌓인 무림인들에 대한 원한과 모용산의 배신이 더해지면서 동천비의 손은 더욱 냉혹해졌다.

사방은 어둠에 묻혔고 피비린내가 진동을 했다. 수많은 시신들이 산을 이루고 있었으며, 생명체라고는 단 하나도 보이지 않는 처절한 죽음의 대지로 모용세가는 변해 있었다.

이따금 들려오는 비명은 확인 사살을 당하는 소리였다. 동천비는 수많은 주검들을 보며 괴소를 흘렸다.

"크흐흐흐!"

동천비의 백의는 혈의로 변해 있었고 양손에서는 모용세가 무사들의 피가 흘러내리고 있었다.

둥둥둥!

근처 어딘가 절이 있는 듯 자시를 알리는 북소리가 들려왔다.

흡족한 얼굴로 주위를 돌아보던 동천비의 눈이 이채를 띠었다. 조금 전까지 주위를 소란스럽게 다니며 확인 사살을 하던 육검산 무사들의 그림자가 보이지 않았다.

모용세가 무사들의 시체 말고는 움직이는 사람이라고는 단 한 명도 없었으므로 동천비가 입을 열어 부르려 할 때 발자국 소리가 들려왔다.

전방에 어둠을 뚫고 일단의 무사들이 다가왔다. 맨 선두에 한 명의 백의 중년인이 한 자루 검을 어린아이 품듯 끌어안고 다가왔는데 육검산의 산주 고검 이여송이다.

고검 이여송.

너무 강해 홀로 외롭다 하여 고검(孤劍)으로 불린다. 드러난 목와북천의 인물 중 서열 십위권 이내의 인물인만큼 강한 검객이었다.

그런데 그의 백의는 너무도 깨끗했다. 그것은 모용세가와의 싸움에 전혀 끼어들지 않았다는 의미였다. 뿐만 아니라 그 뒤를 따라오는 부하들 또한 옷차림이 깨끗하고 검 또한 모조리 검집에 들어가 있었다.

뭔가 분위기가 이상했다. 조금 전 자신과 같이 모용세가를 공격했던 육검산 무사들과는 많은 차이가 있었다. 첫째는 하나같이 날이 잘 세워진 검 같은 인물들이라는 것이었다. 자신과 같이 모용세가를 습격한 인물들도 강하긴 했지만 지금 나타난 인물들과 비교하면 느낌이 다르다.

"이 산주?"

뭔가 이상하지만 꼬집어 말할 수가 없었으므로 그냥 이여송을 불렀다.

이여송이 주위 시신을 보더니 고개를 끄덕였다.

"고생하셨습니다, 각주."

무슨 말이냐는 듯 쳐다보았다. 당신도 조금 전에 나와 같이 살인을 저지르지 않았느냐는 시선이었다.

"위치로."

대답 대신 뒤에 도열한 무사들을 향해 나직이 명령했다. 흑의무사들이 일제히 동천비를 에워쌌다.

멈칫!

동천비의 눈살이 찌푸려졌다.

"궁금하실 게 많을 것입니다. 간략히 설명드리겠습니다. 조금 전 각주와 함께 모용세가를 기습한 무사들은 우리 육검산이 아닙니다. 흑도십문 중 서열 팔위인 태백동 무사들이죠. 물론 그곳의 이여송 또한 가짜입니다. 태백동의 동주인 형정근입니다."

동천비의 인상이 더욱 찌푸려졌다.

여전히 앞뒤를 이해하지 못한 얼굴이었다.

"마공은 마공이군요. 마공을 익혀 마성에 빠지면 머리까지 멍청해진다던데, 치밀하고 그토록 철두철미하던 각주님께서 아직도 앞뒤를 분간 못하는 걸 보니."

동천비는 여전히 눈을 깜빡거렸다. 뭔가를 이해해 보려고 했지만 떠오르는 것이 없었다. 본능적으로 일이 크게 잘못되었다는 것만 짐작될 뿐이었다.

"하는 수 없이 입이 아프지만 어린아이에게 설명하듯 말해 주어야겠군요. 결론부터 말하자면, 대종사께서 각주님을 제거하라는 명령을 내리셨습니다."

흠칫!

동천비가 놀란 표정을 지었다.

"한마디로 더 이상 각주님은 우리에게 필요하지 않다는 것이지요. 이미 얻어낼 만큼 모든 것을 얻어냈으므로 조용히 떠나보내라시더군요. 그래서 태백동 무사들을 육검산으로 위장해 각주님과 같이 모용세가 공격에 내보냈습니다. 일부러 흑도십문 중 약한 태백동을 변장시킨 것은 각주님의 체력을 더 소모시킬 목적에서였습니다. 그들이 약해야 각주님의 수고가 더 많아질 것 아닙니까?"

그제야 앞뒤 계산이 되는 듯 동천비의 표정이 환해졌다.

"어쩐지."

"이제 돌아가는 판이 떠오르시는 모양이군요."

"나와 출동했던 것들은 가짜였고, 이제 진짜인 그대들이 내 앞에 나타났다는 것이군. 날 죽이기 위해."

"원래 그런 곳이 무림입니다. 섭섭하겠지만 장사꾼이 뛰어들 곳은 못 됩니다. 한마디로 더러운 곳이지요."

"크ㅎㅎㅎ!"

동천비가 웃음을 지었다.

문득 포위를 하고 있던 육검산 무사들의 눈빛이 흔들렸다. 그다지 크지도 않은 웃음인데 기혈이 울렁거리기 시작한 것이었다.

'과연!'

'역시 묵곤혈참기다.'

웃음을 그친 동천비가 포위하고 있는 육검산 검수들을 돌아보더니 조용히 말했다.

"몇 명인가?"

"육검산은 정확히 저를 포함해 백 명입니다. 숫자가 줄어들면 뛰어난 검수를 선발하여 충원하지요."

"강해 보이는군."

이여송이 한 걸음 뒤로 물러나 포권의 예를 취했다.

"안녕히 가십시오, 동천비 각주님."

그리고 포위망 뒤로 몸을 뺐다. 이어 싸늘한 명령을 내렸다.

"쳐라!"

챙!

채애애챙!

아혼아홉 명의 무사들이 일제히 검을 뽑아 들었다. 그리고 천천히 원을 그리며 돌기 시작했다. 천천히 돌기 시작할 뿐, 그들은 공격하지도 않았고 점점 속도가 빨라졌다.

파파파팍!

속도가 빨라지면서 그들이 일으킨 먼지가 자욱하게 피어났다.

그들의 움직임을 쫓던 동천비의 눈이 빨라졌다.

촤아아!

속도가 붙었고 급기야 아혼아홉 명은 사라지고 까만 띠가 만들어졌다. 어둠보다 더 시커먼 검은 띠가 동천비를 에워싼 채 무서운 속도로 돌아갔으며, 그들이 일으킨 바람으로 일어난 먼지가 동천비의 시선을 방해했다.

동천비의 상태는 지금 묵곤혈참기에 의해 이성이 거의 사라졌고 오로지 감정과 본능으로만 행동하고 있었다.

움찔!

동천비가 가볍게 몸을 떨었다.

엄중한 위기의식을 느낀 것이었다. 적이 보이지 않는다. 적이 보여야 표적을 삼고 공격할 텐데 까만 띠만 보일 뿐 누구의 얼굴도 보이지 않았다.

그뿐만 아니었다. 그들의 몸에서 상상을 초월하는 반탄지기가 뿜어져 나왔다. 중요한 것은 한곳에서만 뿜어 나오면 뒤로 물러설 수가 있지만 전후좌우에서 몰아치기 때문에 엄청난 압력이 되어 가슴이 터질 것만 같았다.

쉬이이이!

이제는 두껍던 검은 띠가 가늘어졌다. 그만큼 속도가 더욱 빨라졌다는 것이고, 그에 따라 뿜어 나오는 기세도 더욱 강해졌다. 더 이상 가만있다가는 온몸이 압력에 폭발할 것 같았으므로 동천비는 움직였다.

"크와아아!"

괴수가 질러내는 것 같은 흉포한 외침과 더불어 전면의 검은 띠를 향해 쌍장을 날렸다.

콰아아아!

강력한 묵곤혈참기가 뻗어갔다.

뻐어억!

거대한 바위에 부딪치는 것 같은 소리가 들리더니 욱, 하며 동천비가 신음을 흘렸는데 두 눈이 부릅떠져 있었다. 엄청난 충격이 온몸으로 전해진 것이었다.

"한 놈도 살려두지 않고 찢어주마."

동천비가 기합을 지르며 다시 달려들었다.

콰콰콱!

연거푸 다섯 개의 묵곤혈참기가 검은 띠를 때렸지만 쏟아낸 힘만큼 동천비는 반탄강기에 휩쓸렸다.

"쿠욱!"

동천비가 입에서 피를 토했다. 동천비의 눈이 더욱 검게 변했고, 입에서 음산한 괴소가 소름 끼치게 흘러나왔다.

"카카카캇!"

동천비의 온몸이 먹물로 변해갔다. 눈만이 아니라 얼굴과 양손을 비롯해 의복 밖으로 나온 신체는 완전히 흑색이었다.

밖에서 지켜보던 이여송의 눈이 커졌다.

'무… 묵곤혈참강!'

묵곤혈참기보다 한 단계 위인 묵곤혈참강은 온몸으로 공격을 하는 특성을 갖고 있었다.

스으으!

뒤이어 검은 기운이 동천비의 몸을 감싸기 시작했다.

스르르르!

완전히 검은 연기에 휩싸인 동천비는 시커먼 공 같았다. 단단히 뭉친 동천비가 괴성을 지르며 날아갔다.

"주… 죽어라."

슈와아아!

검은 덩어리가 날아가 검은 띠와 부딪쳤다.

빠— 아악!

출렁!

완전한 원을 그리며 돌던 검은 띠가 물결처럼 파장을 보이더니 찌그러졌고, 동천비의 몸이 강하게 튕겨 나왔다. 그러나 동천비는 다시 찌그러진 곳을 향해 부딪쳐 갔다.

콰악! 터어엉!

동천비는 더 빠르게 튕겨 나왔다. 그에 반해 부딪친 곳은 더욱 각이 질 만큼 찌그러졌다.

슈우우!

동천비는 연속적으로 그곳을 향해 또다시 날아갔고, 거센 폭발음이 생기며 비명이 터져 나왔다.

"크아악!"

하나의 원이 되어 돌아가던 검은 띠가 깨진 것이다.

이여송의 눈이 커졌다.

'흑방평살진이 깨지다니.'

흑방평살진은 거대한 벽을 형성하는 것이 특징이었다. 한 사람이지만 거대한 벽을 만들면 아흔아홉 사람의 힘이 원을 만드는 것이다. 거기다 아흔아홉 명이 쏟아내는 강한 기세로 상대를 압사시키거나 내상을 일으킨 다음 공격을 가해 죽인다.

그런데 동천비에게는 전혀 먹히지 않은 것이다.

쉬익!

츠츠츳!

진이 깨지면서 사내들이 본격적으로 덮쳐들었다.

동천비 또한 검은 기운이 많이 사라지고 몸이 드러났는데 상당한 내상을 입은 것 같았다.

파파콱!

퍼어엉!

양측에서 치고받는 난타전이 벌어졌다. 동천비의 몸에 스치거나 부딪친 육검산 무사들의 몸은 찢어지거나 박살이 났다.

먹물 같은 기운은 완전히 사라졌고 동천비의 온몸이 피로 물들기 시작했다.

쾅!

퍼퍼퍽!

비명과 신음이 끊이지 않았다. 순식간에 주위로 육검산 무사들의 시신이 나뒹굴었고, 동천비 또한 부상을 입고 비틀거렸다.

강한 자는 말이 없다. 육검산 무사들은 단 한 마디 말도 내뱉지 않고 오로지 공격에 충실했고, 동천비 역시 죽이는 데 모든 신경을 쏟고 있었다.

양측이 뱉어내는 것이라고는 신음과 비명뿐이었다.

아흔아홉 명이 잠깐 사이에 절반으로 줄어들었다. 동천비의 몸에 한 번씩 부딪칠 때마다 두세 명씩 찢어졌다.

"크악!"

"아아악!"

이여송의 표정이 딱딱해졌다.

실로 무시무시한 마공이었다. 아흔아홉 명이 모두 공격을 하면 자신은 물론 대종사인 백쾌섬도 당해내지 못한다. 그런데 동천비는 지금 절반을 넘어 칠 할 가까이를 살상하고 있었는데도 여전히 왕성하게 움직이고 있었다.

"헉!"

"꺼어억!"

수하들의 육편이 사방으로 흩어졌고 형체가 제대로 갖춰진 시신은 단 한 구도 없었다. 살아 있는 숫자는 채 이십 명이 되지 않았지만 결코 두려워하거나 소극적으로 공격에 나서는 무사들은 단 한 명도 보이지 않았다.

고수는 처음과 끝이 같아야 한다. 처음 싸울 때의 기세가 죽을 때까지 유지되어야 고수인데 육검산 무사들이 그러했다.

"으후훅!"

동천비가 휘청거리더니 입에서 피를 분수처럼 쏟아냈다.

콱!

그때 이여송이 검 손잡이를 거머쥐었다.

자신이 나설 차례인 것이다. 지금이야말로 자신이 나서서 강한 타격을 가하면 동천비는 완전히 치명타를 입을 것이다. 처음에 나서지 않고 이제 나서는 것 또한 계획이고 작전이었다. 괜히 처음부터 나섰다가 자신이 부상이라도 입거나 동천비에게 제대로 흠집을 남기지 못하면 부하들의 사기는 떨어지고 승패는 바로 결정지어진다.

그래서 수뇌는 적절한 기회와 틈을 잘 노려 공격에 뛰어들어야 한다. 무턱대고 앞장선다고 뛰어난 수장이 아닌 것이다. 앞장을 서야 할 때가 있고 뒤로 빠졌다가 어느 시점에 나서서 전세를 변화시키는 능력을 보여주어야 할 때도 있다.

지금이 바로 그런 때였다.

콰아아!

이여송이 날아갔다.

멈칫!

동천비의 눈이 좁혀졌다. 전혀 다른 기세가 느껴졌고, 지금까지와는 구별되는 무게가 엄습해 왔다.

동천비는 피하지 않았다.

슈우우우!

동천비의 몸과 이여송의 검이 그대로 충돌했다.

콰직!

언뜻 나무 부러지는 소리가 들리며 두 사람이 붙었는데 떨어지지 않았다. 충돌하면 떨어져야 정상이다. 한데도 붙어 있다는 것은 둘 모두 공교롭게 한 푼의 힘을 아꼈다가 충돌 순간에 쏟아 넣었기 때문이다. 그럴 경우, 아껴놓은 힘이 폭발하며 잠시 서로의 기세가 엉켜 버린다.

쩌어억!

두 사람이 떨어지는데 바위가 갈라지는 소리가 들렸다.

쿠쿠쿵!

이여송이 뒷걸음을 치는데 금방이라도 주저앉을 것 같았고 두 눈은 경악으로 부릅떠져 있었다. 단 일 초에 중상을 입은 것이다. 금방이라도 목구멍을 밀고 피가 넘어올 듯했는데 동천비는 아무런 반응을 보이지 않았다. 그러나 이여송은 오랜 경험에서 그가 거의 사경을 헤매고 있다고 판단했다.

"끝을 내라! 놈은 완전히 공진 상태이다!"

이십 명이 채 안 되는 부하들이 일제히 달려들었다.

슈악!

쐐애애액!

부하들의 검이 동천비의 몸을 난도질했다. 한데 놀랍게도 검이 박히지 않고 튕겨 나왔고, 일부는 비명을 지르며 날아가 즉사를 면치 못했다.

묵곤혈참기가 십이성에 이르면 검이 박히지 않는다. 물론 안으로 타격은 받지만.

"크으윽!"

동천비가 금방이라도 쓰러질 듯 비틀거렸고, 남은 무사들은 혼신의 힘을 쏟아 공격했다.

푸욱!

파팍!

"크아아!"

동천비의 입에서 비명이 터져 나왔다. 주춤거리며 뒷걸음을 치던 동천비가 그대로 몸을 날려 도주를 감행했다.

"잡아랏!"

지금 죽이지 못하면 거대한 재앙이 되어 돌아올 것이었다.

특히 마공은 정공과 달리 생사의 고비를 넘기면 엄청난 상승을 하여 더욱 강해지는 특성을 지니고 있었다. 이름하여 극사마신(極死魔神)으로 불리는데, 그렇게 되면 거의 무적이라 해도 좋았다. 강해진 만큼 더욱 살성이 되어 천하를 피로 물들이기 때문에 놓치면 더욱 큰 화를 부를 것은 불문가지.

이여송을 필두로 부하들이 뒤를 쫓았다. 양측 모두 필사적이었는데, 쫓기는 동천비보다 추격하는 이여송과 부하들 얼굴에 더 절박한 표정이 떠올랐다.

'놓치면 끝장이다!'
이여송은 혼신을 다해 신법을 전개했지만 거리는 생각처럼 좁혀지지 않았다.
쉬이익!
순식간에 양측은 어둠 속으로 자취를 감춰 버렸다.

第五章
모정

소월당 뒤뜰에서 바람 소리가 흘러나왔다. 쥐어 짜이는 듯 바람 소리는 비명에 가까웠는데 자정경이 검법을 연마하고 있었다. 그녀의 검이 허공을 벨 때마다 공기가 자지러졌다. 검법이 예리할수록 파공음은 인간의 비명에 가까워진다는 것이 강호의 정설이고 보면 그만큼 자정경의 무위가 높아졌다는 것을 의미했다.

걸치고 있는 흑의는 이미 땀에 흥건히 젖었고 입에서는 거친 숨소리가 흘러나왔다. 두 눈에서는 야무지다 못해 표독하기까지 한 한기가 사방으로 폭사되며 차가운 검광과 더불어 뒤뜰을 완전히 지배하고 있었다.

슈슈슉!

지면은 그녀의 두 발에 의해 반들반들 윤기가 흘렀고 근처 나뭇가지들은 검기에 의해 모조리 잘려 나가 있었다.

"얍!"

때마침 불어오는 바람을 향해 그녀가 기합을 터뜨리며 검을 휘둘렀다.

파파파파파!

정확히 다섯 번의 섬광이 폭발하며 불어오던 바람이 멈추었다. 멈췄다기보다는 바람이 잘려지면서 잠시 움직임이 끊어진 것이다. 아주 짧은 순간이었지만 바람은 분명히 다섯 토막이 되었다가 다시 합해져 주위 나뭇가지들을 흔들었다.

슈우욱!

갑자기 자정경의 검이 오른쪽 숲을 향해 뻗어갔다.

뻗어가는 검은 조금 전까지 보였던 수련검이 아니라 살기를 담고 있었는데 한 개의 바위가 정확히 반으로 갈라졌다.

"허… 허걱!"

바위가 갈라지고 뒤에서 놀람에 가득 찬 신음이 터져 나왔다.

"사… 사부님."

바위 뒤에서 놀란 눈을 하고 있는 사람은 동천몽이었다.

자정경이 눈으로 스며드는 땀방울을 왼손으로 훔치며 눈을 크게 떴다.

"어… 언제 오셨어요?"

"이… 이것 좀 치우고 말하자."

자정경의 검은 동천몽의 목젖에 대어져 있었다.

그녀가 검을 치우자 동천몽이 목을 쓰다듬으며 안도의 숨을 쉬었다.

"어휴, 십년감수했구나. 아미타불!"

"사부님!"

자정경이 검을 집어 던지고 와락 동천몽의 목을 끌어안고 매달렸다.

"오셨으면 오셨다고 말씀을 하셔야지 숨어서 제자의 무예 수련 모습을 훔쳐보면 어떡해요. 난 적인 줄 알고 하마터면 살수를 펼칠 뻔했잖아요."

"너… 너의 무공이 워낙 황홀해 그만 넋이 빠졌지 뭐냐? 아이구, 무겁다. 그만 내려오거라."

자정경이 목을 끌어안은 채 동천몽을 내려다보며 물었다.

"정말로 제자가 무겁단 말예요?"

자정경의 눈빛이 심상치 않자 동천몽이 잽싸게 말을 바꿨다.

"그… 그게 아니라 옛날부터 사부는 반가우면 무겁다고 하느니라."

"그럼 그렇죠. 그동안 몸무게가 이 관이 빠졌는데요."

"이… 이 관."

"보실래요?"

끌어안고 있던 목을 풀고 내려오더니 윗도리를 확 걷어 올려 쏙 들어간 배와 날씬해진 허리를 보여주었다.

모정 147

"보세요. 배가 완전히 등에 붙었잖아요. 사부님께서 두껍다고 놀렸던 팔뚝두요."

소매를 걷어올려 팔뚝까지 보여주었다.

"과, 과연 그렇구나."

하지만 동천몽의 얼굴에는 기뻐하는 표정이 전혀 없었다.

사실 그가 숨어서 엿본 것은 땀에 젖은 자정경의 요염한 모습을 보면 혹시라도 반응이 있을까 해서였다. 하지만 아무리 봐도 반응이 없었고 너무 실망한 나머지 넋을 놓아버렸는데 그 바람에 자정경의 감각에 노출된 것이었다.

자정경의 환하던 얼굴이 굳어졌다.

그녀 또한 동천몽의 표정에서 여전히 치료가 되지 않았음을 발견한 것이었다.

와락!

또다시 자정경이 목을 끌어안고 원숭이처럼 매달리자 동천몽이 깜짝 놀랐다.

자정경이 입술이 닿을 만한 거리까지 얼굴을 들이밀며 말했는데 뜨거운 입김이 느껴졌다.

"두고 봐요. 반드시 사부님의 병을 제가 고치고 말 거예요."

동천몽이 눈을 크게 떴다.

유일한 처방은 화중동거라는 사실을 말해주었기 때문에 그녀는 알고 있었다. 자정경의 말을 그대로 받아들인다면, 회복을 위해 여자로서 할 수 있는 온갖 방법을 다 사용하겠다는 놀라운 선언이었다. 여인인 자정경이 할 수 있는 방법이라면 보나마나 반라의 몸은 물론이려니와 필요하다면 알몸을 이용한 유혹이다.

"호호호! 사부님 눈 또 토끼 되셨다."

눈을 크게 뜬 동천몽을 보며 우스워 죽겠다는 듯 깔깔거렸는데 가슴을 의도적으로 세차게 흔들며 앞가슴을 비볐다.

"허험!"

그때 뒤뜰로부터 헛기침 소리가 들려왔으므로 자정경이 매달린 채 고개를 홱 돌렸다. 뒤뜰에 한 명의 중년 부인이 고개를 돌리고 서 있었는데 자정경이 동천몽에게서 내려와 쪼르르 달려갔다.

"어머님 오셨어요."

자정경이 달려가 아주 자연스럽게 능씨의 손을 잡았다.

"사부님 오셨어요. 그래서 잠시 얘기 좀 나누고 있었던 거예요."

자정경의 태도는 완전히 며느리였다. 그것도 고부간에 무척 사이가 좋은 그런 모습이었다. 자신이 집을 비운 사이에 어머니의 마음을 사로잡은 게 분명했다.

"그간 별고없으셨는지요."

"제자가 그렇게도 좋은가 보군요. 이 어미보다 제자를 먼저 찾는 걸 보니 말입니다."

비록 모자지간이지만 대법왕이다. 그래서 능씨는 함부로 말을 놓지 않았다.

동천몽은 싫다고 했지만 능씨가 완강히 반대했다. 더구나 독실한 불자인 어머니는 사석에서는 몰라도 대법왕에 대한 예의를 한시도 게을리 하지 않고 대접했다.
"안으로 들어가시죠."
능씨가 앞서 가는 동천몽을 보며 나직이 한숨을 쉬었다.
동천몽이 걸음을 떼려다 고개를 돌린다. 능씨의 표정에서 뭔가 하고 싶은 말이 있다는 것이 느껴졌다. 몇 번 입술까지 들썩였지만 능씨는 차마 꺼내지 못하고 있었다.
"하실 말씀이 있으시옵니까?"
"아… 아닙니다. 많이 피곤해 보이는데 그만 들어가세요."
"어머니."
돌아서는 능씨를 불러 세웠다.
동천몽이 깊숙한 눈빛으로 말했다.
"하십시오. 무슨 말씀입니까?"
"별것 아닙니다."
"어머니."
다시 돌아서는 능씨를 이번에는 자정경이 잡아끌었다.
"아무리 대법왕님이라고는 하지만 사적으로는 어머님 아들이에요. 뭘 망설이세요. 하실 말씀 있으면 망설이지 말고 하세요."
"아니다."
"그냥은 못 가요. 말씀하세요."
자정경이 앞을 막아섰다. 그러자 능씨가 깊숙한 눈으로 보더니 돌아섰다.

잠시 동천몽을 가만 바라보던 능씨가 조용히 한숨을 내쉬며 입을 열었다.

"천비 얘기 들었습니까?"

멈칫!

동천몽의 눈이 기광을 발했다.

능씨가 말했다.

"천비가, 위험에 빠졌다는군요."

동천몽이 싸늘해진 눈빛으로 물었다.

"자세히 말씀해 보십시오."

"아침 일찍 가석구가 왔다 갔습니다."

"가 부총관 말이옵니까? 그자가 왜 어머니를 찾아왔단 말입니까? 어떻게?"

동천비의 눈에서 살기가 나타났다 사라졌다.

"덕배 있느냐?"

"찾으셨사옵니까?"

옷자락 펄럭이는 소리가 나더니 맨발의 덕배 선사가 나타나 합장했다.

동천몽이 싸늘한 표정으로 물었다.

"어떻게 된 일이더냐? 어떻게 경계를 하고 있기에 적이 드나들 수가 있단 말이더냐?"

"덕배 선사님께서는 막았어요. 이 어미가 들여보내라고 부탁했어요. 덕배 선사는 잘못이 없으니 꾸중을 하려거든 어미에게 하세요."

동천몽이 못마땅한 표정으로 덕배 선사를 보더니 툭 쏘듯 말했다.

"가보시오."

덕배 선사가 합장을 하고 사라졌다. 가석구는 동천비의 측근이자 여추량의 오른팔이었다. 여추량처럼 교활하거나 음흉하지는 않지만 어쨌든 천상각의 부총관으로 아버지의 움직임을 동천비에게 보고하던 배신자이자 밀정꾼이다.

어쨌든 동천비는 백쾌섬과 손을 잡고 있는데 위험에 빠졌다면 뻔했다. 뒤통수를 맞았다는 뜻이었다.

"그래서 어머니더러 날 시켜 도와달라고 하던가요?"

"아닙니다. 그 이전부터 가석구는 나에게 가끔씩 동천비에 대한 소식을 전했어요."

"가 부총관이 왜요?"

"가석구에게 이 어미가 부탁했습니다. 왜냐하면 동천비는 내 아들이자 천상각의 미래를 이끌어갈 장남이기 때문입니다."

동천몽이 놀란 표정을 지었다.

자정경 또한 당황한 얼굴로 능씨를 돌아보았다.

"섭섭하게 생각해도 어쩔 수 없습니다. 이왕 이렇게 말이 나왔으니 솔직하게 말하겠습니다. 한 번만 도와주십시오."

"무슨 말씀을 하십니까?"

"어미의 소원입니다. 천비를 살려주십시오."

"난 그자를 죽이려고 마음먹고 있습니다."

"말조심하세요. 형에게 그자라뇨?"

"그자가 행했던 지난날의 과오를 몰라서 그렇습니까?"

"압니다. 누구보다도 당한 이 어미가 그걸 왜 모르겠습니까? 하지만 그 아이는 내 자식입니다. 자식의 흠 하나 감싸지 못한대서야 그게 어디 어미입니까?"

"흠이 아닙니다. 그건 배덕이자 폭력이었고 어머님을 창녀라고까지 한 쓰레기입니다. 소자까지 죽이려 했단 말입니다."

"아무튼 한 번만 도와주십시오. 그것이 드리고 싶은 말입니다. 물론 싫으시다면 하는 수 없구요."

능씨가 몸을 돌려 걸어갔다.

"어머니, 잠시만요?"

자정경이 잽싸게 뒤를 쫓아 달려갔다.

능씨와 자정경이 사라졌지만 동천몽은 그 자리에서 꼼짝도 하지 않았다. 얼굴이 돌덩이처럼 굳어졌고 금방이라도 폭발할 것 같은 험악한 기세를 풍겼다.

바람에 연꽃 향기가 날아왔다. 동천몽은 정자에 서서 연못을 내려다보고 있었다. 벌과 나비가 연꽃 위를 날아다녔고 이따금 수면에 앉은 곤충을 잡아먹기 위해 물고기가 솟구쳐 오르기도 했다.

동천몽의 얼굴은 여전히 굳어 있었다. 능씨의 부탁이 상당한 충격으로 작용한 듯싶었다.

발자국 소리가 나더니 자정경이 다가왔는데 그녀의 얼굴 역시도 굳어 있었다. 조심스럽게 동천몽을 살피던 자정경이 입을 열어 말했다.

"사부님, 한 말씀 드려도 되겠어요?"

동천몽은 아무런 대꾸도 하지 않았다.

"어머니는 사부님께서 동천화 누님을 수라옥에 가뒀다는 사실에 무척 실망하셨어요."

"자세히 말해보거라."

"어떻게 친누이를 한 번 들어가면 나오지 못할 뇌옥에 가둘 수가 있느냐는 거죠."

"정녕 어머니께서 그렇게 말씀하셨단 말이냐?"

"제가 왜 거짓말을 하겠어요. 제자 또한 사부님의 행동을 이해하고 잘했다고 생각하는 사람이에요. 동천화 누이는 용서받을 가치가 없는 분이죠. 그런데 동천비 형님은 동천화 누이와 다른 것 같아요. 최소한 어머니에게는요."

"……."

"아까 말씀하셨다시피 동천비 형님은 천상각의 장자 아닌가요? 그것이 어머니 마음을 흔드는 것 같아요. 왜 어머니께서도 옛날 일을 잊겠어요. 아마 사부님보다 더 원한에 맺혔을 거예요. 그러나 어머니는 자식 이상도 이하도 아니라고 생각하고 계시더군요. 그러니까 도와달라는 그런 말씀을 하시는 거죠."

"그만 돌아가거라."

"사부님, 제 말 좀."

"듣기 싫다. 혼나기 싫으면 넌 조용히 있거라. 이건 네가 나설 일이 아니니라."

자정경이 깜짝 놀란 표정을 지었다. 동천몽의 화난 모습은 오늘 처음 보았다. 항상 자신에게는 웃고 기쁜 표정만 지었는데 지금은 싸늘하다 못해 살벌했다.

자정경은 아무 소리 못하고 물러섰다.

휘이이!

바람에 연못 물결이 출렁거렸고 연꽃들이 흔들렸다. 진한 향기가 코끝을 간지럽혔으며 철 이른 낙엽들이 정자 안으로 떨어졌다.

눈앞으로 지난날이 그림처럼 펼쳐진다. 자신을 죽이고 어머니를 쫓아내기 위해 세 남매가 벌인 온갖 추잡한 사건과 음모들이 적나라하다. 추호도 용서할 수 없고 용서하고 싶지도 않은 악행을 어머니 능씨는 조용히 삭이려 하고 있었다. 모든 것을 철부지의 망동으로 이해하고 관계를 복원하려 하고 있었다.

동천비의 세력은 일거에 급습을 받아 완전히 궤멸되었다. 중원오랑으로 불리던 세력 중 한곳이었던 낭도채의 채추 제갈팽 또한 목와북천의 장로 중 두 사람인 냉심자와 무정살도의 칼에 쓰러졌고 측근들 모두 추살되었다.

백쾌섬의 계획은 철저했고 단숨에 이뤄졌다. 반란과 거사란

단시간에 몰아쳐야 한다는 평소 그의 지론대로 한 치의 오차 없이 실현된 것이었다. 아무리 강한 집단일지라도 예상을 하지 못한 돌발적인 기습 공격에는 무기력해질 수밖에 없고, 더구나 작정하고 목와북천 최고의 고수들을 동원하였으므로 승리는 예정된 일이었다. 동천비의 수하들은 뿔뿔이 흩어졌고 살기 위해 각자 어둠 속으로 쫓겨 사라졌다.

가석구는 연거푸 빈속에 죽엽청을 털어 넣었다.

아침부터 시작된 그의 술은 멈출 줄을 몰랐고 새벽같이 문을 열자마자 들어서서 오시가 다 되도록 술을 마시는 가석구를 점소이는 불안하게 쳐다보았다. 옆구리에 검을 차고 있는 것을 보아 무림인이 분명했다. 괜히 잘못 건드렸다가는 이쪽이 피해를 입는다는 것이 지난 시절의 경험이었고, 또한 아침부터 술을 푸는 인물들 대부분이 끝에 이르러서는 반드시 술값을 떼먹거나 행패로 마무리된다는 것을 알기에 더욱 불안했다.

술값을 받지 않아도 좋았다. 차라리 조용히 일어나 가줬으면 하는 게 솔직한 마음이었다.

가석구는 좀체 일어날 기미를 보이지 않고 벌써 열일곱 병째 술을 시키고 있었다.

채앵!

갑자기 가석구가 차고 있던 검을 뽑아 들었다.

가석구는 상인이었다. 호신술 정도밖에 되지 않지만 시기가 시기인만큼 검을 차고 있었는데, 그가 뽑아 들자 점소이와 주인의 가슴이 철렁했다.

'저… 저 시벌놈이 끝내.'

둘 모두 같은 생각을 했다. 주루에는 세 명의 손님이 각자 음식을 먹고 있었는데 보나마나 그들에게 시비를 걸려는 것이 분명했다.

'제발!'

제발 그냥 뽑은 검을 다시 검집에 넣고 나가주기를 기도하고 빌었다. 하지만 가석구는 그들의 기대와는 정반대의 행동으로 나가기 시작했다.

"야 이 자식들아!"

가석구가 검을 뽑아 들고 소리를 꽥 질렀다.

그러자 나머지 사람들이 공포에 젖은 표정으로 돌아보았다. 가석구는 취기로 붉게 충혈된 눈으로 그들을 노려보며 말했다.

"니… 니들이 인생을 알아?"

그러자 가장 가까운 곳에 있던 흑의대한이 떨리는 목소리로 대답했다.

"대… 대협님, 우린 무식해서 모릅니다. 그러니 자제하시고."

"니들이 인생을 아느냐고?"

가석구가 비틀거리며 소릴 꽥 지르자 대한이 다시 대답했다.

"모… 모릅니다. 죄송합니다."

가석구가 검을 쳐들고 다시 외쳐 말했다.

"인생을 아냐니까? 아는 놈 손들어."

아무도 손을 들지 않았다.

모두가 불안한 얼굴로 가석구의 눈치를 살필 뿐이었다.

"인생이란 더러운 거야! 좆같은 거라구! 니들이 정말 인생을 알아, 어엉?"

"모… 모릅니다. 우리 같은 천한 것들이 어찌 인생을 알겠나이까?"

어떻게 해서라도 가석구의 비위를 거스르지 않기 위해 흑의대한은 노력했다.

"모… 모조리 잘라 버리겠어."

가석구가 검을 휘두르다 몸의 중심을 잃고 그대로 엎어졌다.

퍽!

그 바람에 탁자 귀퉁이에 코가 부딪쳤고 쌍코피가 흘렀다.

"으잉! 어… 어느 놈이 날 쳤어. 죽여 버릴 거야."

일어나다 다시 쓰러졌고 몸을 일으켜 세우지 못하고 바둥거리는 가석구를 바라보는 점소이의 눈이 이채를 발했다.

점소이가 살며시 다가오더니 조심스럽게 말했다.

"손님, 괜찮으시옵니까?"

"뭐가 괜찮아, 인마. 네 눈에는 이게 괜찮아 보이느냐?"

그러면서 왼 주먹을 휘둘렀지만 점소이가 피해 탁자 다리에 주먹이 부딪쳤는데 고통스런 표정을 지었다.

"아으으으!"

"손님, 그만 일어서십시오."

점소이가 부축하는 척하며 가석구를 슬쩍 걷어찼다. 하지만 가석구는 전혀 알아차리지 못했고 다른 곳으로 눈을 부라렸다.

"웨… 웬 놈이 날 차느냐? 뒈질래?"

점소이는 또다시 부축하는 척하며 슬쩍 건드려 보았고 여전히 가석구로부터 반응이 시원찮게 나오자 자신감을 얻었다.

"이 새끼, 이제 보니 순 엉터리잖아. 일어나, 새꺄."

점소이가 가석구의 멱살을 잡아 일으켰는데 가석구는 계속 헛주먹질만 해댔다.

"어휴, 이걸 그냥? 난 무림의 대협인 줄 알고 쫄았는데 완전히 허당이잖아. 똑바로 서."

"웬 놈이냐?"

가석구가 주먹을 휘둘렀지만 점소이는 가볍게 피했다.

점소이가 멱살을 잡고 이마로 가석구의 면상을 들이박았다.

퍽!

"아이고!"

가석구가 양손으로 얼굴을 감싸 쥐며 고통스러워했고 점소이가 연거푸 두 번을 더 박았다.

점소이가 얼굴에 피가 흥건한 가석구의 멱살을 잡고 노려보며 말했다.

"일단 술값부터 내놔. 빨리."

"어… 없습니다. 한 번만 자비를 베풀어주십시오."

고통으로 인해 어느 정도 정신이 든 듯 가석구가 애원했다.

"시간을 주시면 꼭 갚겠습니다, 대협."

"내가 무슨 대협이야, 개자식아. 난 점소이야. 빨리 안 내놔!"

다시 얼굴을 이마로 박을 때 일목이 허공에서 뚝 떨어졌다.

"으헉!"

눈이 하나뿐인 일목이 뚝 떨어져 내리자 점소이가 기겁했고 용기백배하여 지켜보던 주인까지 경악했다.

"누… 누구세요?"

점소이가 겁먹은 얼굴로 일목을 보며 물었다.

"얼마냐?"

"네엣?"

"이놈이 처먹은 술값이 얼마냐고?"

일목이 인상을 쓰자 점소이가 잽싸게 대답했다.

"으… 은자 두 냥 하고 닷 푼입니다."

휙!

일목이 뭔가를 던지자 점소이가 잽싸게 받았다. 손바닥에는 은자 한 냥이 들어 있었다.

왜 이것만 주느냐고 물으려다 점소이가 입을 다물었다. 용기가 나지 않은 것이었다.

"나머지는 내 앞으로 달아놔."

탁!

가볍게 가석구의 마혈을 제압한 일목이 그를 어깨에 둘러메고 밖으로 사라졌다.

점소이가 잠시 일목이 사라진 곳을 쳐다본 후 손바닥의 은자를 보며 투덜거렸다.

"이상한 새끼네."

어이가 없는 표정으로 일목이 사라진 쪽을 쳐다보았다가 손바닥에 들린 은자 한 냥을 번갈아 보았다.

수차례 차가운 물에 얼굴을 담갔다 꺼냈지만 가석구는 정신을 차리지 못했다. 더 이상 안 되겠는지 일목은 가석구를 거꾸로 매달았다. 그리고 나무 막대기를 가석구 입속에 집어넣었다. 토하게 만들려는 것이었다. 토하게 하는 것이야말로 취기를 가장 빨리 가시게 했다.

"으웩!"

가석구는 입을 벌리고 토하기 시작했는데, 술과 안주가 아직 소화되지 않은 상태로 쏟아져 나왔고 악취가 주위를 뒤덮었다.

"나쁜 놈, 많이도 처마셨군."

일목이 코를 막고 투덜거렸다.

한참을 토하던 가석구가 조용해졌다. 더 이상 토하지 않는 것을 보아 뱃속이 완전히 비워진 것이 분명했다.

일목이 매달린 가석구를 끌고 가 차가운 계곡물에 다시 던져 넣었다. 차가운 계곡물 속에 던져진 가석구가 정신이 번쩍 드는지 바둥거렸다.

어푸! 어푸!

허우적거리는 가석구를 일목이 뭍으로 꺼내놓았고 그제야 정신이 든 가석구가 고개를 좌우로 두리번거렸다.

그러다 무엇을 발견했는지 가석구의 안색이 흙빛으로 변하더니 그 자리에 잽싸게 무릎을 꿇었다.

"마… 막내 공자님 아니시옵니까?"

계곡 옆으로 있는 조그만 바위에 동천몽이 걸터앉아 있었다.

"다 죽었는데 너만 살았더구나?"

가석구가 고개를 처박고 더듬거렸다.

"소인도 괴롭습니다. 내 손으로 목숨을 끊고 싶었지만 용기가 없었습니다."

"그래서 죽어보려고 술을 그렇게 마셨다는 얘기더냐?"

"……."

"가석구."

"마… 말씀하소서."

"네놈에게 두 눈이 있더냐?"

느닷없이 눈을 묻자 가석구가 멈칫하며 고개를 쳐들었다.

동천몽이 조용히 말했다.

"눈을 떴으면 보았을 것 아니냐? 두 형님과 누이가 어머니에게 어떻게 했는지를? 봤느냐? 보지 못했느냐?"

"봐… 봤사옵니다."

"느낌을 말해보아라. 네놈이 나였다면 어떤 마음을 먹었겠느냐?"

"그건……?"

"말해보라고 했느니라."

"해, 해도 너무했사옵니다."

"그게 전부이더냐? 해도 너무한 것이 아니라 인간이었다면 결코 취할 수 없는 행동을 그들은 어머니에게 했느니라. 그런데 네놈이 혓바닥을 어떻게 놀렸기에 어머니가 그러신단 말이냐?"

동천몽의 눈이 빛을 뿌렸다.

금방이라도 살수를 펼칠 것 같은 동천몽의 흉흉한 기세에 가석구가 움츠러들며 말했다.

"소, 솔직히 말하겠나이다. 대공자님께서는 막내 공자님의 형님 되시오며 천상각의 미래 주인이옵니다. 어쨌든 미래 주인이 남의 손에 희생된다는 것은 전 있을 수 없다고 생각했사옵니다. 그것은 한 사람의 죽음이라기보다는 한 가문의 패배라고 생각하옵니다. 천상각의 명예를 생각한다면 죽더라도 남의 손에 최후를 마쳐서는 안 된다고 생각하옵니다."

동천몽의 눈이 날카로워졌다.

"그래서 가모님을 찾아가 말씀을 드렸사옵니다. 가모님이 아니면 누구도 막내 공자님의 마음을 움직일 수 없다고 생각했기에."

"네놈이 장사꾼 노릇을 오래하더니 궤변만 잔뜩 늘었구나. 잘못에 대한 징계에는 어떤 명예 따위도 따를 수 없느니라. 명예가 따르면 죽음에도 차별이 있고, 그것은 결코 올바른 징계가 아니니라. 징계를 받아도 자칫 훌륭한 사람으로 각인될 위험이 있다는 건 네놈이 모르는구나."

"하… 하오나."

"한마디로 잘못은 저질렀지만 죽이되 품위있는 죽음을 내리란 얘기인데, 그럼 형님이 아니고 가솔 중 누군가 잘못했다면 품위고 명예고 모두 필요없이 개 죽이듯 패 죽이라는 말 아니냐?"

가석구의 표정이 굳어졌다.

동천몽의 추궁에 반박할 여력이 없었다. 동천몽의 말은 빈틈이 없었고 사리에 맞았다.

벌에 의한 죽음에는 명예란 있어서는 안 된다. 그것도 거대한, 돌이킬 수 없는 범죄를 저지른 사람에게 어떤 명분과 실리를 실어주게 되면 그 징계는 가치가 없어지고 오히려 망자의 후손들과 따르는 사람들에게 자긍심을 심어주는 우를 범하게 된다.

잘못된 징계 때문에 과거 큰 죄를 지은 사람들이 오늘날 위인화되는 해괴한 일이 벌어지고 있는 것이었다. 죄인은 그냥 죄인으로만 평가하고 징계해야 하는 것이다.

"이제 보니 넌 아주 위험한 놈이구나. 그래서 부모에게 짐승 같은 행동을 한 자를 단지 천상각의 미래라는 이유 하나로 명예스럽게 포장하자는 것이구나. 그리고 좀 더 나아가 반드시 살려야 한다는 억지로구나."

"소… 소인의 뜻은."

"쳐 죽일 놈 같으니, 한마디로 돈이 있고 힘이 있는 자는 잘못을 저질러도 그럴싸한 명분을 얹어 관용을 베풀어야 한다는 얘긴데."

빠아악!

동천몽의 주먹이 전광석화와 같이 가석구의 면상에 틀어박혔다.

"크악!"

가석구가 비명을 지르며 나가떨어졌다.

"가석구."

"마… 말씀하소서."

가석구가 벌떡 일어나 허리를 구부렸는데 피가 뚝뚝 떨어졌다.

동천몽이 살벌한 시선으로 쏘아보았다.

"내가 가장 싫어하는 놈이 바로 너다. 형의 손에 식솔들이 죽을 때 넌 한 번이라도 아버지를 찾아가 형의 죄상을 폭로하고 막아달라고 애원해 보았느냐?"

"주… 죽여주소서."

"옛정을 생각해서 목숨만은 살려주마. 두 번 다시 내 앞에 나타나지 마라. 한 번만 더 내 시선에 뜨이면 그땐 살아남지 못할 것이니라."

가석구가 깊은 눈빛으로 동천몽을 쳐다보았다.

그러더니 깊숙하게 허리를 구부리고 천천히 돌아섰다.

숲 너머로 가석구가 사라졌고 동천몽이 혼잣말처럼 중얼거렸다.

"말도 안 되는 억지지만 섬기던 주인을 살려보려는 충심이려니 그래도 네놈이 가장 뼈대가 있구나."

"그러하옵니다. 저놈이 사내이옵니다."

일목이 맞장구를 치자 동천몽이 노려보았다.

동천몽의 시선에도 아랑곳하지 않고 일목이 당당하게 말을 했다.

"다른 사람은 몰라도 자신의 주인을 위해서라면 어떤 궤변이라도 서슴지 않아야 진정한 충신이라고 할 수 있는 것 아니겠사옵니까?"

동천몽이 고개를 돌려 버렸다.

추적은 계속되었다. 그러나 동천비의 흔적은 어디에서도 발견되지 않았다. 결국 백쾌섬은 추적 인원을 좀 더 보강했다. 지금까지는 육검산 단독으로 추적을 했지만 흑도십문 중 혈악(血嶽)과 사부(死府) 두 곳을 더 증파했다.

그런데 문제가 생기고 말았다.

혈악과 사부의 이동은 철저히 비밀을 유지했는데 어떻게 그들의 이동을 알았는지 무림맹이 대대적인 공세를 가해온 것이었다. 그것도 혈악과 사부가 전선을 형성하고 있던 곳을 노렸다. 그 결과 호남과 귀주가 무림맹에게 넘어가고 말았다.

한마디로 천하 정벌을 목전에 두고 상당한 타격을 입은 것이다. 개인이든 집단이든 싸움은 기세이다. 한 번 꺾이면 회복하기란 쉽지 않는 것이 전쟁인데 욱일승천의 기세로 밀어붙이던 흑도의 기세가 이번 후퇴를 계기로 한풀 꺾이고 말았다.

백쾌섬은 빼앗긴 성을 되찾기 위해 파상공세를 폈지만 이미 물은 엎질러졌다. 그렇다고 동천비를 잡기 위해 빼돌렸던 혈악과 사부를 다시 전선으로 투입한다고 해도 다시 예전의 기세를 회복하리란 보장은 없다. 그러다 동천비도 놓치고 무림맹에도 밀리는 형국이 된다면 최악이다.

"단순하지 않다."

백쾌섬이 분노의 표정을 감추지 못했다. 아무리 생각해도 무림맹이 혈악과 사부가 장악하고 있던 귀주성을 공략한 것을 우연의 일치로 보기는 어려웠다.

두 곳의 움직임은 극비였다. 그런데 적은 움직임을 훤히 들여다보고 공격한 것 같았다.

"혈악과 사부의 움직임은 중요한 기밀이었사옵니다. 우리 쪽에서도 대종사와 속하 말고는 누구도 모르지요. 그런 극비가 새어나갔을 리 만무합니다."

삼천목이 백쾌섬의 의심을 일축했다.

그러나 백쾌섬은 고개를 저었다.

"아니다."

"그럼 무림맹에서 우리의 움직임을 알고 있었단 말이옵니까? 그건 절대 말이 되지 않사옵니다."

"무림맹이 아니다."

"무슨?"

"동천비의 오른팔인 여추량의 실종과 그의 여동생 동천화의 실종에 이어 남궁관의 죽음에서 난 한 가지 공통점을 느꼈다. 여추량과 동천화는 하나의 움직임을 갖고 있었다. 다시 말해 여추량은 동천화를 추적 중에 있었다는 얘기지. 그건 두 사람이 한 노선에 있었다는 뜻이고, 두 사람의 실종은 곧 한 사람의 짓이라는 얘기가 된다. 또한 남궁관의 죽음 또한 그가 아니면 누구도 만들어낼 수 없는 일이다."

"그라면?"

"동천몽."

"그는 죽었습니다."

"시체를 찾지 못했지 않느냐?"

삼천목을 보냈고 자신이 다시 한 번 사건 현장까지 다녀왔다. 그러나 동천몽의 시신은 없었다.

"하면 혈악과 사부의 전선에서의 철수 사실을 무림맹에 알려준 사람이 동천몽이란 말씀이옵니까? 그가 무슨 수로 대종사와 저밖에 모르는 비밀 사항을 알 수 있단 말입니까?"

삼천목은 단호히 부인했다.

백쾌섬이 차가운 한광을 발하며 말했다.

"넌 아직도 그를 모르느냐? 난 누구보다 더 그를 곁에서 지켜보았다. 그는 학문은 얕으나 회전하는 두뇌는 천하제일이다."

"좋습니다. 대종사님 말씀처럼 동천몽이 귀띔을 해주었다고 하지요. 그럼 목적이 있을 것 아니온지요?"

"있다."

"……"

"동천비를 살리기 위해서다. 혈악과 사부까지 투입하면서 그의 신변이 위험해지자 무림맹을 이용해 동천비 추적에 투입된 두 세력을 불러들이게 만들려는 계산이지."

"둘은 형제이지만 원수지간임을 기억하소서."

"어머니가 한 사람이라는 것을 기억하도록."

흠칫!

삼천목이 깜짝 놀라는 표정을 지었다.

"동천몽을 찾아달라는 동오룡의 청부를 받으면서 난 능씨라는 사람을 곁에서 보았다. 그녀는 진정한 어머니였다. 어지간한 여인이라면 그만큼 모욕과 치욕을 당했다면 미움을 품을 만도 하건만 능씨는 아니었다. 여전히 동천몽을 포함한 다섯 남매를 자신의 자식으로 생각하며 그들을 이해하고 감싸려고 했다."

"결국 능씨가 동천몽을 움직여 동천비를 돕도록 압력을 넣었다는 것이군요."

"확신한다."

삼천목의 눈이 가늘어졌다.

전혀 가능성없는 얘긴 아니었지만 동천몽의 성격을 볼 때 아무리 어머니 부탁이라고 해도 들어줄 리 만무했다.

바로 그때였다. 한 명의 무사가 바람같이 달려들어 오더니 빠르게 입을 열었다.

"동천비의 움직임이 포착되었사옵니다. 지금 의심산에 있다 하옵니다."

"의심산이라면 이곳에서 그다지 멀지 않은 곳 아니냐?"

"하지만 그곳은 무림맹 관할이옵니다."

"신경 쓸 것 없다. 무림맹 관할이라고 해서 동천비에게 도움이 되지는 않는다. 무림맹과도 대립각을 세워 그들 눈까지 피하는 이중고에 시달릴 터이니 더욱 잡을 수 있는 기회이다."

"존명!"

부하가 빠르게 돌아나갔다.

혼자 남은 백쾌섬이 중얼거렸다.

'어떻게 그 상황에서 살아났단 말인가?'

믿어지지가 않았다. 자신이 두 번 검을 휘둘렀고 삼천목이 한 번 휘둘렀다. 가장 확실한 죽음이 내려졌는데 살아났다는 사실이 도저히 이해가 되지 않았다.

第六章
역천의 겁

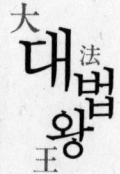

부처의 미소가 오늘따라 더욱 환하다. 의심사 주지 구옹 선사의 독경 속에 능씨는 부처를 향해 끝없는 절을 올렸다. 그녀의 입술을 비집고 한 사람의 이름이 끝없이 되뇌어졌다. 흘러나오는 이름은 놀랍게도 동천비였고 능씨는 부처께 살려달라고 매달리고 있었다.

"지혜를 완성하고 참된 말을 이룩하신 부처님, 자비를 베푸옵소서. 그 아이에게 깨달음을 주시어 자신을 알고 반성하도록 해주시옵소서."

능씨와 간절한 기도와 더불어 구옹 선사의 독경이 더욱 대웅전을 메아리쳤다.

"크아악!"

그때 두 사람의 간절한 염원을 깨뜨리는 비명 소리가 울렸다.

뚝!

누가 먼저랄 것도 없이 두 사람의 동작이 멈췄고 비명은 연거푸 들려왔다.

"윽! 아아악!"

느닷없는 비명에 구옹 선사가 일어나 대웅전 밖을 향해 고개를 돌렸다.

비명은 계속해서 들려왔고 점점 가까워졌다.

"바… 방장 스님."

네 명의 승려가 구옹 선사를 부르며 도망쳐 오고 있었는데 피가 범벅이 되어 있었다.

"무슨 일이더냐? 어헉!"

구옹 선사가 소스라쳤다.

먹구름 한 개가 다가오고 있었다. 사람이었지만 형체를 알아볼 수 없을 만큼 흐느적거렸다. 구옹 선사가 공포에 젖은 목소리로 더듬거렸다.

"아… 아수라 현신이로고… 아미타불!"

콰아아!

먹구름에서 두 개의 손이 뻗어 나오더니 도망쳐 온 네 명의 승려를 후려쳤다.

퍽!

뼈어어억!

비명도 없었다. 먹구름에서 뻗어 나온 손이 네 승려를 한 번씩 후려쳤는데 산산조각으로 찢어지고 말았다.

"아… 아미타불! 지옥의 아수라가 어찌 인세에 나타날 수 있단 말인가."

추울렁!

불심 깊은 구웅 선사를 바라보던 먹구름이 크게 출렁거리더니 스으으 하며 손이 뻗어 나왔다.

탁!

구웅 선사의 멱살을 거머쥐었다.

"캑… 캐캑!"

구웅 선사가 얼굴이 벌겋게 달아오르며 기침을 했는데 뿌드득 소리가 들리며 목뼈가 부러졌다.

바르르!

구웅 선사의 몸이 몇 번 떨더니 축 늘어졌다.

퍼억!

먹구름이 손을 풀자 구웅 선사가 땅바닥에 쓰러졌다.

멈칫!

갑자기 먹구름이 충격을 받은 듯 움찔했다. 대웅전에 서서 자신을 쳐다보고 있는 능씨를 발견한 것이었다.

"누… 누구더냐? 감히 인간이라면 모습을 드러내거라!"

능씨가 떨리는 목소리로 외쳐 말했다.

"크카카카!"

먹구름이 괴소를 흘리더니 조금씩 사람의 모습으로 변했다.

"허헉! 넌 천비 아니냐?"

먹구름은 동천비였다. 그런데 제대로 사람의 형태를 갖추지 못하고 흐느적거렸다.

묵곤혈참기가 깨지면 한 줌 연기가 되어 사라지는데 지금 동천비는 오 할 정도 흩어지고 있었다. 능씨를 발견하고 잠시 기력을 모아 사람의 형태를 갖추었을 뿐이었다.

"크크크! 이게 누구신가. 잘난 계집년 아닌가."

"어, 어떻게 네가 이렇게 변했단 말이냐?"

동천비가 다가왔다.

두 눈에서는 먹물 같은 기운이 쏟아져 나왔는데 능씨가 흠칫하며 뒤로 한 걸음 물러났다.

땀에 젖어 백의가 몸에 달라붙은 그녀의 모습은 무척 관능적이었다.

"크흐흐!"

"아… 안 돼."

능씨는 본능적으로 위험을 알아차리고 앞가슴을 가렸다.

화악!

동천비의 손이 뻗어나갔고 능씨는 힘없이 끌려갔다.

"놔… 놔라, 천비야. 이건 나쁜 짓이다. 어서."

쫘악!

그녀의 말이 끝나기도 전에 동천비의 양손이 그녀의 옷을 찢어버렸다.

순식간에 능씨는 알몸으로 변했고 동천비의 두 눈에서 쏟아져 나오는 묵광은 더욱 진해졌다.
"흐흐흐!"
"제발! 무… 물러서거라."
와락!
동천비는 능씨를 끌어안고 바닥으로 넘어졌다.
미친 듯 반항하는 능씨를 주먹으로 잠재운 동천비의 몸이 그녀를 덮쳤다.

일단의 무사들이 의심사 경내로 날아내렸다. 모두 열다섯 명이었는데 하나같이 야수와 같은 눈빛을 지닌 날렵한 사내들의 시선이 죽어 나뒹굴고 있는 시신들을 보며 침음을 흘렸다.
"맙소사!"
단 한 구의 시신도 온전한 것이 없었다.
"마령운(魔靈雲)이로군!"
이여송이 시신을 보며 중얼거렸다.
마령운이 뭐냐는 듯 다른 부하들이 쳐다보자 이여송이 조용히 대답했다.
"묵곤혈참기가 깨지면 사람이지만 연체지신(煙體之身)이 된다."
"별 볼일 없어진다는 얘기군요."
"그렇지만 워낙 사악한 마공이기 때문에 일류고수의 능력 정도는 된다. 지금 놈의 몸은 묵곤혈참기가 거의 흩어지기 직전인 연체지신이다. 서둘러 잡자."

"산주님, 다시 강해질 수는 없는 것입니까?"

"있다."

있다라는 말에 부하들이 놀란 표정으로 쳐다보았다.

"음정지회(陰精之回)라고 했다. 음기를 취하면 다시 회복될 뿐 아니라 완전한 마신지체를 이룬다."

"흐흐! 이곳은 절간인데 그럴 일은 전혀 없으니 잠시 즐기며 놈을 사냥해도 되겠군요."

"물론이다. 하지만 밤이 길면 꿈도 길다고 했느니라. 서둘러 해치우고 떠나자."

이여송의 부하들은 사방으로 흩어졌다. 혼자 남은 이여송은 건물과 마당 여기저기 찢겨져 죽은 승려들의 시신을 훑으며 천천히 경내를 살펴 나가기 시작했다.

멈칫!

한참 경내를 살피며 나아가던 이여송의 발걸음이 멈췄다. 대웅전 앞마당에 다섯 구의 시신이 있었는데 그중 구옹 선사의 시신에 멈췄다. 비록 시신이지만 범상치 않은 신분의 승려였음을 느낀 것이다.

바로 그때였다. 이여송의 귓가로 조용한 음성이 파고들었다.

"왔나?"

이여송이 깜짝 놀라며 고개를 쳐들었다.

대웅전을 내려오는 일곱 개의 계단 중 네 번째에 동천비가 우뚝 서 있었다.

파르르!

이여송의 눈빛이 떨림을 보였다.

시신의 상태에서도 드러난 자신의 추측과는 달리 지금 눈앞에 보인 동천비의 모습과는 너무 달랐기 때문이었다. 지금은 연체지신이 되어 있어야 정상인 것이다. 그런데 완전한 모습을 갖췄다는 것은 몸이 회복되었다는 것이며, 이여송이 더욱 놀란 것은 동천비에게서 어떤 기세도 전혀 느껴지지 않는다는 것이었다.

그것은 틀림없는 마신지체를 이루었을 때 보이는 현상이었다.

"어떻게 내가 이렇게 돌변할 수 있느냐는 건가?"

자신의 궁금증을 정확히 짚어내며 동천비가 천천히 계단을 내려왔다.

적의라고는 눈곱만큼도 느껴지지 않는, 그야말로 하나의 자연이었다. 단순히 움직이는 생명체일 뿐 무인으로서 풍겨 나오는 본능적인 경계심이나 어떤 예기는 전혀 찾아볼 수가 없었다.

"저기다!"

멀리서 동천비를 발견한 이여송의 부하가 소리쳤고 순식간에 열네 명의 부하들이 일제히 날아왔다.

하나 그들 또한 기대했던 것과는 전혀 상반된 동천비의 모습에 잠시 놀란 표정을 지었다. 어떻게 된 것이냐고 이여송을 쳐다보았는데 귓가로 전음이 들렸다.

"심상치 않다. 내 신호를 받아 일거에 공격해라."

이여송이 동천비를 보며 조용히 말했다.

"부상이 심각할 줄 알았는데 의외로 좋아 보이십니다?"

"하늘이 아직은 내가 무너지는 것을 원하지 않는 것 같소. 그래, 어떻게 죽고 싶나? 원하는 대로 죽여주겠소."

옛 정리를 생각해 고통없이 편한 죽음을 주겠다는 의미였다. 실로 상상 못할 놀라운 여유였고, 이여송은 더 이상 지체할 수 없다고 판단하며 전음을 내렸다.

"쳐라!"

부하들이 일제히 덮쳐들었다.

"크후후후!"

동천비가 가소롭다는 듯 웃음을 흘렸다.

쐐애애!

매섭게 공격해 들어가는 부하들을 향해 동천비가 오른손을 뻗었다.

휘이이!

동천비의 오른손에서 부드러운 바람이 일어났다. 그런데 그 바람에 부딪친 부하들의 검기가 씻은 듯 흩어져 버렸고 일제히 손에 쥐어진 검이 튕겨 날아가 버렸다.

휘리링!

티티틱!

수하들이 순간적으로 당황할 때 동천비의 오른손이 다시 뻗어 나왔다. 수하들이 깜짝 놀라며 맨손으로 마주쳐 갔는데 일제히 비명을 질렀다.

"크억!"

"악!"

수하들의 손목이 모조리 부러져 나가 버렸다. 왼손으로 공격을 한 수하는 왼 손목, 오른손잡이는 오른 손목이 부러졌. 도저히 믿을 수 없다는 표정을 짓는 수하들을 향해 동천비의 오른손이 다시 펄럭거리며 바람을 쏟아냈다.

그전까지는 그의 일거수일투족이 움직일 때마다 먹물 같은 기세가 뻗쳐 나왔는데 지금은 평범한 장력이었다.

수하들은 각자 부러지지 않은 손을 뻗어 일제히 합공을 펼쳤다.

뻐어억!

거대한 바위를 때리는 느낌을 받았고 온몸에 강한 충격이 전해지더니 급기야 열네 명의 몸이 폭발하고야 말았다.

빠지직!

콰라라락!

걸레 조각처럼 찢겨져 흔적없이 사라져 버린 수하들을 보며 이여송의 눈은 더 이상 커질 수가 없을 만큼 커졌다.

"당신이 놀랄 때도 있나? 내 무공이 강해지긴 강해진 모양이군."

"어떻게?"

"갑자기 이렇게 강해진 이유를 알고 싶나 본데 그냥 죽으시오. 모르고 죽는 게 조금은 더 편할 테니까."

동천비가 다시 손을 뻗었다.

소리도 없고 색깔도 없었다. 그러나 한가닥 가공할 기운이 몰려오고 있었으므로 이여송은 혼신을 다해 검을 휘둘렀다.

따악!

쇠막대기에 검을 내려치는 기분이 들었다.

손목이 시큰거리며 팔꿈치가 저려왔고 검을 놓치지 않은 것이 천만다행이었다.

슉!

동천비의 왼손이 뻗어왔다.

다시 정면으로 받아내기에는 무리였다. 팔목과 팔꿈치 상태를 보아 다시 한 번 부딪쳤다가는 부서지고 말 것이었기 때문이었다. 그래서 이여송은 다급한 대로 왼손을 뻗어 장력을 뿜었다.

평생을 검 한 자루에 의지한 삶을 살아온 이여송에게 장력은 낯설었다. 그러나 이미 무의 이치를 깨우친 절정의 고수답게 그의 장력은 검과 비교해 전혀 큰 차이가 나지 않았다.

빡!

둔탁한 소리가 났다. 그리고 이여송은 자신의 왼손이 완전히 무기력해졌음을 발견했다. 순간적으로 부서졌기 때문에 통증은 나중에 밀려들었는데 팔목은 물론이고 팔꿈치와 어깨뼈까지 완전히 으스러져 버렸다.

질근!

신음은 고검이란 명예에 어울리지 않는다.

이를 악물고 참아냈다.

"명예는 중요하지. 대장부라면 더욱."

스윽!

동천비가 다시 오른손을 뻗었다.

이여송은 있는 힘을 다해 오른손의 검을 휘둘렀지만 거대한 벽을 만난 느낌이 들었다. 검이 움직이지 않은 것이다. 앞으로 전진을 해야 상대를 베거나 찌를 수 있는데 반쯤 쳐올려진 상태에서 동천비의 장력에 막힌 것이었다.

'아아!'

절망의 탄식을 뱉었고 밀려 나온 검이 자신의 머리를 거꾸로 베고 있었다.

싸각!

자신의 검에 자신의 머리가 정확히 반으로 잘려 나갔다.

툭!

검이 먼저 떨어졌고 뒤이어 이여송의 몸이 뒤로 벌렁 나자빠졌다.

불어오는 바람에 비릿한 피 냄새가 진득하게 실려 있었다. 잠시 죽은 시신들을 바라본 동천비가 몸을 돌려 대웅전 안으로 들어갔다.

멈칫!

들어선 동천비의 눈이 커졌다.

알몸의 능씨가 입에서 피를 흘리며 죽어 있었다.

툭!

발로 능씨의 몸을 걷어차자 천장을 보며 벌렁 누웠는데 혀를 깨물었다.

"흐흐! 꼴에 그래도 계집이라는 건가?"

괴소를 흘리던 동천비의 눈이 순간적인 욕망에 사로잡혔다. 오십에 들어선 여인이라고는 믿을 수 없을 만큼 미끈한 몸매와 피부에 본능이 치솟는 듯했다.

하지만 이내 차가운 냉소를 흘렸다.

"계집은 지천이지. 아무튼 네년 덕에 복을 얻었으니 고맙구나. 네년을 잊지 않겠다."

다시 한 번 능씨를 바라본 동천비가 몸을 날려 대웅전을 벗어났다. 대웅전을 벗어난 동천비의 눈은 지독한 살기로 타오르고 있었다.

무림맹과 목와북천의 싸움은 더욱 치열해졌다. 목와북천은 더 이상 물러날 수 없다는 각오를 새기며 배수의 진을 쳤고, 무림맹은 한 번 얻은 기회를 놓치지 않겠다는 듯 필사적으로 공격을 퍼부었다.

양측의 싸움이 격렬해지면서 소월당 또한 포달랍궁 간부들의 출입으로 부산해졌다.

자정경이 검을 거두며 길게 숨을 몰아쉬었다. 하루 종일 쉬지 않고 검을 수련해 온몸이 땀으로 흠뻑 젖었다. 자신의 검기에 의해 잘려지고 조각난 주위 바위와 나무들을 훑어보는 그녀의 얼굴에 흡족한 표정이 떠올랐다.

이제 어느 정도 자신의 검에 자신감이 생겼다. 사흘 전 일목은 자신의 검을 보며 일류고수의 수준을 넘어섰다고 평가했다. 동천몽을 유혹하는 사악한 계집이라면서 평소 자신을 호의적으로 보지 않던 일목의 입에서 그런 평가가 내려졌다면 훨씬 높아졌다고 봐야 했다.

철컥!

검을 검집에 꽂아 넣고 천천히 산길을 내려오던 자정경의 걸음이 멈추었다. 십여 장 전면으로 무미 선사가 바쁜 걸음으로 지나가고 있었다.

"선사님!"

자정경이 부르는 소리에 무미 선사의 걸음이 멈춰졌다.

"아미타불!"

무미 선사가 다가오는 자정경을 보며 두 손을 모아 합장했다.

"사부님을 뵙고 돌아가시는 길인가 봐요?"

"그러하옵니다."

"사부님 어때 보여요? 기분 좋아 보여요?"

무미 선사가 모호한 얼굴을 했다.

뭐라고 대답하기가 그렇다는 뜻이었다.

동천몽은 요 며칠 말이 없었다. 소월당에 있을 때는 일어나자마자 능씨를 찾아 아침인사를 했다. 그런데 며칠 동안 아예 그녀를 찾지 않을 뿐 아니라 하루 종일 능씨의 거처 쪽으로는 얼씬도 하지 않았다. 의도적으로 피하는 눈치였다.

"그만 가보세요."
"그럼 소승은 이만."
무미 선사가 합장을 하고 사라졌다.
잠시 우두커니 서 있던 자정경이 발걸음을 옮겼다.
자신의 처소로 돌아가 몸을 씻고 의복을 갈아입은 자정경이 동천몽을 찾아갔다.
평소와 달리 전혀 반가워하는 기색이 없었다.
동천몽은 의자에 비스듬히 앉아 창밖을 응시하고 있었다.
스윽!
슬며시 다가가 등 뒤에서 동천몽의 목을 끌어안았다.
동천몽이 흠칫했다. 막 목욕을 끝낸 자정경에게서는 사내의 마음을 흔들어놓기에 충분한 향긋한 냄새가 흘러나왔다.
"사부님, 제자 배고파요."
"배… 배고프면 밥을 먹으면 될 것 아니냐?"
"여… 여기서는 싫어요."
"무슨 말이냐? 설마 밖에 나가서 사달란 얘기냐?"
"네에, 노배계 사주세요."
동천몽이 아무런 대꾸를 하지 않자 더욱 힘차게 목을 끌어안으며 귓가에 대고 속삭이듯 말했다.
"배고프다니까요? 제자 굶어 죽으면 좋겠어요?"
무서운 유혹이었다. 뜨거운 입김이 귓가를 간지럽혔고 풍겨나는 향기는 가슴을 진동시켰다.
그러나 여전히 아랫도리에서는 아무런 반응이 없었다.

"사… 사부니임."

자정경의 손이 동천몽의 목을 매만지며 앞가슴으로 내려왔다.

"어험! 그래, 가자꾸나. 사주면 될 것 아니냐?"

"감사해요, 사부님."

동천몽이 자리에서 일어나자 자정경이 어느새 앞으로 다가와 목을 끌어안고 뺨에 입을 맞췄다. 이제 그런 행위에 익숙해진 듯 동천몽은 눈을 한번 흘리고 말았다.

오늘따라 자정경의 술이 급했다. 순식간에 죽엽청 두 근을 혼자 비웠고 세 근째 시키려는 것을 동천몽이 막았다. 그녀의 얼굴은 홍당무가 되었고 이미 취기로 혀는 반쯤 꼬부라져 있었다.

"하… 한 잔만 더 할게요."

동천몽이 엄숙한 표정으로 말했다.

"취했다. 더는 안 된다."

동천몽은 단호했다.

자정경이 술을 마시는 줄 아무도 모른다. 특히 아무리 절대의 힘을 행세하는 대법왕이지만 제자에게 술을 사주는 줄 알면 간부들도 그냥은 못 넘어갈 것이었다. 가뜩이나 자정경에 대해 못마땅해하는 간부들이 아닌가. 좋은 꼬투리가 될 것이다.

"그만 마시면 될 것 아냐. 치사해."

자정경이 인상을 썼다.

그런 자정경을 보며 동천몽은 한숨을 내쉬었다.

"사부님."

"말하거라."

"난 다 알아요. 목와북천의 혈약과 사부의 이동을 무림맹에 귀뜸해 준 분이 누군지."

동천몽의 표정이 굳어졌다.

자정경이 혀 꼬부라진 소리로 말했다.

"천하는 다 속여도 이 제자는 속이지 못해요. 사부님이죠? 사부님이 쫓기고 있는 형님을 도와주기 위해 무림맹에 그 사실을 흘린 거죠?"

"누… 누가 그러더냐?"

"호호호! 사부님 얼굴 좀 봐. 빨개졌어."

"정경아."

"사부님이 불쌍해요. 어머니 말씀을 거역할 수가 없어 쳐 죽이고 싶을 만큼 미운 형님에게 구원의 손을 뻗어야 하는 그 가슴 아픈 운명이 말예요."

"난 그런 적 없다."

"나 같았으면 어머니가 아무리 울고불고 매달려도 절대 모른 체해 버렸을 텐데. 알고 보면 우리 사부님처럼 착하고 마음 약한 분도 없으세요."

"됐다. 그만 가자꾸나. 사람들이 쳐다보지 않느냐?"

"누가 봐요. 보면 또 어때요?"

자정경이 자신을 쳐다보는 사람들을 향해 눈을 부라렸다. 그러나 누구도 고개를 돌리지 않았다. 오히려 더욱 놀라운 표정을 지었는데 하나같이 얼굴에 탐욕의 그늘이 드리워져 있었다.

자정경이 몰라서 그렇지, 지금 그녀의 얼굴은 술기운으로 붉게 달아올라 있었다. 무림쌍미 중 한 명의 달아오른 얼굴은 주루의 사내들을 흥분시키기에 충분했다.

"이것들이!"

차고 있던 검을 반쯤 뽑아서야 마지못한 듯 사람들의 시선이 돌아갔다.

그제야 자정경의 얼굴에 만족스런 표정이 떠올랐다. 자신의 검에 대한 위력이 느껴지는 듯했기 때문이었다.

"까불고들 있어."

그러면서 늘어지게 하품을 하더니 그대로 얼굴을 탁자에 처박고 엎드렸다. 곧바로 코를 골며 떨어진 자정경을 깊숙한 눈으로 쳐다보던 동천몽의 목소리가 싸늘해졌다.

"일목!"

스르르!

외눈박이 사내가 천장에서 떨어져 내리자 손님들이 기겁했다. 비록 검을 차고는 있었지만 자정경의 미모에 호시탐탐 기회를 노리던 사내들은 그제야 동천몽이 보통 사람이 아니라는 것을 간파한 듯 일제히 고개를 돌렸고 일부는 슬금슬금 주루를 빠져나갔다.

"어떻게 된 일이냐? 내가 누구도 알게 해서는 안 된다고 했지 않느냐?"

일목을 시켜 목와북천의 움직임을 살피도록 했다. 어차피 육검산만으로는 동천비를 사로잡을 수 없다는 것이 동천몽의 생각이었고, 결국 전선의 조직을 후방으로 빼돌릴 수밖에 없다고 확신했다. 예상대로 백쾌섬은 혈악과 사부를 은밀히 빼돌려 동천비를 추적했고 동천몽은 그 사실을 무림맹에 흘렸다. 그러자 무림맹에서는 혈악과 사부가 빠져나간 전선을 집중공략하여 마침내 반격의 실마리를 찾은 것이었다.

"그래서 지금 소승을 의심하는 것입니까? 으와, 섭섭하옵니다. 소승을 어떻게 보시고. 비록 눈이 하나뿐이지만 한 번 한 약속은 목에 칼이 들어와도 지키옵니다."

"넌 아니란 말이냐?"

"하나뿐인 눈을 걸고 맹세하옵니다. 속하는 완벽한 합죽이 되었사옵니다."

동천몽이 날카롭게 노려보았다.

그러자 일목이 펄쩍 뛰었다.

"자꾸 이러시면 소승의 결백함을 증명해 보일 수밖에 없습니다."

"무슨 말을 하려는 게냐?"

"대법왕님께서 믿지 않으시니 하는 수 없지요. 스스로 목숨을 끊어 소승의 짓이 아니라는 것을 보여 드리겠다는 말씀이옵니다."

"됐다. 볼일 보거라."

일목이 불쾌하다는 듯 동천몽을 노려보고 사라졌다.

동천몽이 곯아떨어진 자정경을 보았다.

아주 영리한 자정경이었다. 워낙 눈치도 빠르고 두뇌 회전이 탁월하기 때문에 정세 변화에 자신이 개입했다는 것을 파악하기란 그녀에게 그다지 어려운 일이 아닐지도 몰랐다.

모든 것은 어머니 때문이었다.

능씨는 자신도 동천비를 도와주지 않으면 모자지간의 인연을 끊을 듯 말했다. 세상에서 유일한 핏줄이며 가장 사랑하는 어머니의 청을 거절하기란 너무 힘들었고 괴로웠다. 누구에게 함부로 털어놓고 얘기할 수도 없었기에 혼자 불면의 밤을 새우며 고민했다. 그리고 끝내 소위 말하는 눈물을 머금고 도움을 주었다.

예전 같았으면 술로 밤을 지샜을 텐데 갈수록 술이 싫어진다. 또한 스스로 분한 마음이 불경 몇 줄 외우면 가라앉는다. 그래서 요즘은 자신이 어쩌면 진정으로 대법왕의 환생자일지 모른다는 의심에서 벗어나 믿어가고 있었다. 어머니의 청이 아닐지라도 차마 동천비에게 칼을 뽑지는 못했을 것이었다.

쫘당!

바로 그때였다. 주루 문이 통째 떨어져 나가더니 바람처럼 덕배 선사가 뛰어들어 왔다.

주위를 휘둘러보다 동천몽을 발견하고 바람처럼 다가왔다.

멈칫!

동천몽이 깜짝 놀란 표정을 지었다.

덕배 선사의 표정이 굳어 있었다.

"왜 그러느냐?"

덕배 선사는 말을 하지 않았다. 거친 숨을 속으로 삼키며 어깨를 들썩거렸다.

얼마나 황급히 달려왔는지를 알 수 있었고 동천몽은 더욱 불길한 생각으로 빠져들었다.

"말해보거라. 궁에 무슨 일이 생긴 게냐?"

"아… 아미타불! 아니옵니다."

"그럼?"

여전히 덕배 선사는 말을 잇지 못했다.

퍼억!

덕배 선사가 느닷없이 무릎을 꿇었다. 어찌나 세차게 꿇었던지 주루가 울렸고 사람들이 놀란 표정으로 쳐다보았다.

동천몽이 인상을 찌푸렸다.

덕배 선사는 천룡구십구불의 수장으로 포달랍궁의 핵심 인물 중에서도 핵심이었다. 그가 요즘 하는 일은 천지광옥의 경계와 능씨의 신변 보호였다.

"소… 소승을 죽여주소서."

동천몽의 이마가 더욱 찌푸려졌다.

평소 감정 표현이 없는 덕배 선사임을 볼 때 놀라운 행동의 연속이었다.

"말해라."

동천몽의 목소리에 짜증이 배었다.

퍽!

이번에는 이마를 바닥에 찍었고 곧바로 피가 흘렀다.

동천몽의 눈이 더욱 커졌다. 생각보다 더욱 엄청난 사태가 생겼음을 느꼈다.

"어… 어머님께서."

"어머니?"

동천몽이 벼락같이 덕배 선사의 멱살을 잡고 일으켜 세웠다.

"뭐냐?"

덕배 선사가 고개를 떨구었다.

"어머님께서 숨을 거두셨습니다."

동천몽이 눈을 치켜떴다.

"뭐라고 했느냐?"

"어머님께서 돌아가셨사옵니다."

동천몽이 조용히 멱살을 놓았다. 그러더니 고개를 떨구고 있는 덕배 선사를 한참 바라보더니 탁자에 올려진 냉수를 들이켰다.

"계속 말하라."

"의심사에서 불공을 드리던 중 인근 산적들의 습격을 받아 숨을 거둔 것 같사옵니다."

덕배 선사의 목소리가 심하게 떨렸다.

거짓말을 하려니 자신도 모르게 떨린 것이었다.

사실 능씨의 의심사 불공 출타는 새벽녘에 있었다. 소월당으로 거처를 옮긴 이후 모두 다섯 번 출타를 했는데 모두 오시를 전후해서였다.

 그래서 누구도 그녀를 지키지 않았고 소월당 안에서는 보호할 필요성이 없었기 때문이다. 동천비 문제로 거의 불공을 위한 출타 이외에는 두문불출하였기 때문에 모두가 거처에 있는 줄 알았던 것이다. 그런데 그녀가 없다는 것이 밝혀져 부랴부랴 의심사로 날아갔는데 그만 그곳에서 시신을 발견하였고 모든 정황을 파악했다.

 황급히 비상회의가 소집되었고 천장금왕이 엄하게 명령했다.

 동천비는 자신들이 잡기로 하고 동천몽에게는 철저히 비밀로 하기로 한 것이다. 만에 하나 모든 사실을 알게 될 경우 동천비 하나의 죽음으로 끝내지 않을 가능성이 컸다. 어쩌면 무림맹까지 싸잡아 몰살을 시키고도 남는다는 게 회의의 결과였다.

 시신들이 바꿔치기 되고 있었다. 의심사 승려들의 시신을 보면 흉수가 어떤 무공을 사용했는지 금방 파악이 될 것이고 산적들 짓이 아니라는 것이 쉽게 드러날 것이었다.

 그래서 부랴부랴 가장 가까운 전선으로 고수들을 보내 무림맹과 목와북천의 싸움으로 희생된 주검 열일곱 구를 옮겨왔다.

능씨의 주검 또한 깨끗하게 단장되어 겁탈의 흔적과 자결의 증거를 지웠다.

천장금왕의 지휘 아래 모든 것은 일사천리로 진행되었다.

모든 것을 완벽하게 바꾸고 나자 시간은 자시를 향해 치닫고 있었고 아랫사람들로부터 동천몽이 덕배 선사와 자정경을 데리고 오고 있다는 전갈이 들어왔다.

천장금왕은 핏물을 닦아낸 대웅전에 있었는데 세존을 향해 합장하며 소원했다.

'부디 소승들의 행위를 불쌍히 여기시어 대법왕께서 속아 넘어갈 수 있도록 도와주소서.'

천장금왕은 쉴 사이 없이 소원하고 빌었다.

"대법왕님께서 도착하셨사옵니다."

천검은왕이 다가와 말했다.

모두의 얼굴에 긴장이 팽팽했다.

발자국 소리가 들리더니 동천몽이 모습을 드러냈다.

"어서 오소……."

동천몽이 부리나케 마당으로 내려와 허리를 구부리는 천장금왕을 비키라는 듯 밀치며 대웅전 계단을 밟아 올라갔다. 동천몽의 몸에서 차가운 한기가 뿜어 나왔다.

멈칫!

동천몽이 대웅전 입구에 섰다.

흰 천에 덮어진 한 구의 주검이 눈에 들어왔다. 불공을 드리다 죽었음을 말해주고 있었다.

잠시 흰 천을 바라보던 동천몽이 안으로 들어섰다. 느릿하게 다가가 쭈그리고 앉았지만 쉽게 손을 뻗어 천을 걷어보지 못했다. 눈동자가 흔들리는 것이 무척 두려운 모양이었다.

그걸 뒤에서 본 천장금왕이 다시 눈을 감았다.

만약 모든 사실을 알게 된다면 그 분노를 누구도 감당할 수 없을 것이라는 염려가 더욱 커졌고, 기필코 숨겨야 한다는 각오를 더욱 다졌다. 알려지면 상상을 할 수 없는 피보라가 천하를 덮을 것이 불을 보듯 뻔했다.

쭈그리고 앉아 잠시 흰 천을 바라보던 동천몽이 느릿하게 손을 뻗었다.

스르르!

흰 천이 걷히고 아름다운 능씨의 얼굴이 드러났다. 혀를 깨물어 자살을 하면서 입이 벌려져 있었지만 천장금왕이 턱밑 세 곳의 혈도를 찍은 후 강제로 턱을 맞추어 입이 닫히도록 했다. 얼마나 세차게 혀를 깨물었던지 능씨의 혀는 잘려 나가고 없었다.

동천몽은 천천히 천을 걷어 배꼽 부위에서 멈췄다. 당대제일의 부호와 혼인을 한 여인이었지만 화려함과는 거리가 먼 행색이었다. 그 흔한 목걸이, 귀걸이 하나 없고 손가락에 반지 하나 끼어 있지 않았다. 얼굴에도 화장 한 점 묻지 않았고 걸치고 있는 흰 무명만이 죽은 시신을 곱게 감싸고 있을 뿐이었다.

한참을 쳐다보던 동천몽이 손을 뻗어 모친의 뺨을 어루만졌다. 금방이라도 간지럽다고 손을 탁 칠 것 같다.

스으으!

왼쪽 뺨을 만지고 오른쪽 뺨을 쓰다듬어도 능씨는 아무런 반응을 보이지 않는다.

"훗훗! 간지럽지 않소? 왜 아무 말씀도 없으십니까?"

지켜보던 천장금왕이 흠칫했다.

뒤에 도열해 있던 덕배 선사와 자정경은 물론 나머지 사대법왕과 무미 선사도 깜짝 놀랐다. 동천봉의 목소리에서 아무런 감정이 없다는 것을 알아차렸다.

목소리에 감정이 없다는 것은 너무 큰 충격에 슬픔을 깨닫지 못하고 있다는 뜻이었다. 슬픔을 깨우치면 슬픈 자의 음성이 흘러나오는 것이다.

"늙었구려. 아무 곳에서나 등을 붙이고 주무시다니."

자정경이 심상치 않다는 것을 깨닫고 앞으로 나아가려 하자 천장금왕이 소매를 붙잡았다.

자정경이 왜 그러느냐고 따지듯 쳐다보자 천장금왕의 전음이 귓가를 파고들었다.

"그냥 지켜만 보거라."

자정경이 전음으로 물었다.

"사부님이 이상하잖아요?"

"내버려 두거라."

다시 한 번 완곡하게 말했다.

"피해가려고 해도 피해지지 않는 것이 있고, 피하고 싶을 때

미련없이 피해지는 것이 있느니라. 그러나 부모의 죽음은 피할 수 없는 운명이고 슬픔은 더욱 비켜가지 않는다. 거기다 충격이 크면 그 아픔 또한 절대 비껴갈 수 없는 것이 인생 아니겠느냐? 모든 것은 때가 되고 시간이 지나야 해결될 일이니 내버려 두거라."

자정경은 조용히 입술을 깨물며 뒤로 물러 나왔다.

"일어나지 않을 생각이오? 지금 소자에게 시위하는 것입니까? 그 잘난 큰아들 도와주지 않는다고 행패 부리는 것이냔 말이옵니다."

동천몽이 급기야 능씨의 손목을 잡았다.

"일어나십시오. 이런다고 소자 마음이 바뀔 것 같사옵니까? 소용없는 일입니다. 어서 집으로 돌아가시지요."

동천몽이 손목을 잡고 일으켜 세우려 했다.

휙!

보다 못해 자정경이 다시 뛰쳐나가려고 했고 천장금왕의 손이 단호히 앞을 막아섰다.

"경거망동하지 말라고 했느니라."

차가운 전음이었기에 자정경이 놀란 표정으로 돌아보았다.

천장금왕의 시선이 조용히 타오르고 있었다. 아직까지 단 한 번도 구경할 수 없었던 무서운 눈빛이었다. 마치 두 눈이 뒤통수로 빠져나가는 듯한 충격이 전해졌는데 자정경은 자신이 느끼는 슬픔은 아무것도 아니라고 여겼다. 눈앞의 천장금왕을 비롯한 제자들이야말로 진짜 슬퍼하고 있었다.

"정말 일어나지 않으시면 소자 화냅니다. 어서 집으로 돌아가세요."

누가 보면 실성한 사람 같았다.

죽은 시신을 일으켜 세우기 위해 양 팔목을 붙잡고 앉히려 했다. 하지만 이미 뻣뻣해진 시신은 앉혀지지 않았고 동천몽은 애를 쓰며 앉히려 했다.

"아미타불!"

"아제 아제 바라아제 바라승아제 모지 사바하."

여기저기서 신음에 가까운 불호가 흘러나왔다.

"좋습니다. 어머니께서 자꾸 고집을 피우시니 소자 또한 달리 방법이 없군요. 금왕."

"하명하소서, 대법왕님."

"어머니를 모시거라. 당장 모시고 간다."

동천몽이 열어났는데 잔뜩 화난 얼굴이었다.

"고집을 피울 걸 피워야지. 무엇 하느냐? 당장 어머니를 소월당으로 강제로 모시거라. 다시 한 번 분명히 말씀드리지만 형님 일은 안 됩니다. 제가 세존의 말씀을 온 백성들에게 전파하고 알려야 하는 대법왕이지만 그자는 용서할 수 없습니다. 어서 어머니를 업거라."

천장금왕이 아무런 움직임이 없자 동천몽이 인상을 썼다.

"금왕, 내 말이 안 들리느냐?"

"진정하시지요. 어머님께서는 운명하셨사옵니다."

"미친놈, 멀쩡히 살아 있는 분을 돌아가셨다고? 너야말로 늙더니 이제 사람을 보는 눈까지 무뎌졌구나."

모든 제자들이 안타까운 표정으로 동천몽을 쳐다보았다.

"네놈과 장난할 시간 없느니라. 어머니를 모시고 날 따르라. 남자나 여자나 늙으면 고집만 남는다더니."

쿵쾅 소리가 나도록 발소리를 내며 대웅전을 벗어났다.

모두가 난감한 표정으로 얼굴만을 쳐다볼 때 동천몽이 대웅전 마당에서 버럭 소릴 질렀다.

"금왕, 뭐 하는 거냐? 다 늙은 여자 한 명 끌고 오지 못하느냐?"

"사부님!"

도저히 못 견디고 자정경이 뛰어나갔다.

"사부님, 왜 이러세요? 어머님은 돌아가셨어요."

"네 이놈. 감히 사람의 목숨을 갖고 농담을 하려느냐? 버르장머리없는 놈."

"정말이에요. 사부님이야말로 지금 무엇 하는 거예요. 정신 차려요. 어머니는 돌아가셨어요. 산적들에게요."

멈칫!

동천몽의 눈이 빛났다.

강렬한 시선으로 쳐다보는 동천몽을 향해 자정경이 입을 열었다.

"진정하세요. 제발. 사부님은 대법왕님이잖아요. 슬픔은 알지만 이러시면 안 됩니다."

"어… 어머니가 돌아가셨다고 했느냐?"

탁!

앞을 막고 있는 자정경을 사정없이 손으로 치더니 대웅전 안으로 뛰어들어 갔다.

뚝!

동천몽이 걸음을 멈추고는 바닥의 능씨를 한참 뚫어져라 쳐다보았다.

"맞아. 돌아가셨다고 했지. 덕배."

"부르셨나이까?"

덕배가 잔뜩 긴장한 모습으로 뒤에 시립했다.

"산적에게 당했다고?"

"아… 아미타불! 그러하옵니다."

덕배의 목소리가 떨려 나왔다.

동천몽이 눈을 빛냈다.

"산적에게 죽었다고 했는데 왜 몸에 상처 하나가 없느냐?"

번쩍!

천장금왕의 고개가 번쩍 들어 올려졌다. 급히 짜 맞추다 보니 미처 몸에 상처를 내지 못했다.

'이… 이런!'

천장금왕이 당황하여 어쩔 줄 몰라 할 때 동천몽이 말했다.

"설마 산적들이 독으로 살해했을 리는 없고."

이곳저곳 옷고름까지 뒤척이며 상처를 찾았지만 어디에서도 상처는 나타나지 않았다.

쫘악!

갑자기 동천몽이 능씨의 옷을 찢었다.

화악!

지켜보던 사람들이 소스라쳤고 드러난 앞가슴 어디에도 상처가 없다.

멈칫!

동천몽의 시선이 꽉 물린 입술에 멎었다.

죽은 사람 특유의 자연스런 입 물림이 아니었다.

탁!

동천몽이 능씨의 턱 아래 대근혈을 쳤다.

쩌억!

그러자 선뜻한 소리와 더불어 턱이 벌려지며 입이 드러났다.

파앗!

동천몽의 눈빛이 섬광을 발했다. 능씨의 혀가 반 토막임을 발견한 것이다.

홱!

동천몽이 천장금왕을 돌아보더니 그대로 장력을 날렸다.

빠악!

"컥!"

천장금왕이 일장을 맞고 대웅전 마당으로 날아가 버렸다.

동천몽이 벼락같이 날아가 땅에 떨어져 내리는 천장금왕의 멱살을 거머쥐었다.

"어떻게 된 일이냐? 산적에게 돌아가셨다고 했는데 왜 혀가 없느냐? 설마 산적에게 겁탈을 당하여 스스로 목숨을 끊었단 말이냐?"

천장금왕의 입술이 물렸다.

거짓말은 한 번 덮기 위해 더 많은 거짓말을 필요로 한다. 더구나 이왕 시작한 거짓말이었으므로 물러설 수가 없었다.

"예… 그러하옵니다."

동천몽이 매서운 눈으로 쏘아보더니 주먹으로 천장금왕의 턱을 돌렸다.

빡!

느닷없는 주먹질에 천장금왕의 입에서 피가 터져 나왔다

"네놈이 이제 아예 본왕을 갖고 놀려 하는구나. 네 이놈, 이리 오너라."

천장금왕을 끌고 대웅전 안으로 들어가더니 능씨 주검 앞에 처박듯 무릎을 꿇렸다. 그리고 자신의 손가락으로 명치를 가리켰다.

"이건 뭐냐?"

능씨의 입을 다물게 했고 의심사 승려들의 시신을 바꿔치기 했지만 차마 몸까지 살필 수는 없었다. 그런데 지금 능씨의 명치에 미세한 검은 반점이 십여 개 찍혀 있었다.

그것은 극악한 마공이나 사공을 익힌 자가 겁탈을 하면 나타나는 흔적으로 마혼인구(魔魂印球)였다.

"무공이 높으니 잘 알 것이다. 더구나 불가의 무공과 대립각을 세우고 있는 마도의 무공에 관해서는 해박하니 더 잘 알겠지?"

천장금왕이 두 눈을 지그시 감았다.

'아미타불! 아미타불!'

속으로 아미타불을 수십 번 외웠지만 어찌해야 할지 대책이 떠오르지 않았다.

"말해라. 저게 뭐냐? 마흔인구 맞느냐?"

천장금왕이 침묵을 지켰고 동천몽이 버럭 소릴 질렀다.

"늙은이, 뒈지고 싶으냐?"

금방이라도 살수를 쓸 듯 동천몽의 눈에서 불꽃이 이글거렸다.

"자세히 말해라."

당황해하면서도 천장금왕은 입을 열지 않았다. 그러자 동천몽이 거침없이 오른손을 쳐들어 올렸다.

"대… 대법왕이시여."

천검은왕이 나섰다.

"소, 소승이 자초지종을 말씀드리겠나이다."

"사제."

천장금왕이 말을 해서는 안 된다는 듯 가로막았다.

"사형이 죽습니다. 그런 간악한 자 때문에 사형께서 생죽음을 당하시렵니까? 대법왕님, 흉수는 동천비이옵니다."

동천몽이 인상을 찌푸렸다.

천검은왕이 다시 말했다.

"어머님을 겁탈하고 죽인 자는 동천비이옵니다."

"지… 지금 어머니를 겁탈하고 죽인 자가 동천비라고 했느냐?"

"뭣들 하느냐? 그자를 데려오너라!"

천권동왕이 기다렸다는 듯 한 명의 흑의무사를 데려왔다. 그런데 흑의무사의 앞가슴에 사(死) 자가 새겨져 있었다.

"이자는 흑도십문 중 한곳인 사부의 무사입니다."

천검은왕의 말을 요약하면 대략 이러했다.

능씨를 찾아 의심사로 달려든 포달랍궁 무사들은 눈앞에 벌어진 처참한 사태에 아연실색했고 곧바로 흉수 추적에 나섰다. 그리고 동천비를 추적해 온 사부의 무사를 만났는데, 그는 숨어서 모든 것을 직접 보았다고 했다.

"푸핫핫핫!"

동천몽이 고개를 쳐들고 광소를 흘렸다.

우르르르!

거친 광소에 대웅전이 흔들거렸고 천장에 매달린 연등과 황금빛 세존상이 굴러 떨어졌다. 순식간에 대웅전은 폭격을 맞은 듯 아수라장으로 변해 버렸지만 동천몽의 광소는 끝나지 않았다.

"형님이! 형님이!"

한동안 미친 듯이 웃던 동천몽이 웃음을 그쳤다. 그러나 얼굴은 여전히 웃고 있었다.

"자식이 부모를 겁탈했단 말이냐? 우핫핫핫!"

"대… 대법왕이시여, 형님은 묵곤혈참기의 마기에 지배당해 제정신이 아니었… 컥!"

천장금왕의 말이 중간에서 끊겼다.

동천몽이 그대로 얼굴에 주먹을 쑤셔 박은 것이다.

"제정신이 아니었다고? 쳐 죽일 늙은이, 그걸 말이라고 하느냐?"

빠바박!

천장금왕의 입이 순식간에 걸레 조각이 되고 말았다.

"천장?"

"마… 마슴하소서, 대버방이시영."

"우선 너부터 죽어야겠다."

동천몽이 인정사정없이 천장금왕을 두들겨 패기 시작했다.

빡!

빠바박!

"그만 하소서. 사형은 죄가 없… 아이고."

천검은왕이 나섰다가 그 역시 턱에 주먹을 맞고 나가떨어졌다.

콱콱콱!

쓰러진 천장금왕을 짓밟았고 천검은왕에 이어 천지철왕까지 나섰다가 역시 주먹을 맞고 나가떨어졌다.

보다 못해 자정경이 나섰다.

"그만 해요, 사부님. 이건 아니잖아요."

뚝!

주먹을 날리려다 자정경임을 발견하고 멈췄다.

자정경이 큰 소리로 말했다.

"제정신이에요? 사부님 마음 모르는 건 아니지만 어떻게 죄 없는 법왕님들을 때려요. 차라리 날 때려요."

"때리라고 하면 내가 못 때릴 줄 알았더냐? 건방진!"

정말로 동천몽의 주먹이 뻗었고 덕배 선사가 잽싸게 자정경을 밀치고 자신이 맞았다.

퍽!

덕배 선사가 밀치는 바람에 밀려난 자정경의 눈이 커졌다. 덕배 선사가 아니었다면 자신이 직접 맞았을 것이다.

"사… 사부님."

놀란 눈으로 더듬거렸다.

'이럴 수가.'

아무리 충격을 받았다고는 하지만 어떻게 제자에게, 그것도 여자에게 주먹을 휘두른단 말인가.

자정경이 겁먹은 얼굴로 바라보자 동천몽이 움찔했다. 그리고 주위를 휘둘러보더니 천장금왕을 비롯해 코피를 흘리고 있는 천지철왕과 천검은왕의 모습을 본 후 정신이 든 듯했다.

第七章
지옥의 추적

大 대 法 법 왕 王

능씨의 장례식이 벌어졌다. 포달랍궁의 예법에 따라 풍장이 치러졌는데 의심산 깊은 계곡 바위에 능씨의 시신이 놓였다. 장례가 끝나고 닷새가 지났지만 동천몽은 문밖출입을 하지 않았다. 식사 때를 제외하고는 거처에서 두문불출했다.

그나마 자정경의 기합 소리가 절간 같은 소월당의 침묵을 깨고 있었다.

쉭!

그녀의 검은 더욱 매서워졌다.

사실 그녀가 검을 쥔 것은 나름대로의 계산 때문이었다. 식사 때도 누구도 입을 열지 않았고 큰 소리로 말하지도 않았다. 소월당의 분위기는 공동묘지를 방불케 했다.

비록 출가인들이라고 하지만 무예 집단이었다. 그것도 천하 제일이라 하기에 부족함이 없는 집단이지만 기세와 사기에 흥망이 달려 있다는 것이 자정경의 생각이었다. 더구나 엄청난 적들을 앞에 두고 있는 포달랍궁의 입장으로서 자칫 극도의 침체에 빠질 수가 있었다. 그래서 분위기 일신 차원에서 검을 뽑아 들었고 일부러 기합도 더 크게 질렀다.

"아잣!"

"끼요욧!"

자정경의 기합 소리가 소월당을 뒤흔들었고 동천몽에게 맞아 입이 부어오른 천장금왕이 못마땅한 표정으로 불호를 되뇌었다.

"아… 아미타불! 아무리 나이가 어리다고 해도 그렇지."

약을 들고 들어온 만동승의를 보며 천장금왕이 투덜거렸다.

"못마땅하신가 보군요?"

"자네는 마땅하고 좋은가?"

천장금왕이 버럭 소릴 질렀다. 그런데 만동승의가 고개를 돌리고 픽 웃음을 흘렸다. 아직 입술이 부어 발음이 부정확했는데 그것 때문에 웃음을 지은 것이었다.

"그래도 좋지 않습니까?"

"좋다니? 뭐가?"

"모두가 대법왕님의 눈치만 헤아리며 침묵인데 자 사제라도 저렇게 떠들고 소리치니 말입니다. 어쩌면 우리의 마음을 헤아려 일부러 저런지도 모르고 말입니다."

"꿈보다 해몽이 좋다더니."

"자 사제의 기합 소리가 그렇게 못마땅하십니까? 하긴 사형께서는 처음부터 자 사제를 별로 달가워하지 않으셨지요?"

천장금왕의 눈이 커졌다.

"자… 자네, 무슨 말을 그렇게 하는가? 누가 들으면 정말인 줄 알겠네."

"아니란 말입니까? 대법왕님 곁에 너무 미인이 있어서 아주 불안하다고 지금도 염려하고 계시지 않사옵니까?"

"여자가 있기에 염려했을 뿐이지, 자 사제를 미워하는 건 아닐세. 말조심하게."

천장금왕이 정색하여 말하자 만동승의가 또다시 웃었다.

"명심하게. 난 자 사제를 미워하는 게 아니라 대법왕님 곁에 있는 여자를 경계하는 걸세."

"넌 미워한다는 말을 무척 복잡하게 하는구나."

말을 하던 두 사람이 고개를 돌렸다.

입구에 동천몽이 우뚝 서 있었다. 두 사람은 황급히 일어나 예를 갖추었다.

"대법왕이시여."

동천몽이 천장금왕을 쳐다보았다.

"많이 아프겠구나. 미안하구나."

천장금왕이 화들짝 놀라며 말했다.

"아니옵니다. 소승은 아무렇지도 않사옵니다."

"승의."

"하명하소서."

"오심불단을 주거라."

"네엣?"

만동승의의 눈이 커졌다.

오심불단은 소림의 대환단과 같은 포달랍궁의 보물이자 대대로 대법왕만 복용할 수 있는 희세의 영약이었다.

"아니옵니다. 소승은 건강하옵니다. 며칠만 지나면 예전으로 돌아갈 것이옵니다."

천장금왕이 강력히 반대를 했다.

동천몽이 정색하여 말했다.

"부은 얼굴은 가라앉는다 치자. 빠진 이는 어떻게 되느냐? 새로 나느냐?"

"그… 그건 아니지만, 살 만큼 살았사옵니다. 그따위 이가 없어도 아무렇지 않사옵니다. 오심불단을 거두소서."

"늙을수록 음식이 보약이다. 이가 없으면 당장 음식 섭취에 큰 장애가 있을 것 아니냐? 이왕 빠진 이 하는 수 없고 오심불단으로 이 값을 대신하고자 한다. 승의, 뭐 하느냐? 당장 가져다주거라."

"알겠사옵니다."

만동승의가 밖으로 나갔고 천장금왕은 어찌할 바를 몰라 했다.

동천몽이 천장금왕의 부은 얼굴을 바라보며 한숨을 내쉬었다.

두 사람은 적당히 고개를 돌리며 앉아 있었다.

반 각쯤 흘러 만동승의가 옥함 한 개를 들고 들어섰다. 뚜껑을 열자 달콤한 향기가 순식간에 방 안을 채웠고 율목(栗木)의 열매만 한 크기의 물건 한 개를 꺼냈다.

감싸고 있는 검은 초를 깨뜨리자 자색 내용물이 나왔다.

보통 사람이 복용해도 불로장생하며 무인에게는 삼십 년의 내공을 가져다준다는 오심불단이다. 말로만 들었을 뿐 아직까지 단 한 번도 구경을 못해본 천장금왕의 얼굴에 당황한 기색이 사라지지 않았다.

"이… 이 귀한 것을?"

"약은 조용히 먹여야 효과가 있느니라."

그럴 리는 절대 없었다. 자꾸 사양하는 천장금왕의 입을 막기 위한 조치인 것이다.

"어서 받아 복용하거라."

만동승의가 내민 약을 받아 들지 않자 재촉했다.

천장금왕이 연신 아미타불을 중얼거리더니 약을 삼켰다.

천장금왕이 약효를 돕기 위해 가부좌를 틀고 앉아 운기조식에 들어갔다.

탁!

그 순간 동천몽의 오른손이 명문혈에 닿았다.

움찔!

운기조식하던 천장금왕이 놀라며 몸을 떨었다.

"아무 소리 말고 내 진기를 받아들여라."

전이대법이었다.

자신의 내공으로 약효를 충분히 촉발시킬 수 있지만 외부에서 도와주면 내공이 더욱 증진한다. 삼십 년 내공이 정설이지만 전이대법으로 누군가 내공을 얹어주면 훨씬 더 강한 힘이 성장하는 오심불단이었다.

거절할 수도 없고 이미 늦었다.

하는 수 없이 천장금왕은 동천몽의 내기까지 받아들였다. 이왕지사 하늘 같은 대법왕이 주입해 준 진기이니 한 움큼도 소모되거나 버려져서는 안 된다.

스윽!

동천몽이 손을 떼고 뒤로 물러 나왔다.

천장금왕은 무아지경으로 빠져들었고 한순간 전신으로 무형의 강기가 형성되었다.

'호신강기!'

지켜보던 만동승의가 놀라는 표정을 지었다.

운기조식 중에 호신강기가 생성되면 평소에도 나타난다고 봐야 했다. 호신강기를 지닐 정도가 되면 천하에 그다지 적수가 없다고 해도 무방했다.

슈우우!

온몸을 싸고 있던 투명한 호신강기가 일제히 콧속으로 사라지고 눈을 번쩍 뜬 천장금왕은 곧바로 동천몽 앞에 무릎을 꿇었다.

쿵!

"대… 대법왕님의 은혜가 하늘 같사옵니다."
"속으로 병 주고 약 주냐고 투덜대지나 말거라."
"소… 소승이 감히."
천장금왕이 눈을 화등잔만 하게 떴다.
동천몽이 가벼운 미소를 지었고 그사이 놀랍게도 부어 있던 천장금왕의 얼굴이 가라앉아 버렸다.
"영약은 영약이군."
동천몽 또한 놀람성을 터뜨렸다.
"금왕에게 할 말이 있어 왔으니 편히 앉거라."
천장금왕이 결가부좌했고 동천몽이 자리에서 일어난 만동승의를 앉혔다.
"승의도 앉거라."
"소승이……."
"승의도 앞으로 바빠질 테니 관련있다."
만동승의 또한 맞은편에 조용히 앉았다.
동천몽이 천장금왕을 향해 말했다.
"그대를 비롯한 사대법왕이 동천비를 추적해야겠다."
천룡구십구불을 동원해도 되었지만 동천비의 무공은 이미 마신지체에 올랐다. 부딪쳐 봤자 이쪽의 희생만 생길 뿐 효과는 없을 것이었다.
무슨 말인지 알겠다는 듯 천장금왕이 고개를 끄덕였다.
"명을 받습니다."
"당장 가라."

"그러하겠사옵니다."

천장금왕이 자리에서 일어나더니 큰절을 올렸다.

동천몽은 아무렇지 않게 절을 받았다.

천장금왕이 갑자기 큰절을 올리는 것은 한 가지 의미를 담고 있었다. 동천비는 마신지체의 몸이다. 자칫 돌아오지 못할 수도 있으므로 작별 인사를 하는 것이었다.

"그래도 돌아와야 한다."

"물론이옵니다."

서로가 자신있게 말하고 대답했지만 마음은 달랐다. 마신지체는 평범한 몸이 아니었다. 금강불괴에 가까워진 몸으로 동천몽을 빼놓고는 적수가 없다 해도 과언이 아니었다.

"꼭 성불하소서."

"듣기 싫다. 내년 금왕의 생신은 내 손으로 차려주겠다. 혼적만 찾으면 된다."

동천비의 행방만 알면 곧바로 돌아오라는 얘기였다. 하지만 마신지체라면 이쪽에서 행방을 알 때 상대 또한 알게 된다. 그것은 조용히 돌아올 수 없다는 얘기다.

천장금왕이 나가고 동천몽이 밖을 향해 말했다.

"밖에 누구 있느냐? 가서 무미를 불러오거라."

"알겠사옵니다, 대법왕님."

동천몽이 만동승의를 보며 말했다.

"약은 넉넉하느냐?"

흠칫!

만동승의가 놀란 표정을 지었다.

약이 넉넉하느냐는 동천몽의 질문 속에 들어 있는 의미를 알아차렸다. 그것은 앞으로 엄청난 전쟁이 일어날 텐데 우리 쪽 부상자들을 치료할 충분한 약을 준비하라는 말이었다.

"준비는 항상 되어 있사옵니다."

동천몽이 고개를 끄덕였고 문밖에서 음성이 들려왔다.

"소승 무미옵니다."

"들어오너라."

눈썹 없는 무미 선사가 들어섰다.

"지금 전황은 어떠하느냐?"

무림맹과 목와북천의 싸움을 묻는 것이었다.

무미 선사가 말했다.

"호남성을 놓고 치열한 다툼을 벌이고 있는데 어느 쪽도 우세를 지키지 못하고 있사옵니다."

무미 선사는 그간 들어온 정보를 모조리 보고했다.

동천몽은 아무 말 않고 무미 선사의 얘기를 끝까지 듣더니 나직이 말했다.

"당장 상관량의 행방부터 파악해라."

"상관량을 비롯하여 무림맹 고위간부 이십여 명은 항상 우리 측에서 종일 감시하고 있사옵니다."

그것은 상관량이 지금 어디서 무엇을 하고 있는지 알고 있다는 말이었다.

동천몽의 눈이 가늘어졌다. 실낱처럼 가늘어진 동천몽의 눈에서 차가운 냉기가 뿜어 나왔는데 그것은 피 냄새를 그리워하는 야수의 살기였다.

"일목!"

툭!

항상 그렇듯 일목이 툭 떨어져 내렸다.

그걸 본 무미 선사의 아미가 찌푸려졌다. 십 장 이내에 은신해 있다는 것은 알고 있지만 정확한 위치는 도무지 파악할 수가 없었다. 몇 번 정확한 위치를 파악해 보려 했지만 아지랑이처럼 수시로 변하여 실패했다. 지금도 좌측에 있다고 여겼는데 반대인 우측에서 떨어져 내렸다.

"하명하소서, 대법왕님."

"일단 상관세가부터 찾아가야겠으니 준비하거라."

"알겠사옵니다."

일목이 사라지고 동천몽이 자리에서 일어났다.

나가는 동천몽을 바라보는 만동승의와 무미 선사의 입에서 조용히 한숨이 새어 나왔다.

뜨거운 국물일수록 김이 없다. 지금 동천몽이 그러했다. 무척 침착하고 평소와 다름없는 자연스런 행동이었는데 그것이 너무 섬뜩한 것이었다.

전상각을 향해 뻗어 있는 도로에는 개미새끼 한 마리 없었다. 하루에도 마차 수백 수천 대가 먼지를 휘날리며 드나들던 도로에 차가운 바람만 몰아치고 있었다.

정문을 넘어가는 쇠 문턱에 벌건 녹이 슬었다.

잠시 녹이 슨 쇠 문턱을 내려다보던 동천몽이 안으로 들어섰다.

천천히 동천몽은 집 안으로 들어섰다.

어느새 인적이 끊긴 마당에는 잡초가 자라나기 시작하고 있었다.

투툭!

동천몽은 쭈그리고 앉아 막 돋아나는 잡초 서너 뿌리를 뽑았다.

문득 동천몽은 자신의 삶이 잡초가 아닌가 생각해 보았다. 짧지 않은 인생을 살았지만 오래 살아온 그 누구보다도 호된 홍역을 치르고 있었다. 태어나 세상을 보기 시작해서부터 오늘날까지 살기 위한 몸부림은 그치지 않고 있는 것이다.

상관세가를 가는 길에 잠시 본 가에 들렀다.

집 안 곳곳 발길 닿는 대로 동천몽은 걸음을 옮겼다.

주인이 떠나고 무림맹에서조차 철수하고 난 천상각은 거의 폐허가 되어 있었다. 천하제일상가인 탓에 뭔가 있을까 하고 떠돌이 낭인들과 도적 무리들이 수십 번을 훑은 듯 이것저것 마구 파헤쳐지고 뜯겨져 나가 있었다.

"패 죽일 자식들."

일목이 현관은 물론 기왓장까지 뜯어간 행태에 욕설을 퍼부었다.

획!

인상을 쓴 일목이 한쪽으로 고개를 돌렸다.

인기척을 느낀 것이다.

힐끔!

동천몽을 쳐다보며 어찌할 것인지 물었다. 동천몽이 아무런 반응을 보이지 않았다. 그것은 가만 기다려 보라는 의미였으므로 일목은 기다렸다.

"흐흐흐!"

웃음소리만으로 천하제일고수를 따진다면 지금 들려온 웃음소리야말로 사람을 겁주기에 충분하다고 동천몽은 생각했다.

다섯 명의 흑의인들이 천천히 걸어왔다.

일각 전부터 그들은 숨어서 동천몽과 일목을 살폈다. 일목의 외눈이 약간 꺼림칙하긴 했지만 수적으로 자신들이 우세하여 그다지 두려워할 것이 없다는 판단이 서자 나온 것이다.

저벅저벅!

걸어오는 자세가 우왁스럽다. 어깨에 잔뜩 힘을 주고 양팔을 좌우로 격렬하게 휘젓는다. 동천몽은 한눈에 좀도둑이라는 것을 알아보았다. 좀도둑들은 상대를 기선 제압할 목적으로 걸음걸이에 무척 신경을 쓰는데 이들이 그러했다.

우두머리로 보이는 입술에 검은 사마귀를 가진 사내가 목소리까지 한껏 깔아 말했다.

"으크크크! 아우들은 누구신가? 이 엉아는 백세수라고 하네."

두 사람을 별 볼일 없다고 판단한 듯 자신감이 넘친다. 또한 이름을 크게 밝혔다는 것은 이 근처에서 활동한다는 의미다. 곧 백세수라는 이름이 근처 도둑들에게는 제법 알려졌다는 의미인 것이다.

자신의 이름을 밝혔는데도 아무런 반응을 보이지 않자 백세수는 얼굴을 찡그렸다.

그러더니 다시 한 번 두 사람을 자세히 살폈다. 차림새는 영락없는 별 볼일인데 자신을 몰라본다는 것이 언뜻 이해가 가지 않았다. 다만 아까부터 자꾸 마음에 걸리는 것이 있었는데, 역시 일목의 하나뿐인 눈이었다.

거리가 가까워 왔으므로 일목의 얼굴을 자세히 살폈다.

멈칫!

멀리서는 두 눈 중 하나를 잃어 외눈인 줄 알았다. 그런데 가까이서 보니 눈이 한가운데 떡하니 버티고 있는 것이 태어날 때부터 한 개였던 듯싶었다.

예로부터 눈이 하나이거나 세 개, 또는 손가락이 여섯 개이거나 네 개를 갖고 태어나면 재앙의 인물이라고 죽은 부친은 말했다. 그런 사람을 보면 무조건 피하라고 했었는데 아까부터 가슴 한곳이 자꾸 꺼림칙해졌다.

"크크크크!"

하나 보통 사람도 아니고 무공도 아는 소주 좀도둑계의 일인자 백세수였다. 자신의 위치를 떠올리자 잠시 차오르던 두려움이 가라앉는다.

"어이, 동생."

우선 일목에게 말을 걸었다. 왠지 그가 우두머리 같고 생긴 것도 눈이 하나뿐인 점 등 조금은 험상궂어 보였기 때문이었다.

"저 말입니까?"

일목이 엄지손가락으로 자신의 가슴을 가리켰다.

백세수가 버럭 인상을 썼다.

"그럼 너지 쟤야. 이름이 뭐야? 거듭 말하지만 난 백세수야."

"난 사실 중입니다. 근처 동화사에 있습니다."

동화사는 없다. 그냥 꾸며댄 말이다.

"중? 목탁 두드리는 중? 그럼 법호가 뭐야?"

중이라는 말에 더욱 안도의 한숨을 쉬었다. 중치고 악한 놈 없기 때문이었다. 중이라는 말에 하나뿐인 눈 때문에 무척 선입견이 좋지 않았는데 모든 것이 일거에 해소되었다.

"일목이라고?"

"중놈이 왜 검을 차고 다녀?"

부하들이 일목의 옆구리에 걸린 검을 보며 물었다.

일목이 쑥스런 미소를 지었다.

"아시면서? 허당일지라도 일단 메고 다니면 약간은 통하잖아요."

"크크크! 그건 그래."

"일단 분위기는 좀 살지."

백세수 수하들이 낄낄거리며 웃었다.
그러면서 자신들 검을 쓰다듬었다.
"중이라니까 솔직히 말하지. 우리 조용히 끝내자."
"뭘 말입니까?"
동천몽은 터져 나오려는 웃음을 가까스로 참았다. 넙죽넙죽 백세수의 기를 살려가며 그와 보조를 맞추는 일목의 행동이 너무 우스웠다.
"뭐긴 뭐겠어? 가진 것 다 내놓고 서둘러 중생 교화를 위해 떠나야지."
"아 네, 난 또! 그런데 가진 것이라고는 이 검밖에 없는데 원하시면 드리지요."
망설임없이 검집째 풀어 던져 주려 들자 백세수가 버럭 소리 질렀다.
"저 새끼 진짜 이상한 새끼네! 우리에게 그건 필요하지 않아. 내가 원하는 건 이거야? 쇠!"
그러면서 왼손 검지와 엄지를 둥그렇게 만들었다.
하지만 일목이 여전히 못 알아듣는 듯 물었다.
"쇠… 쇠라면?"
"쇠도 몰라? 새끼, 산속에서 살았다고 해도 너무하네. 은자 말이야. 은자가 없으면 금화도 좋아."
"이것 말고는 없다니까요?"
"너 뒤져서 쇳조각 하나라도 나오면 죽는다."
"네, 그러세요."

벡세수가 더욱 인상을 썼다.

"저 새끼 진짠가 본데? 아이 씨발, 한발 늦었더니만 집구석도 비었고 사람까지 비었냐?"

집구석이 비었다는 것은 조금 늦게 온 탓에 천상각에 돈 될 만한 것은 다른 도둑들이 모두 훔쳐 갔다는 얘기고, 사람 비었다는 말은 일목을 빗댄 말이었다.

"미안합니다, 제가 중이어서."

그때 부하 중 한 명이 앞으로 나서더니 물었다.

"한 가지 물어도 되겠느냐? 얼마 전 니네들 주지스님이 관부 검문에 걸린 일 있지?"

"아뇨. 그런 일 없는데요?"

"왜 없어? 너네 주지가 절에 들어가려는데 관부 무사들이 마차 검문을 했잖아. 뻔히 주지스님이라는 것을 알고서도 말이야. 그래 갖고 너희들이 아주 기분 나쁘다고 황실에 항의하고 그랬잖아."

일목의 눈이 번득였다.

무슨 말인지 이해가 된 것이었다.

"아, 난 또 무슨 말씀인가 했습니다. 그때 그 일 말씀하시는군요. 우리의 마음은 여전히 변화가 없습니다. 황제께서 정식으로 사과하고 종교에 대한 편견과 편향을 관부 무림에 없애 줄 것을 강력히 요구하는 것이지요."

"산속에 산다고 아주 물인 줄 알았는데 이번에는 대차게 나오던데. 아무튼 잘해보거라. 먹고사느라 도와주지는 못하지만 너희들 말에 일리가 있음을 본인은 알고 있다."

백세수가 부하를 노려보았다.

"새꺄, 공무와 관계되지 않은 질문은 나중에 따로 만나서 해. 그리고 적과 그렇게 친근한 대화를 나누면 어떡해."

부하가 움찔하며 뒤로 물러났다.

"너도 없느냐?"

백세수가 동천몽을 가리켰다.

동천몽이 웃음을 짓더니 물었다.

"백세수라고 했습니까?"

"그… 그래? 왜, 나 알아?"

"혹시 소주 개고기라고 아십니까?"

흠칫!

백세수뿐만 아니라 모두가 긴장의 표정을 지었다.

벡세수가 더듬거렸다.

"어, 어떻게 개고기 형님을 아시는지요?"

"내가 소주 개고기 동천몽입니다."

바로 그때였다. 좌측 전각 귀퉁이에서 일단의 사내들이 튀어나오며 소리쳤다.

"내가 뭐랬어! 언젠가는 돌아오실 거라고 했잖아!"

"형님!"

놀라며 일행이 돌아보았고 필광을 비롯한 형천파 사내들이 달음질쳐 왔다.

"오오! 진정 형님이시란 말이옵니까?"

"정녕 하늘이 무심치 않구나. 지난 사흘 동안 단 하루도 빠지지 않고 약사사를 찾아가 새벽예불을 올렸더니 이렇게 소원이 이뤄져 버리다니."

필광을 비롯한 사내들이 동천몽 앞에서 감격을 주체 못했다.

사실 동천몽은 이미 필광과 부하들의 존재를 알아차렸다. 물론 일목도 알아차렸는데 단지 동천몽이 모른 체하라고 했기 때문에 외면한 것이었다.

"피… 필광 형님."

백세수가 다가와 필광 앞에 무릎을 꿇었다.

"저를 알아보시겠습니까? 동생 세수입니다."

필광이 눈을 부라렸다.

"너 감각 많이 무뎌졌더구나. 감히 형님에게 돈을 빼앗으려 하다니, 모가지가 그렇게 많으냐?"

"소… 송구하옵니다. 이 동생이 나이가 먹다 보니 감각이 무뎌진 건 사실이옵니다. 용서하십시오."

"오늘 형님을 만난 기념으로 못 본 것으로 해주겠다. 빨리 형님께 사죄 올려라."

백세수가 동천몽을 향해 방향을 틀었다.

"죽여주십시오. 당장 모가지를 쳐도 기뻐하겠나이다."

동천몽이 씨익 웃었다.

어쩌면 이 세상에서 가장 착한 사내들인지 모른다.

거칠고 저잣거리를 무대로 좀도둑질을 하며 살아가지만 막상 큰 범죄는 두려움에 사로잡혀 포기하는 백성들일 뿐이었다. 흑도와 백도라는 자신들이 만든 어처구니없는 기준이 양심과 정의의 전부인 양 외치고 사는 무림인들에 비하면 이들은 순수함이 지나친 것이 흠일 뿐이었다.

아무리 돌아갈 것을 종용했지만 필광을 비롯한 형천과 사내들과 백세수와 부하들은 버텼다. 죽어도 동천몽과 같이 죽고 살아도 같이 살겠다는 것이고 절대 헤어질 수 없다는 것이었다. 일목이 몇 번이나 하나뿐인 눈을 요상하게 만들어 위협했지만 소용없었다.

동천몽은 하는 수 없이 그들을 모두 소월당으로 보냈다. 평생 중으로 살아야 한다고 협박을 했지만 무공을 배울 수 있다는 말에 그들은 펄쩍펄쩍 뛰며 좋아했다.

일행이 떠난 천상각에 또다시 정적이 찾아들었고 동천몽은 몸을 돌렸다.

두 사람이 천상각 정문을 나설 때 갑자기 덕배 선사가 나타났는데 웬 낯선 사내 한 명을 대동하고 있었다.

"가개묵이라고 아시옵니까?"

동천몽의 눈이 커졌다.

왜 모르겠는가? 상관량은 사주호룡거라는 마차를 타고 자주 집을 찾아왔다. 당시 상관량이 타고 온 마차를 끌던 마부가 무척 인상적이었는데 그가 가개묵이라고 했다.

한 자루 칼을 품고 마치 늑대처럼 웅크린 채 말을 모는 그에게서 은연중 멋과 두려움을 동시에 느꼈다.

그런데 지금 그 남자가 사색이 되어 자신 앞에 서 있었다.

덕배 선사는 가개묵이 생포된 경위를 말해주었다.

"상관량답구나. 대번에 남궁관을 죽인 인물이 나라는 것을 알아차리다니."

"이자의 말을 들어보니 천지광옥과 용마산가를 단숨에 거머쥔 배일목이라는 인물 또한 대법왕님인 줄 짐작하는 것 같습니다."

동천몽이 고개를 끄덕였다.

"심중은 이미 굳혔을 거야."

동천몽이 가개묵을 보며 말했다.

"날 기억하느냐?"

"그렇소."

"하긴 기억 못할 리가 없지. 우리 집 문턱이 닳을 정도로 드나들었으니."

쫙!

동천몽의 오른손이 벼락처럼 번뜩였고 가개묵의 눈이 튀어나올 듯 불거졌다.

"으… 으!"

몇 번 신음을 흘렸다.

대번에 입에서 피가 흘렀고 동천몽의 오른손이 다시 뺨을 후려쳤다.

쫙!

채 정신을 차리기도 전에 다시 강한 충격에 가개묵은 눈을 크게 떴다.

쫙— 쫘좌작!

동천몽이 오른손과 왼손으로 가개묵의 뺨을 무지막지하게 때렸다.

가개묵의 뺨이 찢어져 너덜거렸고 입과 코에서 마구 피가 흘러내렸다.

왜 때리느냐고 묻지도 못했다. 입을 열 시간을 주지 않고 좌우 손이 번개처럼 움직이기 때문이었다. 끝내 피투성이가 되어 가개묵은 쓰러졌다.

"어엇!"

일목이 쓰러진 가개묵을 살피다 놀라 쳐다보았다.

"주… 죽었습니다."

전혀 예상치 못한 동천몽의 행동에 일목과 덕배 선사가 굳은 표정을 지었다.

"죽일 자들은 죽여야 한다는 것을 요 며칠 사이에 깨우쳤느니라. 이자 또한 살려둬 봤자 사람 안 될 인간이니라."

동천몽이 천천히 걸어갔고, 한동안 덕배 선사와 일목은 서로의 얼굴을 쳐다볼 뿐 쉽게 충격에서 벗어나지 못하고 있었다. 며칠 전까지 자신들이 봤던 동천몽의 모습이 아니었다.

상관세가를 내려다보는 세 개의 눈이 있었다. 사람은 두 명인데 눈은 세 개였다.

벌써 반 시진 동안 동천몽의 상관세가 살피기는 계속되었다. 일목은 아까부터 못마땅한 표정으로 한숨을 내쉬고 있었는데 동천몽의 행동이 마음에 들지 않았기 때문이었다.

그냥 정문으로 치고 들어가 닥치는 대로 베면 될 터인데 동천몽은 무척 몸을 사리는 것이었다.

자신이 알기에 동천몽은 천하제일고수였다. 그런데 도대체 무엇이 두려워 정면 공격을 하지 못하고 동서남북을 돌면서 살피는지 이해가 되지 않았다.

일목이 더 이상 참을 수 없다는 듯 입을 열어 따지려고 들 때 동천몽이 말했다.

"일목아, 넌 너의 단점이 뭐라고 생각하느냐?"

느닷없는 질문에 일목이 눈알을 굴렸다.

"너 혹시 진법에 대해 아느냐?"

흠칫!

일목이 깜짝 놀라는 표정을 지었다.

사실 모든 방면에 자신있었지만 진법에 관해서는 문외한이었다. 배교에는 진법이 없었고, 만경에게서 몇 번 배울 기회가 있었지만 너무 어려웠다. 무공은 이상하게 잘 터득되는데 진법에 관한 설명은 도통 자신의 상식으로는 이해가 되지 않았다.

"하오면 여태껏 진법이 설치되었나 안 되었나를 조사하기 위해?"

"오냐."

동천몽이 어깨에 힘을 주었다.

일목에게 으스대는 노골적인 행동이었다.

"살핀 결과 어떻사옵니까? 설치되어 있습니까?"

"물론이다. 그것도 아주 큰 것이 설치되었구나. 혈사명사기진이라고 들어보았느냐?"

당연히 일목은 침묵했다.

진법의 이름도 마음에 들지 않았다. 하나같이 어려운 글자로 만들어져 있어 이래저래 아주 불쾌한 학문이 진학이었다.

"고금 오대절진 중 하나이니라. 저 안에 갇히면 신일지라도 빠져나오지 못한다."

"허억!"

일목이 신음에 가까운 숨을 내쉬었다.

그런 것도 모르고 자신은 동천몽의 배포 약함을 얼마나 조롱하고 흉봤던가.

"아마 천하에서 저 절진을 파해할 사람은 나 말고는 없을 것이니라."

일목의 눈이 더욱 커졌다.

천하에서 동천몽 말고는 아무도 파해법을 모른다고 했는데 목소리가 무겁게 깔려 있었다. 그것은 가공할 무게였고 자랑이었다. 하나 일목이 가장 궁금해하는 것은 진법이야말로 머리가 뛰어나지 않으면 절대 파해하거나 알아낼 수 없다는 것인데, 어떻게 동천몽이 이토록 해박한지가 궁금해졌다.

지옥의 추적 233

무공 초식을 외우지 못해 몸으로 터득한 동천몽 아니던가.

천포지각에서 진법의 위력을 절감한 동천몽은 포달랍궁으로 돌아와 천장금왕으로부터 진법에 관해 배웠다. 물론 해박할 정도로 배운 것은 아니고 천하오대진법과 포달랍궁에 대대로 내려오는 진법 몇 가지를 배웠다.

물론 그가 머리가 뛰어나 응용력이 뛰어났다면 단번에 상관세가를 둘러싸고 혈사명사기진이 설치되었다는 것을 알아봤을 것이다. 하지만 워낙 머리가 아둔하여 무려 반 시진을 넘게 살피다가 기억을 떠올린 것이다.

"하… 하오면 어떻게 파해하는지요?"

"불이다. 지금부터 동서남북으로 불을 피울 수 있도록 나무단을 쌓거라."

일목은 시키는 대로 주위 나무들을 검으로 잘랐다.

일목은 상관세가를 가운데 두고 동서남북 네 곳에 거대한 나무단을 쌓았다. 나무단 한 개의 크기는 거대한 전각 한 채 정도 되었다.

"넌 동북 방향의 나무단에 불을 붙이거라. 난 서남단에 피울 테니. 단, 주의할 것은 동시에 피워야 한다는 것이니라. 알겠느냐?"

"예, 대법왕님."

일목이 곧바로 동북 방향으로 사라졌고 동천몽은 서남단의 나무단 근처로 다가갔다.

동천몽은 전음을 날렸다.

동천몽과 일목의 거리는 족히 십 리 이상 떨어져 있었지만 전음은 명쾌히 전달되었다. 전음의 거리는 철저히 내공이 좌우하는데 일목의 눈은 커졌다. 자신의 능력으로는 죽었다 깨어나도 십 리 밖에 있는 사람에게 전음을 날린다는 것은 불가능했다.

"불을 지펴라."

동천몽의 전음이 들려왔다.

일목은 곧바로 전신의 진력을 극한으로 끌어올려 삼매진화를 펼쳤다. 손바닥에서 푸른 불꽃이 일어나더니 나무를 향해 쏘아갔다.

치지직!

불꽃이 피어나며 연기가 피어올랐다.

일목은 곧바로 북단의 나무단을 향해 몸을 날렸고 곧바로 불을 붙였다.

상관세가는 조용했다. 무림맹의 일원이기 때문에 목와북천과의 전쟁에 상당한 무사들을 보낸 탓이기도 했지만 실상은 한 사람에게 방심을 유도하기 위한 작전상의 침묵이었다.

한 달 전 상관량은 장원에 필살의 진법을 설치했다. 그것은 오직 한 사람을 겨냥한 함정이었는데, 장원이 조용하고 사람들의 움직임이 없다시피 해야 적이 방심하고 정면으로 쳐들어온다는 것이었다. 그래서 지금 적이 걸려들기만을 기다리며 모두가 처소에서 두문불출하고 있었고, 최소한의 병력만 경계근무에 동원되고 있었다.

"불이다!"

고요한 상관세가 위로 외침이 흘러나왔다.

그러자 각자의 처소에서 두문불출하고 있던 무사들이 뛰쳐나왔다. 과연 상관세가 동서남북으로 거대한 화염이 이글거리고 있었다. 그런데 불길이 거세지며 주위 지형이 변하고 있었다.

구우우!

그그긍!

천재지변이 일어난 듯 산의 지형이 바뀌고 나무와 바위들도 크기와 위치를 달리했다. 지금까지의 모습은 진법이 만들어낸 허상이었고 지금 불길에 타오르며 새로 나타난 지형이 원래 상관세가의 주위 풍경이었다.

상관세가의 부가주이자 상관량의 아들인 상관황의 얼굴이 굳어졌다. 동서남북 네 곳에 불이 피워졌고 진법이 깨지고 있다는 것은 적이 자신들의 속사정을 훤히 꿰고 있다는 뜻이었다.

자신들의 속사정을 알고 있는 사람은 많다. 하지만 진법이 펼쳐진 것을 알고 있는 사람은 거의 없었다. 더구나 펼쳐진 혈사명사기진법은 한 인물을 상대하기 위해 세워진 진법인데 침입자가 누구란 말인가.

일단 정문을 통과하지 않고 진법을 깨뜨린 것을 보면 적임은 분명했지만 누군지 감이 오지 않았다.
"누굴까요?"
총관 복호청이 물었다.
상관황이 눈을 깜박거렸다.
떠오른 인물은 없다. 부친은 동천몽을 비롯한 포달랍궁의 습격을 막기 위해 진법을 펼쳤는데 그는 죽었다 깨어나도 혈사명사기진이 펼쳐져 있음을 모를 것이라고 했다.
잠시 후 정찰을 나갔던 두환전이 다가왔다.
"누구더냐?"
"모르겠사옵니다. 샅샅이 뒤졌지만 진법을 깨뜨린 자의 정체를 알 수가 없사옵니다."
그때 부가주님, 하며 한 흑의노인이 다가왔다.
외곽 경계를 담당하고 있는 섬광대 대주 유졸송이었다.
"정문에 부가주님을 뵙기를 청하는 자가 있사옵니다."
"날?"
"신분을 물었지만 부가주님께서 나오시면 알게 될 것이라면서……"
상관황이 복호청을 쳐다보았다.
응해야 할 건지 말아야 할 건지 묻는 것이었다.
상관량은 복호청에게 당부했다. 일체 외부로부터 어떤 침략의 징후나 방문자가 있어도 호응하지 말라고 했다. 누군가 찾아온다면 적일 가능성이 클 뿐 아니라 진법을 깨지 못하자 손님으로 위장해 들어오려는 음모일 가능성이 크다고 했다.

하지만 진법이 깨진 마당에 적이라면 굳이 정문을 통해 들어올 이유가 없었다.

그래서 복호청은 서슴없이 고개를 끄덕였다.

정문에는 위사들과 섬광대 무사들이 진을 치고 있었다. 상관황이 나타나자 모두 길을 비키며 예의를 차렸다.

상관황의 눈살이 찌푸려졌다.

두 사람이 서 있었는데 아무리 봐도 초면이었다. 유졸송 말에 의하면 만나보면 알게 될 것이라고 했는데 누군지 전혀 알 수 없었다.

척!

다시 살폈다. 하지만 초면이었고 왼쪽에 선 눈 하나뿐인 사내의 느낌은 조금 음산했다.

자고로 어둡고 음산하면 나쁜 무리로 봐도 무리가 없다는 것이 지난 경험이었으므로 잔뜩 경계를 늦추지 않으며 입을 열었다.

"본 부가주를 만나자고 하셨소?"

오른쪽 사내가 히죽 웃었다.

질문에 대답이 없이 웃자 울컥 화가 치밀어 올랐다. 감히 천하무림의 중심인 상관세가의 부가주를 조롱하는 것 같았다.

"이자가!"

어딜 가나 성격 급한 자는 있기 마련이다.

섬광대 대주 유졸송이 벼락같이 달려나가며 일장을 날렸다.

좀 더 알아보고 조치를 취해도 늦지 않다고 말하려 했지만 이미 유졸승은 상대의 앞가슴을 가격해 가고 있었다.

차라리 잘된 일인지도 모른다. 스스로의 정체를 애매하게 묻어버리는 인물치고 정의 인물은 없다.

탁!

오른쪽 사내가 유졸송의 손목을 낚아 잡으려 했다.

가볍게 제자리에서 손만 뻗었는데 일장을 피하며 손목을 낚아채는 동작은 가히 번개를 무색케 할 만큼 빠르고 유연했다. 방어와 이어지는 공격이 부드러웠고, 지켜보는 사람들 모두가 경악의 표정을 지었다. 한가락씩 하기 때문에 오른쪽 사내의 동작이 얼마나 어려운 건지 알기 때문이었다.

"어딜!"

가소롭다는 듯 유졸승이 오른손을 거두었다.

그런데 사내의 오른손은 진드기처럼 따라붙었다. 유졸승이 뒤로 더욱 물러나면서 손을 빼냈지만 사내의 손은 더욱 빨랐다. 특히 팔꿈치에서부터 뱀이 대나무를 타고 오르듯 손목을 향해 미끄러져 오는 손을 도저히 떨쳐 낼 수가 없었다.

콱!

완맥이 낚이면 거의가 힘을 잃는다.

손목에 혈도가 조여지며 진기가 흩어지기 때문이었다. 유졸승 또한 왼손으로 반격을 가하려고 했지만 손목이 조여지면서 진기가 끌어올려지지 않아 맨손으로 때렸다.

하지만 그것은 상대에게 아무런 타격도 주지 못했다.

사내는 왼손이 진기가 실리지 않았다는 것을 아는 듯 가슴을 때리는데도 막을 생각을 하지 않았다.

딱!

예상대로 오히려 자신의 손바닥만 얼얼했다.

우두득!

사내가 손목을 비틀자 뼈가 부러졌다.

"아이고!"

사내의 손이 벼락처럼 팔꿈치로 옮겨오더니 또다시 안쪽으로 한 바퀴 돌았다.

빠지직!

이번에는 팔꿈치가 부서졌고 고통에 어깨를 돌리며 상체를 숙였는데 어느새 어깨까지 본체와 이탈했다.

팔목과 팔꿈치, 어깨가 단번에 부서진 것이다.

"이… 이놈이!"

진기도 담기지 않았지만 본능적으로 왼 주먹으로 사내를 때렸다.

탁!

그러나 왼손 또한 잡혔고 동일한 방법으로 부러졌다.

양팔이 순식간에 무력화되어 버리자 당사자는 물론이고 지켜보던 사람들까지 경악했다.

"차앗!"

두 명의 무사가 검을 뽑아 들고 찔러갔다.

땅을 차고 올라가는 동작과 검을 뽑아 드는 동작이 한 사람처럼 이루어진 멋진 합격(合擊)이었다.
 하지만 멋지다는 생각이 상관황의 머리에서 채 끝나기도 전에 두 무사의 입에서 처절한 비명이 들려왔다.
 "큭!"
 "악!"
 놀랍게도 두 무사는 자신들의 검에 목이 찔려 숨을 거두었다.
 처음 보는 사람에게는 자살로 보일 만큼 검끝이 목을 관통해 있었다.
 섬광대 무사 세 명이 다시 뛰쳐나갔다.
 그러자 그때까지 그 자리에 서서 손으로만 공격하던 사내가 떠올랐다.
 서 있을 줄 알고 검끝을 낮췄던 세 무사의 검끝이 황급히 공중으로 방향을 틀었다. 그러나 그들에게는 신속한 방향 전환으로 느껴졌을지 모르지만 오른쪽 사내의 눈에는 세월로 비칠 만큼 검끝을 돌리는 데 걸리는 시간은 길었다.
 빡!
 빠바박!
 검끝이 공중으로 틀어지기도 전에 사내의 발끝이 세 사내의 면상을 찍어버렸고 처절한 비명을 흘리며 뒷걸음을 쳤다. 이쪽에서 도움을 주기 위해 다섯 명의 무사가 날아갔지만 세 무사는 다시 목젖에 일각을 맞고 즉사한 것이다.
 콰아앙!

또다시 달려오던 다섯 무사를 향해 쌍장이 뿜어졌고 다섯 사내의 입에서 같은 비명이 흘러나왔다.

툭!

투투툭!

즉사였다. 도무지 이초를 버티지 못하는 상황에 상관황의 안색이 잿빛으로 변했다.

급기야 지켜보고 있던 섬광대 무사들 전원이 달려들었다.

퍽!

퍼퍼퍼!

한 방이었다. 그의 주먹이 가는 곳에서는 예외없는 비명이 터졌고 스물일곱 명의 무사들이 일제히 땅바닥에 시신으로 나뒹굴고 있었다.

망연자실.

상관황은 너무 놀라 말을 잇지 못했고, 그나마 경험이 풍부한 복호청이 사태 수습에 나섰다.

"뉘… 뉘시오? 어찌하여 본 가를 불쑥 찾아와 이런 살생을 저지르시오?"

"네가 복호청이냐? 상관량의 오른팔?"

아들뻘밖에 되지 않는 오른쪽 사내가 하대를 했다. 그런데 어찌 된 노릇인지 기분이 나쁘지 않았다. 아직까지 새파란 젊은이에게 하대를 당해 기분이 나쁘지 않은 적이 없었는데 눈앞의 인물에게는 그런 감정이 생기지 않았다.

'놀라운 기도다!'

말투 하나로 상대를 짓누르는 위엄은 아무나 가질 수 없다.

그것도 억지로 짜 맞추고 만드는 것이 아니라 은연중 풍기는 강력한 위엄이었다.

"오른팔인지는 모르지만 상관량 어른께서 본인의 주인이시오."

"그놈 말 한 번 어렵게 하는군. 그냥 그렇다고 대답하면 될 것을. 일목."

"네, 대법왕님."

"대… 대법왕!"

일제히 사람들이 놀랐다.

그제야 그들은 상대가 누군지 알아차렸다. 상관량은 분명히 동천몽의 정체를 포달랍궁의 대법왕이라고 했다.

"저놈은 네가 해치워라."

"정말입니까? 감사함다."

동천몽 혼자서 모두 죽이는 줄 알고 섭섭했다. 피를 묻혀본 지도 오래되었고 가급적 주인은 뒤에 나서야 모양새가 좋다. 일단 아랫사람을 시켜 분위기를 띄운 뒤 주인이 나서서 멋지게 솜씨를 보여야 되는데 동천몽이 잔챙이들까지 손을 보자 은근히 다급해졌었다.

"크카카카! 네 이놈, 난 대법왕님과 성질이 달라서 그냥 패죽이지 않겠다!"

일목의 모습이 번쩍거렸다.

순간 연기처럼 길게 몸이 늘어나자 복호청이 경악했다.

"화… 환술!"

말로만 들었지 환술에는 문외한이었다. 사람의 몸이 가늘어졌다가 두꺼워지고 흐릿해졌다가 진해지며 물처럼 갈라졌다가 다시 붙기도 한다고 했다.

콱!

다급히 장력을 쳐냈다.

정면으로 늘어진 일목의 몸을 가격했고 복호청은 쾌재를 불렀다. 십이성 극성의 장력이니 최소한 사망이라고 확신했다.

추울렁!

그런데 놀라운 일이 벌어졌다. 물결이 일어나듯 잠시 파장을 일으켰을 뿐 비명은 흘러나오지 않았고, 오히려 일목의 분노를 더욱 자극한 결과를 불렀다.

"조용히 반성하는 차원에서 얌전히 있으면 목숨만 취하려고 했는데 네놈이 반항을 했으니 그냥 죽이지 않겠다."

콰아아!

한줄기 광채가 터져 나왔는데, 검이었다.

"헉!"

복호청은 자신도 모르게 비명을 질렀다. 장력을 쳐내어 날아오는 검을 막으려는 계산이 어긋났는데 너무 빨랐다. 태어나 이토록 빠른 쾌검은 본 적이 없었다.

싹뚝!

오른손이 잘려 나갔고 아픔을 느끼기도 전에 왼손이 잘려 나갔다. 졸지에 양팔을 모두 잃은 복호청은 아픔을 느낄 겨를도 없을 만큼 충격을 받았다.

뚝뚝!

잘린 어깨에서 피가 흘러내렸고 복호청은 눈만 깜빡거렸다.

"초… 총관."

상관황이 더듬거리며 불렀다.

복호청은 반쯤 넋이 빠진 얼굴로 상관황을 보았다. 본능적으로 시선을 돌렸을 뿐 그의 머릿속은 텅 비어 있었다.

"지… 지혈부터 하시오."

완전히 혼이 빠져 버린 복호청의 귀에 상관황의 말이 들려올 리 만무했다.

촤악!

반항은 엄두도 내지 못했고 이번에는 왼쪽 다리가 잘렸다.

쿵!

무게중심을 잃고 바닥에 쓰러졌지만 복호청의 얼굴에 고통스런 표정은 없었다. 여전히 그의 뇌리 속으로는 너무도 신기막측한 일목의 무예 말고는 없었다.

第八章
천뇌(千腦) 몰(沒)

땅에 누운 채 내려다보는 일목을 올려다보았다.

마치 어두운 밤하늘을 밝히는 샛별처럼 일목의 눈이 반짝거렸다.

"이놈아, 뭐라고 한마디 해보거라. 아무 말도 않고 반항도 않으니 내 기분이 이상하지 않느냐?"

하지만 복호청은 눈만 깜빡거렸다.

"큭큭! 죽으면서 너처럼 순종적인 놈은 처음이다."

일목이 느릿하게 다시 검을 쳐들어 올렸다.

복호청의 두 눈은 푸른 하늘을 올려다보았다. 쥐어짜면 금방이라도 푸른 물이 주르륵 흘러내릴 것처럼 푸르다. 항상 봐온 하늘인데 오늘따라 너무 푸르고 맑았다. 어느 문인은 하늘을 보면 괜히 눈물이 나온다고 했는데 그 기분을 알 것 같았다. 갑자기 가슴이 찡해오더니 눈물이 나오려고 했다.

'가주님!'

복호청은 조용히 독백했다.

'여기까지인 듯싶소. 당신도 나도 모두 말이오.'

상관량의 꿈은 천하 패권이었다. 상관세가가 구파일방과 사대세가를 지배하는 것이 최종 목표였다. 치밀한 그의 두뇌는 그를 무림맹 총관의 자리까지 올리고야 말았다. 이제 남은 것은 무림맹주의 자리였다.

그런데 지금 날벼락을 맞고 있었다. 아무리 생각해도 상대는 너무 강하다. 너무 강한 상대에게는 대책이 없다. 너무 뛰어나면 어떤 기교와 변칙도 통하지 않는데 지금 상관세가가 맞이한 눈앞의 적이 그러했다.

'하늘은 가주님과 나의 운명을 여기에 멈춰 세운 듯하오. 더 이상은 나아갈 수가 없소이다.'

고개를 돌려 한쪽에 서 있는 동천몽을 쳐다보았다.

죽음이 눈앞에 다가와서인가 동천몽의 모습이 너무도 크고 넓어 보였다.

'태산!'

틀림없는 태산이었다.

툭!

복호청의 목이 돌아갔다.

"총관, 복 총관!"

상관황이 다급히 불렀다. 그러나 죽은 복호청은 대답이 없었고 동천몽이 다가섰다.

 주춤, 상관황이 뒤로 물러났고 언제 나타났는지 좌우에 버티고 섰던 상관세가의 두 호법이 동천몽을 공격했다.

 빠!

 빠아악!

 동천몽의 좌우 주먹이 무자비하게 후려쳤다.

 두 노인이 뻗어낸 장력은 파편이 되어 으스러졌고 동천몽의 주먹이 면상에 틀어박혔다.

 "컥! 아그극!"

 빠— 바박!

 동천몽의 주먹이 다시 면상을 찍었고 피가 사방으로 튀었다. 동천몽의 주먹은 멈추지 않았다.

 빠바바박!

 마치 연습을 하듯 두 노인의 얼굴을 때렸는데 머리통까지 완전히 부서져 쓰러졌다.

 또 다른 무사들이 상관황을 막아섰고 이번에는 일목의 검에 모조리 베어졌다.

 도무지 상대가 되지 않았다. 수적 우세란 말도 두 사람에게는 통하지 않았다. 일목의 검은 춤을 추었고 순식간에 상관세가 정문은 시산혈해가 되고 말았다.

 "건방진 놈들!"

 무려 일백여 명 가까운 무사들을 도륙한 일목이 콧방귀를

뀌었다.

동천몽이 조용히 말했다.

"아버지 어디 있느냐?"

슈욱!

상관황이 기습적으로 주먹을 뻗었다.

상관세가가 자랑하는 천보흑권이었다.

꽉!

동천몽 역시 지체없이 주먹을 뻗었고 상관황의 입에 벌어졌다.

"아흐흑!"

손목이 부러졌고 손가락 다섯 개가 모두 제자리를 벗어났다.

스으!

동천몽이 다가오자 좌측으로 몸을 움직여 피했지만 잡히는 멱살을 피하지는 못했다.

와락!

멱살은 잡혔지만 상관황은 가만있지 않고 왼손을 칼처럼 만들어 명치를 쑤셨다.

따악!

"컥!"

명치를 쑤셨는데 상관황의 손이 또다시 부서졌다. 철벽을 찌르는 것 같았다.

"아버지 어디 계시느냐고 묻지 않느냐?"

"흐흐! 내가 네놈에게 말해줄 것……."

더 이상 이어지지 못했다.

동천몽의 주먹이 입 안에 틀어박혔다.

그냥 박기만 한 것이 아니라 주먹을 넣어 한 바퀴 돌렸다.

우드드드!

단단한 주먹이 회전을 하자 이빨이 부서지며 모래알처럼 입 안을 가득 채웠다.

"아버지 계시는 곳을 가르쳐 주겠느냐?"

"밍청냥(미쳤냐). 창랑리(차라리) 낭죽영랑(날 죽여라)!"

콱!

동천몽이 상관황의 머리채를 잡더니 그대로 당겼다.

찌이익!

가죽이 찢겨 나는 소리가 들리며 머리가죽이 찢어지고 벗겨지며 피가 얼굴을 덮었다.

"으끄끄끄!"

상관황의 얼굴에 공포가 드리워졌다. 쉽게 죽이지 않을 기세였다. 그나마 온갖 고통을 다 맛보게 한 뒤에 죽이면 괜찮은데, 사람을 병신 만들어놓고 살려주면 그것보다 더한 공포는 없었다.

"자, 이제 말해주겠느냐?"

"앙벙징능(아버지는) 옝기서 멍징 않웅(여기서 멀지 않은) 뱅롱동성윙엥(백록동서원에)."

"한마디만 할 테니 듣기 싫어도 듣도록 해라. 제대로 된 자식이라면 부모의 잘못을 지적하고 가로막아야 한다. 자식이라고 하여 부모가 하는 일을 지켜보고 그 길을 따르는 것은 부모보다 더 나쁘다. 다시 태어나면 그때는 미치도록 선한 일에 한 목숨 바치거라."

퍽!

상관황의 머리통이 수박 깨지듯 쪼개졌다.

머리가 으스러졌는데도 몸통은 한동안 팔딱거리며 살아 있었다. 그러나 오래가지 못하고 통나무처럼 옆으로 쓰러졌다.

스윽!

손에 묻은 피를 상관황의 옷에 닦아낸 동천몽이 저 멀리 몰려 있는 상관세가의 무사들을 돌아보았다. 동천몽의 시선이 자신들을 향하자 일제히 움찔했다.

월등한 숫자지만 감히 덤벼들 엄두를 내지 못했고 그들의 얼굴에는 살고 싶은 본능이 꿈틀거렸다.

"일목, 모조리 죽여라."

"네에?"

일목의 눈이 커졌다.

전혀 예상하지 못한 동천몽의 행동이었다. 지금 정문에 죽은 자만도 일백이 넘는데 저 많은 사람을 또 죽이라고 하자 살인을 싫어하지 않는 자신이지만 놀라고 만 것이었다.

"진정한 자비란 용서가 아니라 없애는 것이다. 강호에서는 특히, 한 놈도 살려두지 마라. 이미 머리끝에서 발끝까지 악으로 단단히 물들어 인간으로서의 가치는 완전히 상실된 자들이다."

일목이 돌아서자 일제히 도주하기 시작했다.

"살자!"

"어머니!"

그들은 일제히 악을 쓰며 도망쳤고 일목은 이를 물었다. 결정은 신중하게, 그러나 결정을 내리면 미련없이 움직이라고 만경이 말했다. 일목의 신형이 바람처럼 날아갔다.

찻잔을 들어 올리는 손이 가볍게 떨리고 있었다. 술을 좋아하긴 하지만 아직 수전증이 걸릴 나이는 아니었다. 갑자기 닷새 전부터 잔을 들어 올리거나 젓가락을 들면 손이 떨렸다. 처음에는 괜찮아지려니 했는데 갈수록 더 심해진다.

"거참!"

이상하기 그지없는 현상이었기에 상관량은 떨리는 찻잔 든 손을 보며 혀를 찼다.

쩝쩝!

차를 한 모금 마신 상관량이 혀로 입술을 축였다. 그토록 달고 맛있던 차가 오늘따라 쓰다. 손 떨림에 이어 입맛의 변화에 상관량은 늙었다는 것을 잠시 깨달으며 길게 한숨을 내쉬었다.

"개묵은 아직도 연락이 없느냐?"

밖을 향해 말했다. 문밖에서 대답이 왔다.

"예, 총관님."

서장을 몇 번이나 다녀올 시간이 지났다.
"위찬술도 아직 연락이 없느냐?"
"예, 총관님."
위찬술은 상관량의 지시를 받고 사가에 심부름을 갔다.
어찌 된 일인지 요즘은 심부름을 보낸 부하들이 출발은 있으나 돌아오지를 않는다.
덜덜!
떨리는 손으로 다시 찻잔을 들어 한 모금 마셨다.
정말로 차가 쓰다. 이런 맛을 느껴보기는 처음이었다. 상관량은 찻잔을 내려놓고 문을 열고 밖으로 나갔다.
백록동서원은 악록서원, 하남의 회양서원, 숭산의 숭양서원과 더불어 천하사대서원 중 하나로 꼽힌다. 하지만 지금 천하사대서원 중 한곳인 백록동서원은 병기를 휴대한 무림인들로 문전성시를 이루고 있었다.
백록동서원은 무림맹의 좌우 본영 중 좌영으로 운영되고 있으며 상관량이 대장군 역할을 맡고 있었다.
목와북천과 무림맹은 벌써 오랫동안 호남성을 두고 밀고 당기는 접전을 벌이고 있었다. 양쪽 모두 여기서 밀리면 끝장이라는 각오로 배수의 진을 친 피의 대결이었다.
상관량은 천천히 서원 서쪽에 있는 월담(月潭)을 산책했다. 월담은 달 모양의 연못으로 수백 년 묵은 사류가 가지를 늘어뜨리고 있어 한결 그 정취를 돋보이게 하고 있었다.
물 위까지 올라온 월담의 물고기들이 인기척에 소스라치며 물속으로 숨어들었다.

 짐승은 위기를 본능으로 감지한다. 사람 또한, 특히 상관량은 누구보다도 위험에 대한 징후를 빨리 감지했다. 지금 자신의 주위로 엄청난 위험이 몰려들고 있었다. 하지만 이 위험만 물리치면 더 이상 늙어 죽을 때까지 위험은 없다는 것이 상관량의 확신이었다.

 문제는 이 위기를 헤쳐나갈 비책이 마땅치 않다는 것이었다.

 홱!

 인기척에 고개를 쳐들었다.

 한 명의 흑의사내가 맞은편에서 자신처럼 산책을 하고 있었다. 지금은 전시다. 저토록 한가히 연못가 주위를 산책할 여유가 없고 제대로 된 무사라면 지금 검을 뽑아 들고 흑도 무리를 무찌르러 전선으로 나가야 했다.

 멈칫!

 흑의사내와 눈이 마주쳤다. 흑의사내는 자신을 보고 가벼운 미소를 지었다. 웃는 낯에 침 뱉으랴. 상관량은 얼떨결에 마주 웃음을 지어주었다.

 월담의 폭은 십여 장 정도 되었기 때문에 얼굴을 충분히 알아볼 수 있었다. 그러나 전혀 기억에 없는 낯선 인물이었다. 자신이 기억하지 못하는 얼굴인 것을 보면 좌영의 수장급 인물은 아니라는 의미였다.

 수장급도 아닌 인물이 수장인 자신을 보고 미소를 짓는다.

화를 낼 수도 없고, 그렇다고 전쟁 중에 유유자적하는 상대를 가만 내버려 둘 수는 더욱 없었다.

"뉘시오?"

흠칫!

자신이 말을 해놓고 깜짝 놀랐다. 휘하 좌장들에게는 항상 명령이었다. 전시에는 명령만이 존재할 뿐 인간적인 면은 차후였다. 그래서 말투가 무척 중요한데 자신도 모르게 공대를 해버린 것이었다.

"내 이름을 묻는 것이오? 동천몽이라고 하오."

"도… 동천몽이라고?"

"왜, 나를 아시오?"

상관량의 눈이 빛을 발했다.

동명이인일 수도 있지 않는가. 자신의 기억 속에 동천몽이란 이름은 그다지 선명하지 않았다. 어렸을 때 몇 번 본 것이 전부였고 장성해서는 한 번도 보지 못했다.

화악!

상관량의 눈이 부릅떠졌다.

동천몽이 물 위를 걸어서 다가오고 있었다. 그 옛날 달마대사가 갈댓잎 하나로 장강을 건넜다는 얘길 들은 적이 있지만 물 위에 아무것도 띄워놓지도 않고 그냥 걸어왔다. 물론 물결은 전혀 일어나지 않았다.

동천몽은 조용히 다가와 옆에 섰다.

"고민이 많아 보이는구려?"

상관량은 고개를 돌려 동천몽을 살피는 데 주력했다. 잔뜩 진기를 끌어올려 만약의 사태를 대비했는데 지금 무척 혼란스러웠다.

이름만을 놓고 볼 때 그 동천몽이라는 확신을 못했지만 연못 위를 걸어오는 가공할 신법에서 받아들였다.

그런데 그를 더욱 당황스럽게 만든 것은 죽이지 않으면 죽는 적이 친구처럼 곁으로 다가와 섰는데 공격을 할 수 없다는 것이었다. 정말이지 이해할 수 없는 일이었다. 벼락같은 공격으로 상대를 죽여야 하는데 살심이 일어나지 않는 것이었다.

"말해보시오. 내가 도움이 되면 도와드리겠소."

목소리에 적의라고는 하나도 없었다. 진짜로 털어놓으면 들어줄 것 같았다.

상관량의 표정이 더욱 굳어졌다.

그것은 완벽한 위축이었다. 제아무리 강한 늑대도 대호 앞에서는 그저 늑대일 수밖에 없다고 했는데, 자신이 지금 그러했다. 아무리 용기와 힘을 내려고 해도 자꾸 호흡이 가빠지며 주눅이 들어가고 있었다.

"기억하오."

"……."

"당신이 마차를 끌고 나타나면 아무리 바쁘고 중요한 회의 중일지라도 우리 아버님은 맨발로 뛰어나가 마중을 했소. 그때마다 당신은 아주 흡족한 표정을 짓더군."

상관량의 얼굴이 굳어졌다.

동천몽은 계속 말을 이었다.

"아버지는 정성을 다해 당신을 영접했소. 철마다 따로 선물을 보냈고 명절이 찾아오면 역시 따로 당신에게 줄 은자를 마차에 실려 보냈지. 당시 난 술값이 없어 호시탐탐 아버지 주머니를 노리고 있었는데, 돈을 마차 가득 싣고 가는 상관 총관이 얼마나 부럽던지."

동천몽이 미소를 짓더니 돌아보았다.

"그 기분 아시오? 천하제일부호의 아들이 돈이 없어 쩔쩔매는 그 심정 말이오. 당신한테는 물 쓰듯 하면서 아들에게는 은자 반 푼도 주지 않는 아버지가 얼마나 밉던지 한마디 욕이라도 해주고 싶더군."

"대법왕님, 어르신을 모셔왔나이다."

상관량이 빠르게 돌아섰다.

일목이 동오룡을 데리고 서 있었다.

상관량의 몸이 파르르 떨었다. 동오룡은 마지막으로 아껴놓은 반전패감이었다. 동오룡만 잡고 있으면 동천비는 몰라도 동천몽은 자신있었다. 동천비는 이미 인성을 잃어 부친의 위험을 고려하지 않을 것이나 동천몽은 대법왕이었다. 설혹 부친이 밉다고 해도 대법왕이라는 신분으로 인한 주위 시선 때문에라도 동오룡을 데리고 협박하면 먹히리라 자신했는데 그만 써보지도 못하고 뺏기고 말았다.

"좌영에 있는 적은 모조리 죽였습니다."

"으헉!"

상관량은 하마터면 연못으로 빠질 뻔했다.

일목의 입에서 나온 지금의 말은 실로 경천동지할 일이었다. 자신의 귀에는 단 한 마디 비명도 들려오지 않았다. 그런데 백록동서원에 있는 무사들 모두가 죽었다니 믿어지지가 않았다.

휙!

상관량은 몸을 날려 앞마당으로 갔다. 일목의 말은 허언이 아니었다. 수많은 시체들이 쓰러져 있었는데 아직까지 피를 흘리고 있는 것이 조금 전에 죽었다는 것을 말해주고 있었다.

비명과 피 냄새를 맡지 못했다는 것은 일목이 사람을 죽이면서 강한 강기막으로 소음을 차단했다는 뜻이었다.

"왜 당신의 귀에 비명이 들리는 것을 막았는지 아시오? 이유는 아주 간단하오. 당신을 좀 더 조용하고 아늑한 분위기 속에서 죽이려 그랬소."

흠칫!

상관량이 한 걸음 물러섰다. 그만큼 자신에 대한 분노가 크다는 반증이었다. 자신의 목숨을 철저히, 그리고 반드시 끊겠다는 단호한 의지의 표현이기도 했다.

"일 초를 양보해 주겠소."

상관량의 검미가 찌푸려졌다.

일반적으로 양보는 삼 초가 정석이다. 물론 완강하게 정해진 규칙은 아니지만 수백 년을 그렇게 흘러왔다. 그런데 동천몽의 입에서는 일 초를 양보해 주겠다는 말이 나온다.
 '일 초!'
 상관량은 조용히 중얼거려 보았다.
 일 초라는 말이 오늘처럼 섬뜩하고 무자비하게 들려온 적은 없었다. 양보라기보다는 언뜻 고문을 당하는 기분이었다.
 상관량은 마다하지 않았다. 어떤 의미로 삼 초가 아닌 일 초를 양보해 준다고 했는지 알 수는 없지만 조금이라도 유리한 기회는 철저히 물고 늘어져야 했다.
 스으으!
 천보흑권의 기수식을 취했다. 강호에는 지략과 지모의 가문으로 많이 소문나 있었다. 그래서 상관세가의 가무(家武)는 그다지 알려지지 않았다. 약자든 강자든 많이 숨겨져 있다는 것은 유리할 일이었다.
 콰아아!
 상관량의 주먹이 뻗어왔다.
 다른 가문의 주먹처럼 강하지는 않지만 빠르다. 천보흑권 중 가장 빠른 단포권섬의 식이었다.
 "으음!"
 상관량의 눈이 커졌다.
 야심차게 뻗은 주먹이 허공을 치고 있었다. 좀 전까지 앞에 서 있던 동천몽은 좌측으로 일보 이동해 있었다. 눈을 뜨고서도 보지 못했는데 마치 순간이동을 한 것 같았다.
 슈슉!

일 초만 양보한다고 했지만 생사가 걸린 일에 굳이 약속에 연연할 필요는 없었다. 이미 쏟아낸 기세이므로 그대로 밀어붙이기로 하고 연속 오 초를 쏟아냈다.

스르르!

안개처럼 동천몽의 신형이 움직였다.

자신의 주먹은 항상 늦었다. 다가가면 피했고 격중시켰다고 속으로 환호하면 허탕이었다.

공격은 어느새 십 초로 접어들고 있었는데도 옷자락도 건들지 못했다. 상관량의 안색이 흑빛으로 접어들더니 점차 바위처럼 굳어졌다. 무려 십 초 동안 전력을 다했는데도 털끝 하나 건드리지 못했다는 것은 자신은 동천몽의 상대가 아니라는 것이었다.

여기서부터 상관량의 고민이 시작되었다. 상대가 되지 않는다고 해서 공격을 하지 않을 수는 없었다. 그렇다고 언제까지 헛손질만 할 수는 더욱 없었다.

상관량의 눈이 기이해졌다.

영리한 그답게 유일한 해결책을 생각해 낸 것이다.

콰콰콰!

폭풍 같은 주먹이었다.

한 대만 맞아도 중상을 면치 못할 것 같은 주먹세례에 동천몽의 신법이 조금 빨라졌다.

쉬익!

상관량의 신형이 뒤로 빠져나갔다. 공격하는 척 동천몽을 몰아세워 놓고 도망을 친 것이다. 상관량이 생각해 낸 것은 되지도 않을 싸움에 힘을 소모하느니 그 힘을 도망치는 데 사용하는 것이 그나마 승산이 있다고 본 것이다.

그런데 더욱 어처구니없는 일이 벌어졌다.

동천몽은 자신을 추적할 생각이 없는 듯 움직이지 않았다. 그런데 뛰어오르려는데 꼼짝을 하지 않는다. 아무리 땅을 박차고 날아오르려 해도 쇠사슬에 묶이기라도 한 듯 날아오르지를 않는다.

"크헉!"

상관량이 소스라쳤다.

동천몽의 오른손이 자신을 향해 뻗어 있었는데 강력한 흡인력이 쏟아지고 있었다. 동천몽은 지금 자신을 허공섭물의 방법으로 도망치지 못하도록 끌어당기고 있었다.

상관량은 꿈이 아닌가 의심했다.

사람을, 그것도 일류고수를 상대로 허공섭물을 펼쳤다는 얘기는 전설로도 듣지 못했다.

퍼억!

날아오르지 못하도록 위로부터 쏟아지는 힘이 어찌나 세던지 상관량은 도망만 치지 못한 것이 아니라 그 자리에서 무릎을 꿇고 말았다.

정신을 차릴 수가 없었다.

자신이 가장 강력한 천하제일고수라고 여기는 남궁천도 자신을 허공섭물의 방법으로 무릎을 꿇리지는 못할 것이다.

척!

동천몽의 면전으로 다가와 섰다.

"시발놈!"

빠악!

오른발이 면상에 작렬했다.

단번에 코뼈가 박살나며 피가 범벅이 되었다. 바둥거리는 상관량을 향해 다시 동천몽의 발길질이 가해졌다.

빠아악!

"크어어!"

상관량의 얼굴은 단 두 번의 발길질에 완전히 무너졌다.

"이미 눈치를 챘겠지만 용마산가를 빼앗은 건 나다."

상관량은 코가 깨져 숨을 쉴 수가 없어 입을 벌렸다. 그런데 그 입으로 장화 앞 부리가 박혔다.

발끝이 목구멍까지 밀려들어 와 숨을 쉴 수가 없었다. 숨이 넘어갈 것 같았으므로 양손으로 동천몽의 발을 빼내려고 했다. 그런데 양쪽 어깨가 따끔거리더니 팔이 땅바닥으로 떨어졌다.

가지가 꺾이듯 양팔이 잘려 나간 것이다.

"허꺼어어!"

숨을 쉴 수가 없었고 눈만 커졌다.

"네놈이야말로 진짜 흑도이고 가장 악질이며 쓰레기이다. 인정하느냐?"

대답을 하고 싶었지만 입속에 장화가 박혀 힘차게 고개를 끄덕였다. 악질 좀 되는 것이 대수인가. 쓰레기 좀 되면 또 어떤가. 살 수만 있다면 악질도 되고 쓰레기도 되고 뭐든지 될 수 있었다.

동천몽이 발을 빼냈다.

"크웨에엑!"

상관량이 크게 숨을 쉬었는데 음식물까지 토해내었다.

상관량은 헐떡거리며 무릎을 꿇었다. 어떻게 해서라도 살고 싶었으므로 울부짖었다.

"사… 살려주시오! 뭐든지 시키는 대로 하리다! 살려만 주시면 당장 중원을 떠나겠소이다!"

동천몽이 피식 웃었다.

상관량은 더욱 애절하게 매달렸다.

"대법왕님, 소인을 불쌍히 여기시어 자비를 베푸소서. 소인은 지난날의 인생을 반성하고 뉘우치며 진심으로 피해를 끼친 동 각주님과 많은 무림인들에게 사죄드립니다."

"일목, 이자가 진짜 상관량 맞느냐? 아버지, 잘 보십시오. 이놈이 그 상관량 맞습니까?"

한쪽에 서 있는 동오룡을 돌아보며 물었다.

동오룡이 아무 말 없이 길게 한숨을 내쉬었다. 불과 오늘 아침까지만 해도 상관량은 독야청청했다. 영원히 쓰러지지 않을 것 같았고 끝없이 푸르게 가지를 뻗으며 중원을 호령할 것 같았다.

퍼억!

피범벅이 된 이마를 찧으며 흐느꼈다.

"흑흑! 살려주십시오, 대법왕님! 소인을 살려주십시오!"

동천몽의 표정이 굳어졌다.

살려달라고 끝없이 절을 하고 이마를 땅에 박는 상관량에게서 갑자기 소름이 끼쳤다. 그것은 마치 살려주기만 하면 수단과 방법을 가리지 않고 오늘 당한 수모를 갚겠다는 증오 같았다.

'실로 무서운 자다!'

동천몽은 상관량의 실체를 적나라하게 보고 있었다.

절대 살려줘서는 안 된다. 후일이 두려워서가 아니라 절대 선인이 될 수 없었고 개과천선과는 거리가 먼 품성이었다.

동천몽의 오른발이 이마를 땅에 대고 있는 상관량의 백회혈을 정확히 찍었다.

뻑!

"컥!"

짧은 비명을 흘리며 날아간 상관량이 바닥에 떨어졌는데 조용했다. 백회혈이라는 사혈을 격중당해 즉사한 것이었다. 죽은 상관량의 시신을 바라보는 동천몽은 조용히 신음을 흘렸다. 시체인데도 가공할 요기가 뻗어 나오고 있었다. 그것은 죽었지만 본능적으로 증오를 내뱉고 있다는 뜻이었다.

잠시 죽은 상관량을 쳐다보던 동천몽은 천천히 부친에게로 다가갔다. 그러자 부친이 걸음을 옮겼다. 동천몽은 부친의 뒤를 본의 아니게 따라가게 되었고 두 사람은 연못가로 향했다.

두 사람은 나란히 서서 한동안 말이 없었다. 일목도 분위기를 눈치 챈 듯 사라지고 없었다.

"물어볼 것이 있느니라. 넌 누구냐?"

동오룡이 고개를 돌렸다.

느닷없는 질문이다.

"난 네가 누군지 아직 모르겠구나."

동천풍이 가만 미소를 지었다.

"왜 그런 막강한 힘을 갖고 있었으면서도 집안이 이토록 풍비박산이 나도록 방관했느냐는 항의 같군요?"

동오룡이 매섭게 소리쳐 말했다.

"맞다! 이 아비에게 복수를 하려고 그랬던 것이냐? 형들과 널 차별한 아비가 미워 망하도록 내버려 둔 것이냐? 그래서 이제 망했으니 속이 시원하느냐?"

툭!

조금 전 사라졌던 일목이 허공에서 떨어졌다.

등 뒤에서 인기척이 들리자 두 사람 모두 멈칫했고 일목이 말했다.

"대법왕님께 맞아 죽을 각오를 하고 한마디만 하겠사옵니다. 동오룡 각주님, 말씀 가려 해주십시오. 옆에 계신 분은 아드님이기도 하지만 우리 모두의 주인이고 어버이신 대법왕님이시옵니다. 세속의 도를 누구보다도 아는 소인이기에 넘어가지만 만약 이 자리에 사대법왕이 있었다면 이미 큰 사단이 나도 났을 것입니다. 그럼."

일목이 사라졌다.

그러자 동오룡이 웃었다.

"헛헛헛! 착착 죽이 맞는구나. 네놈이 아무리 대법왕일지라도 내게는 자식일 뿐이다. 명심해라. 내 입에서 고운 말 나오기를 기대하고 있다면 애당초 포기해라."

동천몽 역시 가볍게 웃음을 짓는다.

"혼자 생각하고 결정하는 버릇은 여전하시군요. 분명히 말씀드리지만 소자는 한 번도 아버님에게 대법왕으로서 지위를 인정해 달라고 하소연하지 않았고, 그럴 생각 없으니 오해 마십시오. 아무튼 하던 말은 계속하지요. 핏줄이 죄를 짓고 아주 나쁜 행동으로 많은 사람에게 상처와 슬픔을 주는데도 핏줄이란 이유 때문에 옹호하고 감싸줘야 하는 것입니까? 내 아버지이고 내 형님이면 어떤 잘못을 저질러도 악착같이 편들어줘야 하고 지켜줘야 합니까? 소자가 믿는 부처는 절대 그러지 말라고 했습니다. 아무리 부모 형제일지라도 잘못을 저질렀으면 깨우치도록 돕고 바르게 인도하라고 했습니다. 아버님이 저지른 죄와 아들이 지은 죄를 인정하지 않고, 힘을 갖고 있으면서도 소자가 원하는 그때그때에 손을 뻗어 도와주지 않은 것이 아주 섭섭한 모양이군요?"

"그렇다. 난 아주 섭섭하고 화가 난다. 힘이 있다면 널 죽였을지도 모른다."

"솔직한 말씀이군요. 하지만 소자는 아버님을 돕기 위해 대법왕이 된 것이 아닙니다. 어쨌든 소자에게 주었던 주루의 몫은 가져가겠습니다. 물론 본 궁으로 귀속시켜 빈민 구제에 쓸 것입니다."

"너에게 준 것이니 어떻게 쓰든 누가 뭐라고 하겠느냐? 다만 이 아비가 하고 싶은 말은."

동천몽이 말을 가로챘다.

"모든 화는 아버지와 형님이 자초한 것입니다. 저에게 책임 전가하지 마십시오. 아버님은 공존을 모르십니다."

"공존?"

"네, 공존 공영입니다. 아버님께서 약자를 짓누르고 그들에게 천상각이란 막강한 힘을 이용해 부를 축적했듯 강호인들 또한 무력이라는 것으로 아버님을 압박한 것입니다. 누구도 먹이사슬의 권좌에 영원히 앉아 있지는 못합니다. 그런데 아버님은 영원히 잡아먹는 위치에 있을 줄 알고 가혹한 횡포를 부렸죠. 약자와 어깨를 나란히 하고 살 때만이 더 큰 이익이 창출된다는 생각을 하지 않은 것입니다. 약자가 즐겁게 살 때 큰 득이 돌아온다는 생각은 하지 않았습니다. 강호인들이 아버님 가슴에 못을 박은 것처럼 아버님 또한 힘없는 군소상가와 상인들의 가슴에 말뚝을 부지기수로 박지 않았습니까? 소위 말하는 피장파장인 게지요."

"그래서 집안 망한 것이 잘됐다는 말이냐?"

"자초한 화라는 얘깁니다."

"내가 뭘 잘못했단 말이냐? 난 수많은 사람들을 먹여 살렸다."

"아니지요. 입은 비뚤어져도 말은 똑바로 하라고 했습니다. 그들이 아버님을 먹여 살린 거죠. 집안이 완전히 무너지면 그나마 아버님께서 보지 못했던 새로운 세상과 지나간 과오를 깨달을 줄 알았습니다. 그래서 그날 무림맹 무사들이 본 가를 점령해도 내버려 두었는데 어리석은 기대였군요. 아무튼 아버님이 그토록 믿고 의지했던 큰아들 소식을 전해 드리겠습니다."

"설마 형을 죽인 것은 아니겠지?"

동오룡의 눈이 타올랐다.

만약 죽였다면 용서하지 않겠다는 경고가 들어 있었다.

그런 부친의 모습을 보며 동천몽이 잔잔한 웃음을 지었다. 동천몽이 웃으며 얼른 소식을 말하지 않자 동오룡이 버럭 소리 질렀다.

"천비는 어딨느냐?"

"일목, 내 입으로는 더 이상 말하기 싫다. 네가 얘기하라."

툭!

일목이 다시 떨어져 내렸고 동오룡이 돌아섰다.

"내 아들은 어딨소?"

"각주님의 장자께서는 어머니를 겁탈하여 죽이고 사라졌사옵니다."

"……."

동오룡이 무슨 말인지를 모르겠다는 듯 머뭇거렸다.

일목이 다시 말했다.

천뇌(千腦) 몰(沒) 271

"지 어미를 겁탈하고 사라졌단 말이오. 각주님께서는 사람을 낳은 것이 아니라 짐승을 낳았더군요. 그 짐승의 이름은 동천비입니다. 충격을 견디지 못하고 부인께서는 혀를 깨물어 자결하셨습니다. 자세한 내용은 직접 조사하여 알아보십시오. 그럼 소인은 이만."

일목이 사라졌다.

동오룡은 믿기지 않은 듯 한동안 망연자실한 얼굴로 서 있었다.

"마지막으로 한마디만 더 하겠습니다. 어머니께서는 소자더러 형님을 도와주지 않으면 모자의 인연을 끊겠다고까지 협박하셨습니다. 그래서 하는 수 없이 목와북천의 위험에서 벗어날 수 있도록 해주었습니다. 소자가 돕지 않았다면 아마 붙잡혀 지금쯤 시신이 되었을 것입니다."

동천몽이 걸음을 옮겼다.

넋이 빠진 모습으로 서 있던 동오룡이 소릴 질렀다.

"서라! 기다리거라!"

한달음에 달려와 동천몽의 앞을 가로막고 섰다.

"다시 말해보거라."

"그 더러운 일을 소자의 입에 다시 담으란 말입니까?"

"정말이냐?"

"훗훗! 믿고 싶지 않으신 모양이군요."

동천몽이 조용히 옆을 스쳐 걸어갔다.

동오룡은 여전히 눈만 깜빡거리며 서 있었다.

"일목, 당장 목와북천에 귀띔해 주어라. 무림맹 좌본영이 완전히 무력화되었다고."

"존명!"

일목이 사라지는 듯했다.

동천몽은 천천히 백록동서원에서 자취를 감추었다.

파죽지세라고 했다. 팽팽하던 싸움에서 무림맹 쪽이 기울기 시작하더니 순식간에 밀리고 말았다. 한 번 균형이 무너진 싸움은 일방적으로 흘렀고 불과 보름 사이에 무림맹은 호남성은 물론이고 광동과 북건만을 남기고 천하의 모든 땅을 목와북천에게 내주고 말았다.

마침내 철옹성 같던 무림맹의 시대가 저물고 있었다. 소림을 포함한 구파일방과 사대문파는 일제히 본거지를 버리고 광동으로 몰려들었다. 불과 며칠 사이에 광동성은 발 디딜 틈 없이 목와북천의 치하에서 살아남기 위해 피난 온 정파무림인들로 가득 찼다.

"아미타불!"

소림의 우공 선사가 연거푸 탄식에 가까운 불호를 외웠다.

소림은 나부산에 있는 대불사에 임시거처를 마련했다. 거처를 마련했다기보다는 대불사로부터 제공을 받은 것이었다. 과거 현 대불사의 방장 용천 선사는 달마의 진경을 구하러 소림을 찾았다. 소림은 대가람으로 천하 각처에서 달마의 진경을 얻고자 수많은 승려들이 몰려든다. 그래서 어지간한 사찰의 방장은 제대로 대접을 기대하기가 무리인데 당시 용천 선사는 융숭한 우대를 받았고, 그 일을 잊지 않고 이번에 소림을 받아들인 것이다.

그러나 하루 이틀이지 끝없는 피난 생활, 특히 정세를 회복할 가능성이 없었기에 우공 선사의 이마는 갈수록 찌푸려졌다. 자칫 소림의 역사가 끊길 수도 있었기 때문이었다.

우공 선사는 대불사 회형각 앞마당에 있는 용석(龍石)의 머리에 앉아 연신 탄식을 내뱉었다.

"아미타불!"

우공의 이마는 잔뜩 찌푸려졌다. 목와북천의 복건과 광동의 함락도 지금 추세를 보면 오래 걸리지 않을 것 같았다. 지난 수백 년 동안 무림맹은 나태해졌다. 특히 강력한 경쟁자인 흑도가 제 힘을 발휘하지 못하면서 무림맹은 썩기 시작했다. 적이 없으면 반드시 안으로부터 썩는다. 그 결과가 지금 나타나고 있었다.

목와북천은 가만있지 않을 것이었다. 그동안 당한 서러움과 분풀이를 톡톡히 할 것이다. 이미 곳곳에서 보복성 피바람이 불고 있었다.

소림의 제자들 모두가 이곳으로 피신한 것은 아니었다. 일부는 신분을 감추고 천하를 떠돌기 시작했고 목와북천에 알려진 인물들만 이곳으로 옮겨왔다. 엄밀히 따지면 제 한목숨 살고자 도망쳐 온 것이었다.

"방장 스님."

명철이 쭈뼛거리며 눈치를 보더니 입을 열었다.
우공 선사가 쳐다보자 입을 열었다.
"언제까지 대불사 신세를 지실 생각입니까?"
"벌써 답답한 게로구나?"
"솔직히 그렇사옵니다. 눈치도 보이고, 남의 집에 얹혀 사는 사람들의 기분을 이제야 알겠사옵니다."
"그래서 옛 말에 초가삼간 오막살이도 내 집이 가장 편하다고 했느니라."
그때 우공 선사의 고개가 돌아갔다.
회형각을 올라오는 산길에 한 사내가 나타났기 때문이었다. 절간에 검은 속의 차림의 사내가 나타난 것도 이채로웠지만 지금은 살벌한 전쟁 중이었다. 아래서 출입자를 엄밀히 경계하고 있는 것이다. 목와북천에서 자객을 보내 무림맹 간부들의 목을 노린다는 정보가 입수되었기 때문이었다.
흠칫!
우공 선사가 다시 놀랐다.
흑의사내 주위로 보이지 않는 기세의 흐름이 느껴졌다. 그것은 누군가 숨어서 흑의사내를 시위하고 있다는 뜻이었다. 자신 같은 절정고수의 감각에도 제대로 잡히지 않은 것을 보면 암중인물의 무공은 자신의 아래가 아니라고 생각했다.
스윽!
자신도 모르게 일어섰다.

그제야 명철 또한 눈이 커졌다. 우공 선사가 자리에서 일어날 정도면 다가오는 흑의사내가 범상치 않다는 의미였다.

저벅저벅!

동천몽이 주위를 휘둘러보더니 우공 선사를 향해 합장을 했다.

"아미타불!"

우공 선사 또한 조용히 합장으로 맞이했다.

"포달랍궁 대법왕 상천감초라 하오."

"대… 대법왕!'

명철이 기겁했다.

우공 선사 또한 눈을 부릅뜨더니 동천몽을 다시 한 번 살폈다.

"혹시 천상각의 막내 공자이신?'

동천몽이 가볍게 웃었다.

"동천몽이오."

"허어! 대법왕께서 그냥 오신 길은 아니실 것이고, 노납을 만나기 위해 이렇게 어려운 발걸음을 하시었습니까?'

"본왕이 나름대로 알아보았는데, 백팔나한을 이끌고 계시던 금수 선사께서 아버님을 적지 않게 도와주셨더군요."

"별것 아닙니다. 한때 동오룡 각주로부터 적지 않은 도움을 받은 것을 조금 돌려드린 것뿐이지요."

금수 선사가 상관량의 공석을 이용해 부친께 귀띔하여 동천비를 빼돌리도록 한 것이었다. 물론 동천비를 살려주어 모친께서 그런 치욕을 당했다고 생각할 수 있지만 그것은 지나친 확대 해석이었다. 부친을 도와준 고마움은 고마움대로 인사를 해야 하는 것이 도리이다.

"그럼."

동천몽이 몸을 돌렸다.

순간 우공 선사의 얼굴이 돌덩이처럼 차가워졌고 명철 또한 경악의 얼굴을 하였다.

동천몽이 곧바로 돌아섰다는 것은 그 말 말고는 현 강호 정세에 관해서, 무림맹의 위기에 대해서는 일체 관심이 없다는 뜻이었다. 좀 더 엄밀히 해석한다면 무림맹에 관해 아주 감정이 좋지 않다는 뜻이기도 했다.

동천몽이 사라졌다.

우공 선사는 한동안 얼어붙은 듯 서 있었는데 가슴이 천근만근 무거워졌다. 목와북천도 벅찬데 그보다 더욱 강한 적을 두었다는 본능적인 느낌을 받았기 때문이었다.

"아마 몰래 잠입해 온 것 같사옵니다."

우공 선사가 고개를 끄덕였다.

검문을 받고 들어오지는 않았을 것이다. 정문을 통해 들어왔다면 이미 연락이 왔을 것이다. 대법왕의 무공이면 아무리 소림의 승려들이 엄한 경계를 서고 있다고 해도 간단히 뚫을 수 있을 것이었다. 문득 맹주를 비롯한 상관량 등 일부 간부들이 천상각을 갖은 방법과 수단을 동원해 협박하고 은자를 갈취했다는 것을 상기시켰다.

"그냥 돌아갔다는 것은 은원을 확실히 하겠다는 것이겠지요?"

명철이 물었다.

우공이 다시 고개를 끄덕였다. 일단 은(恩)을 확실히 정리한 뒤 본격적으로 원(怨) 갚음에 나서겠다는 방문이 틀림없었다.

우공 선사는 다시 불호를 중얼거렸다. 엎친 데 덮친 격으로 포달랍궁까지 무림맹의 목을 죄어오고 있었다.

바로 그때, 조금 전 동천몽의 입에 오르내렸던 금수 선사가 나타났다.

"방장 스님, 상관량 총관의 시신이 목와북천의 수중에 있다 하옵니다."

"목와북천이 손을 썼단 말이냐?"

"시신만 확보했지, 자신들이 벌인 일은 아니라고 인정했다 하옵니다."

"대법왕이로군."

우공 선사가 신음을 흘렸다.

그냥 방문한 것이 아니다. 금수 선사의 보고와 때를 맞추어 자신의 존재를 확실히 이쪽에 심어주겠다는 나름대로 치밀한 방문이 분명했다.

정도의 명숙 중 일부는 동오룡의 막내아들을 주목하라고 공공연하게 말하고 다녔다. 하지만 누구도 천상각의 막내아들을 주목한 사람은 없었다. 동천비를 비롯한 전부인에게서 난 자식들의 존재가 워낙 컸기에 아무도 동천몽에 관심을 가진 사람은 없었다.

 우공은 정도 명숙들의 말을 따라 조심스럽게 지켜보았다. 그러나 그토록 염려할 정도의 그릇은 아니라고 생각했는데 자신의 눈이 철저히 틀렸음을 오늘 깨달았다.

 '길은 없다!'

 우공 선사가 무림맹의 미래를 장담했다. 무림맹은 죽음은 있어도 생존의 길은 없었다. 우려를 하면서도 결코 그런 일은 없을 것이라는, 무림맹이 무너지는 일은 절대 벌어지지 않을 것이라고 확신했는데 정말로 궤멸될 수도 있다는 것을 피부로 느끼기 시작했다. 동천몽이라면 충분히 그러고도 남을 수 있다는 것이 우공 선사가 내린 결론이었다.

 갑작스럽게 무림맹이 이렇게 몰리기 시작한 것도 어쩌면 동천몽의 짓인지 몰랐다.

 단지 백쾌섭과 다른 점이 있다면 대화가 통할 수도 있다는 가능성이었다. 어차피 천상각의 역사가 무림맹과 궤를 같이한 이상 어떤 기회를 잡아 매달리던지 사정을 하면 최악의 결과를 방지할 수도 있을 것 같았다. 요는 누가 그의 마음을 돌리느냐였다. 단단하게 얼어붙어 있는 마음을 어떤 식으로 녹이느냐였다.

 '그것뿐이다!'

 그의 마음을 녹일 수 있는 방법이 떠올랐다. 그 방법 말고는 길은 없었다.

 "맹주는 지금 어디 계시느냐?"

느닷없이 남궁천의 행방을 묻자 명철이 더듬거렸다.
"제자가 알기에 맹주님께서는 지금 무이산에 계시는 줄 아옵니다."
"가자, 길을 채비해라."
"맹주님을 왜?"
명철의 눈이 커졌다.
무림맹주와 우공 선사는 한 배를 탔지만 무척 서먹서먹했다. 우공 선사는 애초부터 남궁천에게 무통령이 내려지는 것을 결사적으로 막았던 사람 중 한 명이었기 때문이다. 만약 우공이 소림의 장문인이 아니었다면 남궁천의 성격으로 보아 이미 죽였을 것이다. 워낙 천하무림으로부터 신망이 두텁고 소림이라는 강호제일방파의 수장이라는 상징성 때문에 살려둔 것이라고 대부분의 명숙들은 판단하고 있었다.

第九章
형제 조우

무이산(武夷山)은 복건과 강서의 경계에 있었다. 무이산을 중심으로 북동에서 남서로 무이산맥이 형성되어 있는데 그중 가장 아름다운 것은 죽림(竹林)과 차이다.
  뭐니 뭐니 해도 차 중에 으뜸은 죽림 속에서 자라나는 것이다. 대나무 잎이 햇빛을 적당히 차단시켜 주고, 특히 대나무 잎에 맺힌 이슬[天露]을 먹으며 성장하기 때문이었다. 그래서 무이산에서 나는 차를 철관음(鐵灌音)이라고도 한다.
  쏴아아!
  바람에 대나무들이 파도처럼 일제히 한 방향으로 쓰러졌다가 다시 일어서기를 반복했다.
  죽림 속에 다섯 채의 전각이 세워져 있었다. 무이산의 또 하나 자랑거리인 문공서원이었다.

그런데 서원에 글을 읽거나 배우는 선비는 없고 검을 휴대한 흉흉한 차림의 무인들이 빈번히 들락거렸고, 조용한 죽림 한곳에 한 노인이 뒷짐을 지고 우두커니 서 있었다. 잔뜩 이마를 찡그린 것이 뭔가 심각한 고민거리를 갖고 있는 듯했다.

수시로 부하들로 보이는 사람들이 다가와 몇 마디 보고를 하고 사라지기를 벌써 두 시진째. 그러나 백의노인은 여전히 이마를 찡그린 채 돌아보지도 않았다.

밑으로부터 올라온 보고라는 것이 인상을 펼 수 없는 것들이었다. 부하들의 보고를 종합해 보면 대륙의 함락은 이제 시간문제라는 것이었다. 마침내 악몽 같은 흑도시대가 코앞으로 다가온 것이었다.

"으음!"

남궁천은 연신 신음을 흘리며 생각을 해봤지만 대책이 없었다.

흑도천하가 되면 구파일방과 사대세가부터 씨를 말릴 것이고 점차 군소문파로까지 피바람은 확대될 것이다. 또한 두 번 다시 일어나지 못하도록 정도무림의 인물이라면 개미 한 마리 남기지 않고 모두 죽일 것이며 무공 기서들 역시 모조리 불태우고 빼앗을 것이었다.

"주군."

차우가 모습을 드러냈다.

"우공 선사가 찾아왔습니다."

차우는 보고 후 곧바로 떠나갔다.
"그 늙은이가?"
대번에 남궁천의 얼굴이 굳어졌다.
이번 전쟁이 이렇게 밀리는 데 소림의 책임이 적지 않았다. 소림만 처음부터 좀 더 적극적으로 나서줬어도 이런 비참한 지경에까지 이르지는 않았을 것이었다.
"아미타불! 맹주, 그간 별고없으셨소이까?"
우공이 가벼운 미소를 지으며 다가왔다.
남궁천은 쌀쌀맞은 표정으로 말했다.
"연락도 없이 갑자기 웬일이오?"
금방이라도 검을 뽑아 목을 베어버리고 싶다.
"오면서 들었는데 전황이 최악이더구려. 얼마나 버틸 것 같소이까?"
"모르겠소."
남궁천의 말투는 차가웠다.
우공 선사가 조용히 말했다.
"방법이 있소이다."
남궁천의 눈이 커졌다.
절대 함부로 입을 열지 않는 우공 선사에게서 방법이 있다는 말이 자신있게 나왔다는 것은 곧 승리로 직결된다고 봐도 무방했다.
남궁천이 침을 삼켰다. 조금 전 쌀쌀하던 태도는 물에 씻겨 사라진 듯 찾아볼 수가 없었다.

"뭐요? 어떤 방법이오?"

"맹주께서 해야 할 일이오."

"내가?"

"맹주께서 그를 찾아가시오. 동천몽 말이오."

순간 남궁천의 표정이 얼음처럼 차가워졌다.

살기까지 뻗으며 말했다.

"지금 누굴 찾아가라고 했소?"

"천상각의 막내아들 동천몽 말이오. 포달랍궁의 대법왕을 찾아가 무릎을 꿇고 과거의 잘못된 행동을 반성하면서 용서를 구하시오."

번쩍!

남궁천의 옆구리에 매달린 검이 뽑혀 나와 우공 선사의 목 젖에 들이대어졌다.

"다시 한 번 말해보시오?"

우공 선사는 낯빛 하나 변하지 않고 말했다.

"무림맹이 살아날 수 있는 길은 맹주가 그분을 찾아가 두 손이 닳도록 삭삭 비는 것이오. 맹주는 지난날 너무 큰 죄를 동오룡과 천상각에 지었지 않소이까?"

"소림의 장문인이라고 봐줬더니 네놈이 뒈지고 싶나 보구나."

꾸욱!

검끝이 바르르 떨렸다.

검끝이 떨며 우공 선사의 목주름을 건드렸고 핏방울이 흘러내렸다. 그러나 우공 선사는 여전히 표정 하나 변하지 않았다.

"다시 말해보거라. 뭐라고 했느냐, 이 미친 땡초 놈아!"

"대법왕을 찾아가 한 번만 자비를 베풀어달라고 울며 통곡하라고 했소이다."

푸욱!

검이 그대로 목을 찔렀다.

"뭐라고 했느냐? 다시 한 번 지껄여 보아라."

우공 선사는 여전히 표정 변화 없이 말했다.

"정도무림을 살리고 싶거든 당장 그분을 찾아가 살려달라고 통곡하며 애걸하시오. 그 방법이 아니고서는 우리 무림맹은 영원히 지하세계로 쫓겨갈 것이오."

화아아!

그대로 검을 비틀었다. 그러자 목뼈 잘라지는 소리가 들리며 피가 사방으로 튀었고 목에 커다란 구멍이 만들어졌다.

핏물이 우공의 가슴을 타고 폭포수처럼 흘러내린다.

"네놈이 정녕 날 끝까지 모욕할 셈이냐?"

"아… 아미타불! 한순간 어리석은 판단이 천하대세를 그르쳤구나. 누구를 탓할 것인가? 우매한 우리 인간들이 불러들인 화이거… 늘."

검이 꽂혀 있어 쓰러지지는 않았지만 숨이 끊어진 듯 목이 꺾였다.

"패 죽일 땡초가 끝까지!"

와드득!

미친 듯이 검을 돌렸고 끝내 목이 잘려지며 몸통과 목이 따로 지면을 나뒹굴었다. 죽은 시신을 쏘아보는 남궁천의 관자놀이가 거칠게 씰룩거렸다.

"허걱!"

또다시 나타난 차우가 기겁했다.

차우는 황급히 주위를 살폈다. 혹시 다른 사람들의 눈에라도 띄면 큰일 나기 때문이었다. 정신적 지주이기 때문에 우공의 죽음을 사람들이 본다면 흔들릴 것이고 소문이 퍼져 나가면 무조건 해롭다.

다행히 우공 선사를 수행해 온 명철은 죽림 밖에 있다.

"무슨 짓이냐?"

차우가 우공 선사의 시신을 향해 오른손을 뻗었다.

삼매진화를 일으켜 우공 선사의 시신을 태워 없애려는 것이었다. 한 가닥 지푸라기 같은 힘이라도 필요한 지금 우공의 죽음이 알려지면 소림이 돌아설 것이다.

"내버려 둬라. 더 이상 소림 따위에 연연하지 않겠다."

남궁천이 다시 한 번 시신을 노려보더니 차우를 향해 말했다.

"또 무슨 일이냐?"

"포달랍궁이 다가오고 있사옵니다."

흠칫!

남궁천이 눈을 크게 떴다.

"포달랍궁의 정예들인 천룡구십구불과 백팔밀승이 이곳으

로 몰려오고 있사옵니다."

"왜? 그들이 왜 이곳으로 온단 말이냐?"

"모르겠사옵니다."

"그런 엄청난 무사들이 떼를 지어 서장을 빠져나오는데도 우린 여태껏 모르고 있었단 말이냐?"

차우는 아무 말도 하지 않았다.

사실 남궁관이 죽기 직전까지는 그다지 포달랍궁을 경계하지 않았다. 물론 목전의 목와북천이 워낙 드세게 나와 시선을 다른 곳에 돌릴 틈이 없었다는 것이 정확했다.

그런데 남궁관이 대법왕의 손에 죽었다는 것이 밝혀지면서 그들의 일거수일투족을 감시했지만 이미 때는 늦었다.

완전한 변수였는데 다시 한 번 남궁천이 죽은 우공 선사를 쳐다보았다. 조금 전 대법왕에게 무릎을 꿇고 사죄하는 길만이 무림맹이 생존을 유지할 수 있는 길이라고 했다.

"정확한 위치는 어디이냐?"

"태화봉입니다."

태화봉이면 강서 쪽에 있는 무이산의 한 봉우리였다.

아무리 절정의 고수들이라고 해도 산세가 워낙 험하여 넘자면 상당한 시간이 걸릴 것이다.

'그렇다면!'

갑자기 남궁천의 눈이 야릇해졌다. 좋은 방법이 막 떠오른 것이었다.

"회의를 소집해라."

"예!"

차우가 사라졌고 다시 한 번 우공 선사의 시신을 쳐다보던 남궁천이 냉소를 터뜨리며 죽림에서 사라졌다.

일단의 인물들이 거대한 절봉 앞에 서 있었다. 모두 이백여 명가량 되었는데 검은 가사를 걸친 승려들이었고 온몸에서 패도적인 기세가 쏟아져 나왔다.

"태화봉이옵니다."

덕배 선사가 절봉을 가리키며 말했다.

"위험하긴 하지만 곧바로 넘는 것이 좋지 않겠는지요?"

"아니다. 힘들게 넘을 것 있느냐? 좌측으로 우회하는 것이 나을 것이니라."

동천몽이 고개를 내젓자 덕배 선사가 놀란 표정으로 쳐다보았다.

이곳은 전쟁 지역이고 목와북천의 구역이었다. 그래서 필시 그들의 제지를 받을 것이 뻔했다.

"대법왕이시여."

덕배 선사가 이의를 제기하고 나섰다. 곧바로 넘으면 위험하고 시간이 걸리긴 해도 목와북천과 만날 일은 거의 없다. 여러모로 좋았다.

하지만 동천몽의 뜻대로 좌측으로 우회하면 목와북천의 무사들과 조우하게 된다.

모두가 덕배 선사와 같은 생각을 하고 있었기 때문에 시선들이 다시 한 번 동천몽을 향했다.

동천몽이 가벼운 미소를 지었다.

"우리의 움직임을 본왕이 왜 남궁천에게 들어가도록 해주었는지 아느냐?"

사실 포달랍궁이 움직이고 있다는 정보를 무림맹 귀에 흘러 들어 가도록 해준 인물이 바로 동천몽이었다.

"남궁천은 우리가 태화봉을 넘어 자신들의 본영에까지 도착하는 데 이틀 정도를 예상하고 있을 것이다. 문제는 우리가 온다는 것을 알면서도 피하거나 맞이할 수가 없다는 것이다. 목와북천도 벅찬데 빼낼 전력이 없다는 얘기지. 결국 남궁천은 우리의 움직임을 목와북천에 흘릴 것이다. 자신들이 점령한 땅을 우리가 가로지르고 있다는 것을."

사람들의 눈이 빛을 냈다.

동천몽이 가벼운 미소를 지으며 말했다.

"남궁천의 귀띔을 받은 목와북천은 자신들이 피 흘려 점령한 땅에 제삼의 세력이 무단침입하여 이동한다는 것은 절대 묵과할 수 없는 일이겠지. 그래서 우리 앞길을 막거나 공격을 하리라는 것이 남궁천의 생각일 것이다."

모두가 고개를 끄덕였다.

동천몽의 말처럼 목와북천이 가만있지 않을 것은 분명했다.

"하지만 그건 바보 같은 생각이다. 난 백쾌섬에게도 내 움직임을 가르쳐 줬다. 물론 표적은 자신들이 아니라 남궁천을 치기 위해 지나가는 길이라고."

목와북천은 길을 터줘 오히려 빨리 지나가기를 기대할 것이다. 문제는 남궁천의 끝없는 자가당착이라는 것이다. 그는 목와북천이 우릴 막을 것이라 예상하고 이곳 무사들을 다른 곳으로 이동시킬 것이다.

한 올의 힘도 아쉬운 판국이다. 목와북천이 날 제지할 것이기 때문에 그 틈을 노려 다른 쪽을 공격해 좀 더 우세하게 전황을 이끌어보겠다는 잔머리를 굴릴 것이 뻔했다.

덕배가 놀란 표정을 지었다.

"하오시면 우리가 가는 길은 지금 텅 비었다는 것 아닙니까?"

"비었을 것이다."

동천몽은 자신했다.

그리고 예상대로 무인지경이었다. 누구도 앞을 막지 않았고 무림맹도 목와북천의 무사들도 보이지 않았다. 설마하며 움직이던 포달랍궁의 무사들은 내심 탄복을 금치 못했다.

자신들의 대법왕은 학문이 짧을 뿐 잔머리 하나만큼은 천하제일이었다.

쏴아아!

멀리 녹색의 바다가 눈에 들어왔고 그 안으로 서 있는 조그만 장원이 문공서원이었다. 문공서원에는 여전히 무림맹 무사들이 바쁘게 움직이고 있었다. 잠시 문공서원을 보던 동천몽이 조용히 명령을 내렸다.

"덕배."

"하명하소서, 대법왕님이시여."

"문공서원을 포위해라. 단 한 명도 빠져나가지 못하도록 완벽히 막아라."

뒤를 따르던 이백여 명의 무사들이 일제히 기러기 떼처럼 좌우로 나뉘어졌고 순식간에 사라져 버렸다.

털썩!

동천몽은 문공서원이 내려다보이는 산비탈의 바위에 주저앉았다.

툭!

풀 잎사귀 한 개를 뜯어 양손 엄지손가락 사이에 끼었다. 입을 대고 훅 불자 삐이이 하며 소리가 흘러나왔다. 어려서 친구들과 뒷동산에 올라 풀잎으로 만든 피리를 만들어 불었다.

동천몽이 풀잎을 만들어 부는 피리 소리가 조용한 산속을 굽이치며 흘러갔다.

삐리리리!

한참 풀피리에 취해 있을 때 일목이 날아왔다.

"포위를 마쳤다는 소식이옵니다."

"그래, 가자꾸나."

동천몽이 자리에서 일어나 몸을 날렸고 뒤를 일목이 따랐다.

졸지에 외부와 차단된 문공서원 내의 무림맹 무사들은 기겁했다. 몇 명의 무사가 포위망을 뚫기 위해 공격을 했지만 오히려 생명을 잃고 말았다.

"모두 몇 명이나 되느냐?"

동천몽의 질문에 덕배가 허리를 구부렸다.

"정확한 숫자는 모르옵니다. 대략 칠팔십여 명 될 것으로 추정하옵니다."

이들은 전투 숫자라기보다는 남궁천의 호위무사들이라고 봐야 했다.

동천몽이 문공서원의 진입로를 따라 죽림 안으로 들어섰다.

앞을 막는 사람도 없었고 길 좌우로 펼쳐진 죽림은 정적에 휩싸여 있었다.

예상대로 입구를 지나쳐 서원 앞마당에 이르자 무사들이 집단으로 웅성거리며 몰려 있었다. 모두들 예상 못한 사태에 당황한 모습이었는데, 문득 동천몽이 피식 웃음을 흘렸다.

뒤를 따르던 일목이 쳐다보았다. 웃음에 담긴 의미가 뭐냐는 질문이다.

"역시 늙은 여우로군. 남궁천은 없다."

남궁천이 없다는 말에 일목의 눈이 커졌다.

일목의 시선이 무사들 사이를 헤집었다. 동천몽의 말처럼 남궁천의 얼굴은 보이지 않았다.

변장하고 있을 수도 있지 않느냐고 물으려다 입을 다물었다. 천하에 있는 어떤 변장술도 동천몽 정도 되는 고수에게는 통하지 않는다.

동천몽을 발견한 무사들이 검을 뽑아 들고 매서운 시선으로 노려보았다. 그들은 아직 동천몽의 신분을 알지 못하는 눈치였고 단지 일목의 행색에 흠칫했다.

"덕배!"

동천몽이 전음을 날리자 덕배의 대답이 들려왔다.

동천몽은 곧바로 명령을 내렸다.

"모조리 죽여라. 한 명도 살려두지 마라."

동천몽의 명령이 떨어지자마자 포위하고 있던 포달랍궁의 무사들이 일제히 몸을 날렸다. 순식간에 마당을 뒤덮은 포달랍궁의 무사들을 보며 앞마당의 무사들 얼굴에 공포의 그림자가 드리워졌다.

촤악!

포달랍궁 무사들의 공격이 시작되었다.

잔뜩 겁에 질려 있던 무사들 또한 비명에 가까운 악을 쓰며 달려들었지만 실력의 차이가 너무 컸다.

천룡구십구불과 백팔밀승은 포달랍궁의 간판이었다. 그들의 일수 일수에는 일백 년 가까운 힘이 실려 있었다. 거센 태풍에 휘말린 낙엽처럼 무림맹 무사들은 비명을 양산하며 목숨을 잃어갔다.

한편 동천몽은 죽림 한곳에 버려진 낯익은 시신을 바라보고 있었다. 우공 선사였는데 입가에 미소가 맺혀 있었다.

동천몽의 눈빛이 가볍게 흔들렸다. 미소를 지으며 죽은 우공 선사를 보면서 한 가지 생각이 떠올랐기 때문이다. 어려서 아버지를 따라 딱 한 번 원행에 나선 적이 있었다. 천축을 다녀오던 길에 수행 중인 승려의 주검을 발견했는데 몽둥이처럼 비쩍 마른 것이 굶주려 죽은 듯했다. 그런데도 승려의 입가에는 한줄기 평온한 미소가 떠 있었다. 결코 억지로 만들어지지 않은 아주 행복한 미소였고, 그때 동천몽의 머릿속을 채우는 것 하나가 바로 죽음과 웃음이었다.

과연 어떤 사람들이기에 죽는 것처럼 두려운 것이란 없는데 웃음을 지을까. 자신은 죽음이 다가오면 벌벌 떨며 미치도록 두려워할 것 같았다. 자신뿐만 아니라 주위에서 죽어가는 사람들을 보면 모두가 공포에 빠져 있었다. 살려달라고 아우성쳤고 살기 위해 온갖 방법을 다 썼으며, 죽지 않을 수만 있다면 무슨 일이라도 할 것이라고 소리쳤다.

그런데 놀라운 일이 벌어졌다. 그토록 무서운 죽음이 얼마 전부터 전혀 두렵지 않은 것이었다. 대법왕이 되면서부터 죽음에 관해 많은 생각을 했다. 지금 당장 죽는다 해도 슬프지 않고 두려워하지 않는 방법은 뭘까. 나름대로 틈나는 대로 생각했고 고민했으며 해답을 얻고자 노력했다.

아직 정답을 얻지는 못했지만 죽음이 그다지 두렵지 않다는 생각이 드는 건 확실했다. 죽음에 대한 두려움이 소멸되기 시작한 때는 대법왕에 오르면서부터였다. 아무튼 우공 선사처럼 웃지는 않아도 두려워 떨지는 않을 자신 있었다.

무릇 생명이 있으면 언젠가는 소멸된다는 부처의 말이 아니어도 죽음은 남의 일이 아니고 먼 훗날의 일은 더욱 아니며 자신 곁에서 항상 틈을 노리고 있다는 사실을 깨달은 것이었다.

불가에서는 그런 것을 깨우침이라고도 했고 득도라고도 불렀다. 그렇다고 자신이 득도에 이르렀다는 것은 아니었지만 아버지와 천축을 다녀오면서 보았던 그 궁금증이 조금은 풀리고 있었다.

"무(無)에서 왔으니 다시 무(無)로 돌아가는 것."

동천몽이 중얼거리며 손을 뻗었다.

강력한 극양의 기류가 쏟아지며 우공 선사의 시신이 순식간에 흔적도 없이 사라져 버렸다. 뼈까지 완전히 삼매진화에 타 버린 것이었다.

"끝났사옵니다."

돌아서자 덕배가 다가와 있었다.

동천몽이 천천히 서원을 향해 걸어갔다.

온 마당에는 핏물과 시신이 가득했다. 놀랍게도 싸움은 반각이 채 소모되지 않았다. 그리고 더욱 놀라운 일은 포달랍궁 무사들의 피해는 단 한 명도 없었다는 것이었다.

그들의 강함을 알고는 있었지만 생각보다 훨씬 절정의 인물들이었다.

"철수시켜라. 별도의 지시가 있을 때까지 대기하도록."

"대법왕님의 명을 받습니다. 나를 따르라."

덕배가 앞장서 몸을 날리자 순식간에 죽림에서 포달랍궁 무사들의 그림자가 사라졌다.

동천몽은 우두커니 서서 죽은 무림맹 무사들을 바라보았다. 얼굴에는 어떤 표정도 나타나지 않았다.

동천몽이 등을 돌려 걸어갔다. 동천몽의 모습이 죽림에서 사라지자마자 까마귀들이 벌 떼처럼 날아내려 시신들을 쪼기 시작했다.

마침내 무림맹이 항복을 선언했다. 마지막으로 남아 있던 광동과 복건까지 함락된 것이었다. 물론 곳곳에서 무림맹의 잔존 세력들이 저항을 하고 있지만 표면적으로는 완전한 흑도 천하가 이루어졌다. 천하의 주인이 바뀐 것이었다.

천하가 바뀌면서 가장 먼저 일어난 변화는 피바람이었다.

잃어버린 세월을 외치며 흑도의 보복은 조직적이고도 무차별하게 시작되었다. 먼저 무림맹에 충성했던 군소상가들이 피를 흘렸다. 그들이 장악하고 있던 상권과 시장을 완전히 풍비박산났고, 그동안 무림맹 눈을 피해 은밀히 흑도에 눈도장을 찍으며 자금 지원을 했던 상가들이 그들의 시장을 차지했다.

상가를 시작으로 불기 시작한 피바람은 중원 구석구석을 파고들었다.

오랫동안 무림맹이 지배해 온 때를 완전히 벗겨내겠다는 것이 흑도 고위층의 뜻이었다. 밑바닥에서부터 완전히 뒤집고 새로운 세상을 만들고 닦겠다는 의지였다.

하지만 천하의 물갈이, 목와북천의 뜻은 생각처럼 일사불란하게 이뤄지지 않았다. 무림맹이 지배했던 세월이 너무 길었고 단시간에 모든 것을 바꾸려 하자 혼란이 일어난 것이었다. 무림맹과의 격렬한 싸움으로 아직 상처도 채 아물지 않은 가운데 아래 구석구석까지 명령이 전달될 리가 없었다. 점차 천하는 엉망진창으로 빠져들고 있었다.

 고도 장안에 비가 내리고 있었다. 봄을 재촉하는 비였는데 비 때문인지 저잣거리는 한가했다. 얼마 전까지 장안의 저잣거리는 낮과 밤을 가리지 않고 흥청거렸다. 인근에 사천당문이라는 명문과 청성파와 아미파, 점창파까지 끼고 있었고 소속 문인들과 제자가 되고자 천하 각처에서 찾아오는 사람들, 그들을 상대로 장사를 하는 상인들까지 어루러져 장안은 사철 인파로 북적였다.
 그런데 지금 큰 비도 아닌 가느다란, 는개에 가까운 비인데도 저잣거리는 조용했다. 흑도천하로 인해 당문과 아미, 청성, 점창이 문을 닫았고 저잣거리의 상인들에게까지 타격이 미쳤다. 저잣거리에도 무시 못할 이권이 형성되는데 대부분이 무림맹과 연줄이 닿은 사람들이 지위를 누렸다. 그런데 흑도천하가 되자 그들이 모두 쫓겨나고 새로운 사람들이 그 자리를 차지한 것이다. 그러자 상인들까지 모두 자리를 떠나 거리는 횅했다.
 "아이고, 이놈들이 사람을 치네!"
 조용한 저잣거리 위로 비명에 가까운 외침이 터져 나왔다.
 "죽여라! 차라리 날 죽여, 인마!"
 마천루라고 쓰인 주루 앞 길가로 한 거렁뱅이 사내가 쓰러져 악을 쓰고 있었다.
 "사람 죽는다! 마천루 점소이 놈이 멀쩡한 손님을 팬다! 으아아아!"

거렁뱅이 사내는 어딜 맞았는지 비명에 가까운 신음을 터뜨렸다.

"쳐라! 더 쳐, 이 개놈아!"

거렁뱅이 사내가 벌떡 일어나 흉흉한 기세로 버티고 있는 점소이를 향해 돌진했다.

점소이의 눈이 커졌다.

"이 쉬발놈이, 진짜 죽고 싶나 보네. 그렇다면 죽어야지."

멧돼지처럼 대가리를 앞세우고 돌진해 오는 거렁뱅이 사내의 머리통을 옆에 놓인 장작개비를 들어 후려쳤다.

빠악!

"아이고, 내 머리 깨진다."

거렁뱅이가 머리를 감싸며 바닥을 나뒹굴었다.

점소이가 장작개비를 들고 쓰러져 뒹구는 거렁뱅이를 향해 다가갔다.

"제발 죽어라. 어서 죽어다오."

점소이가 장작개비로 마구 두들겼고 거렁뱅이는 죽는다고 소릴 질렀지만 지나가는 사람 누구도 나서 말리지 않았다.

"네놈이 무림맹 시대 때는 그런 방법으로 끼니를 해결했는지 모르지만 우리 흑도시대에는 안 통한다. 빨리 돈 내놔. 없으면 장기라도 기증해라."

점소이가 다시 장작개비를 쳐들어 올리자 탁 하며 누군가 팔목을 잡았다.

"이건 또 웬 파리야. 엇!"

자신의 팔을 뒤에서 잡은 사내를 돌아보던 점소이가 흠칫했다.

한 명의 흑의사내가 팔목을 잡고 있었다. 은근슬쩍 빼보려고 힘을 주어봤지만 꼼짝도 하지 않는다. 점소이 또한 한 완력 하는데 도무지 묶인 듯 옴짝달싹을 하지 않자 목소리를 낮췄다.

"보아하니 그냥 지나갈 수가 없어 나선 것 같은데 날 나쁜 사람이라고 생각하면 오산이오. 나쁜 놈은 저놈이오. 글쎄, 밥을 처먹고 돈이 없다고 드러눕지 않소. 그래서 일어나라고 멱살을 잡았더니 맞았다고 저 난리이오."

"얼마더냐?"

"손님이 주시려고요? 은자 닷 푼입니다."

흑의사내가 은자 닷 푼을 꺼내 점소이에게 건네주었다.

닷 푼을 받은 점소이가 다시 한 번 흑의사내를 보며 고개를 갸우뚱하다 안으로 들어갔다.

"나리, 고맙사옵니다. 나리께서는 이놈의 주인이십니다. 도와주신 김에 은자 한 냥만 어떻게 안 될까요?"

흑의사내가 다리를 붙잡고 늘어지는 거렁뱅이 사내를 가만 내려다보았다.

흑의사내가 자신을 내려보자 히죽 웃었다.

"너무 많나? 그럼 반 냥만?"

흑의사내가 길게 한숨을 내쉬었다.

"일어나시지요."

형제 조우 301

흑의사내가 존대를 하자 거렁뱅이 사내가 멈칫했다.

흑의사내가 버럭 소릴 질렀다.

"일어서란 말 안 들리오? 도대체 이게 무슨 꼴이오?"

거렁뱅이 사내가 깜짝 놀라며 일어났다.

매서운 눈빛으로 거렁뱅이 사내를 쏘아보던 흑의사내는 기가 막히다는 듯 비 내리는 하늘을 올려다보았다. 얼굴 위로 빗줄기가 떨어지는데도 흑의사내는 한동안 꼼짝도 하지 않았다.

"뉘… 뉘시오. 날 아시오?"

한참 얼굴에 비를 맞으며 서 있던 흑의사내가 천천히 시선을 내렸다.

뚫어져라 쳐다보던 흑의사내가 주루 안으로 들어서자 거렁뱅이가 잽싸게 뒤를 따라 들어갔다.

겨우 쫓아낸 거렁뱅이가 다시 들어서자 점소이가 앞을 막아서며 외쳤다.

"여기까지, 넌 안 돼."

"들여보내거라."

앞서 가던 흑의사내가 무거운 목소리로 말했다. 점소이가 안 된다고 말하려 했지만 흑의사내의 목소리에서 범상치 않은 기운이 느껴졌다. 슬며시 점소이가 앞을 비키자 거렁뱅이 사내가 쪼르르 달려가 흑의사내가 앉은 탁자 맞은편에 자리를 잡았다.

"소인 밥 사주려고요. 그러잖아도 먹긴 했지만 아직 양이 안 찼는데 감사하옵니다. 이봐, 뭐 하나? 여기 주문받아야지."

점소이가 쏘아보자 흑의사내가 말했다.
"시키는 대로 주거라. 내가 계산하겠다."
그제야 점소이가 다가왔다.
그러자 거렁뱅이가 다리를 꼬더니 목에 힘을 주고 말했다.
"그럼 시켜볼까? 여기 용구탕 되나?"
흠칫!
점소이가 깜짝 놀란 표정을 짓더니 더듬거렸다.
"아… 안 되는데?"
"발제탕은?"
"그… 그것도 안 돼."
"그럼 발육호상육은 되겠지?"
점소이가 인상을 썼다.

거렁뱅이가 말한 요리들은 하나같이 최고급들이었다. 워낙 고가이기 때문에 일 년 가도 한 그릇 팔릴까 말까 하여 이 년 전부터 취급을 하지 않는다.

"그럼 뭐가 되나?"
마음 같아서는 한 대 쥐어박고 싶었지만 흑의사내 눈치를 보며 꾹 눌러 참았다.
"서돈육과."
"아, 쥐새끼와 돼지 살코기 섞은 편육 말하는군. 그런 후진 것 말고는 없나?"
이쯤 되면 부처님이라도 폭발해야 한다.
점소이는 더 이상 참을 수가 없었으므로 주먹을 쳐들었다.

"상놈의 새끼가!"

"만두 이 인분 주게."

점소이가 고개를 돌렸다. 흑의사내가 조용히 다시 말했다.

"거지 주제에 아직 정신을 못 차린 것 같네. 만두 이 인분 가져다주게."

"알겠습니다."

그러면서 거렁뱅이를 죽일 듯 노려보고 돌아갔다.

거렁뱅이가 흑의사내를 향해 따지듯 말했다.

"대협님, 이왕 보시를 하시려거든 화끈하게 고급으로 하실 일이지 만두가 뭡니까? 내가 지금 만두 따위를 먹게 생겼습니까?"

흑의사내가 혀를 찼다.

"쯧쯧! 찬밥 더운밥 가리는 걸 보니 아직 정신 차리려면 멀었군. 그나저나 그 많은 돈 다 어디다 버리고 그렇게 거지꼴이 되었소?"

흠칫!

거지가 눈을 가늘게 좁혀 떴다.

뱀 눈처럼 좁혀 흑의사내를 살폈다. 자신은 얼마 전까지 천하에 누구도 부러워하지 않을 만큼 돈이 많았다. 그런데 사기를 당하고 완전히 알거지가 된 것이다. 그런데 흑의사내의 말투를 들어보니 자신의 과거를 훤히 알고 있는 눈치였다.

"나… 날 아시오?"

"알지."

안다는 말에 거렁뱅이의 눈이 더욱 가늘어지더니 흑의사내를 다시 살폈다. 그러나 아무리 살펴도 아는 사람은 아니었다. 언뜻 닮은 사람은 있긴 했지만 그 사람일 가능성은 전혀 없었기 때문에 다시 물었다.

"날 어떻게 아시오? 난 대협님을 처음 봅니다만?"

"그래요? 난 당신을 잘 아오."

자신을 잘 안다는 말에 기쁘면서도 한편으로는 신경이 쓰였다. 자신이 알고 있는 사람에게 단 한 번도 잘해준 기억이 없었기 때문이었다. 그래서 자신을 아는 사람은 모두 적으로 봐도 무방했다. 그런데 친절을 베풀자 갑자기 의심이 생긴다. 백정들 말에 의하면 소를 잡을 때 물을 배불리 먹인다고 했다. 물론 무게가 많이 나가도록 하기 위한 수작인데 혹시 자신도 소처럼 배불리 먹여놓고 죽이려는 것이 아닌가 하는 불안이 싹텄다.

선한 일을 한 기억이 없기 때문에 충분히 그러고도 남을 수 있다는 생각이 들면서 점소이가 가져온 만두가 갑자기 돌멩이로 보였다.

거렁뱅이가 만두에 일절 손을 대지 않자 흑의사내가 만두를 주워 들어 한입 덥석 물었다.

시끄러울 만큼 소리나게 씹어 삼켰고 배가 고팠던지 삽시간에 절반을 비웠다. 워낙 흑의사내가 맛있게 만두를 먹자 거렁뱅이가 침을 꼴깍 삼켰다. 그리고 머릿속을 스치는 한 가지 생각이 있었다. 먹고 죽은 귀신은 화색도 좋다.

거렁뱅이의 손이 뻗었다. 만두가 더 줄어들기 전에 하나라도 배에 많이 넣어야 했다. 오늘 이후 또 얼마만큼 굶어야 할지 알 수 없는 일이므로 기회가 왔을 때 가급적 채워 넣어야 했다.

우걱우걱!

양손으로 만두를 들고 먹기 시작했다. 마음 같아서는 주머니에도 채워 넣고 싶지만 차마 그런 염치없는 짓까지는 감행할 수가 없었다.

"어떻게 했소? 아버지로부터 빼앗다시피 탈취해 간 그 많은 재산 말이오?"

뚝!

거렁뱅이가 씹던 동작을 멈췄다.

그러고 보니 얼굴은 조금 달랐지만 목소리는 같았는데 왜 그 생각을 이제야 하는 것일까. 목소리는 그와 같았다. 자신이 가장 미워했고 몇 번이나 죽이려 했던 한 사내와 판에 박은 듯 같았다.

"혹시?"

"머리를 깎았을 뿐 생김새는 그대로인데 끝까지 날 알아보지 못하는 걸 보니 속된 표현으로 완전히 맛이 갔구려?"

"서… 설마."

"당신 입에서 이름 석 자 나오길 기다리다 가슴 터지겠소. 그렇소. 당신이 너무 예뻐했던 동천몽이오."

와그르!

양손에 들고 있던 만두를 떨어뜨렸고 입에 가득 씹고 있던 만두를 경악하며 내뱉었다.

칵칵!

사레가 들려 한참 기침을 했다.

동천몽이 냉수 잔을 내밀었다. 마시고 속을 진정시키라는 것이었다.

동천혁은 말없이 냉수를 마셨다.

냉수 잔을 놓은 동천혁은 얼어붙고 말았다. 지금 동천몽이 했던 말 중 그의 가슴을 후비는 말이 있었다. 자신을 가장 예뻐했다는 표현이었다.

자신은 결코 동천몽을 예뻐해 본 적이 없었다. 틈만 나면 죽이기 위해 머리를 짰고 자객까지 동원했으며, 하도 죽지 않자 언젠가는 제발 죽어줄 수 없겠느냐고 사정하기까지 했다. 물론 취중에 한 말이었지만 당시 놀라던 동천몽의 얼굴을 아직도 잊지 못했다. 그때 동천몽은 한참 만에 충격에서 벗어난 듯 한마디 했는데 그 말도 아직 기억하고 있었다.

"형이 날 죽이려고 하는지는 알고 있었지만, 그렇다고 면전에서 죽어달라고 하니까 기분이 조금 나쁜데."

웃으며 말은 했지만 그 심정은 어땠을까.

퍽!

지체할 틈이 없었다. 무조건 살려달라고 싹싹 비는 길만이

유일한 방법이었으므로 동천혁은 무릎을 꿇었다.

"살려주십시오. 살려주십시오. 나를 한 번만 봐주십시오."

머리를 숙이고 신령님께 빌 듯 동천혁의 양 손바닥이 불이 나도록 마찰을 일으키기 시작했다. 혹시 성의없다고 할까 봐 양 손바닥에 힘을 주고 마구 비볐다. 손금이 사라져도 좋았고 힘이 들어 팔꿈치가 부러져도 좋았다. 부지런히 빌어 살아날 수만 있다면 그 정도쯤이야 얼마든지 참아낼 수 있었다.

"아우님, 아니, 존경하고 사랑하는 대법왕님, 천혁이에요. 소생을 모르겠어요. 살려주십시오. 눈 딱 감고 한 번만 자비를 베풀어주십시오. 대법왕님은 죽이는 것보다 살리는 일을 많이 하잖아요."

"누가 대법왕은 죽이는 일보다 살리는 일을 많이 한다 그럽디까?"

흠칫!

그 질문은 생각하기에 따라 죽이기를 더 잘한다는 말로도 충분히 해석되었다.

"아이고! 왜 이러십니까, 대법왕님."

뻐어억!

비는 것으로도 부족한 듯싶어 잽싸게 이마를 바닥에 찍었다. 너무 세차게 박았는지 피까지 흘러내렸지만 피야 다시 생겨나는 것이니 대수롭지 않았다.

"아우님, 날 불쌍히 여기고 용서해 주시오!"

동천혁은 발악했다.

객점에서 한가로이 식사를 하던 사람들도 동천혁의 행동에 킥킥거리며 웃었다.

"완전히 맛이 갔군."

"그러게 말일세. 큭큭!"

툭!

동천혁의 눈앞으로 흰 천 한 장이 떨어졌다.

"이마의 피부터 닦으시오."

"아닙니다, 대법왕님. 이놈은 뒈져야 하는 놈인데 무슨 피를 닦습니까? 거두어주십시오."

동천몽이 우울한 얼굴로 내려다보더니 자리에서 일어났다.

"갑시다. 잘난 형님의 뒤통수를 치고 그 많은 돈을 모두 빼앗아간 놈 얼굴이나 봅시다."

벌떡!

동천혁이 용수철마냥 일어났다.

"대법왕님께서 잃어버린 내 돈을 찾아주겠다고요? 감사합니다. 소인이 앞장을 서겠습니다."

대법왕이라고 했다가 아우라고 불렀다가 호칭이 뒤죽박죽이었다. 그만큼 동천혁의 감정이 안정되어 있지 않다는 뜻이었다.

다만 길을 가는 동천혁의 어깨만큼은 쫙 펴져 있었다. 동천몽이 자신이 당한 것을 되갚아주리라는 확신 때문에 상당히 의기양양해 있었다.

동천혁의 걸음은 의외로 빨리 멈췄다.

그건 곧 그가 이곳 장안에서 털렸다는 뜻이었고 그가 장안에서 뒹굴고 있는 것은 빼앗긴 돈에 대한 미련을 털지 못했기 때문인 듯했다.

"대법왕님, 저곳입니다. 저 호로새끼들이 내 돈을 강제로 빼앗아갔습니다."

한곳의 장원을 가리키며 욕을 뱉었다.

"무슨 장원이오?"

"대법왕님도 기억할 것입니다. 과거 한때 본 가와도 교역이 있었던 조음상가라고?"

동천몽의 눈이 이채를 띠었다.

왜 기억을 못하겠는가. 조음상가는 장안제일의 상가이자 무가이기도 했다. 원래는 흑도의 문파였는데 무림맹 천하에서 살아남기 위해 슬며시 상가로 옮겨갔다. 이후 세월이 흐르면서 완전한 상가로 굳었지만 언젠가는 흑도천하가 도래할 것이라고 자신하면서 뒤로는 끝없이 무공을 발전시켜 왔다. 결국 그들의 예언과 의지는 맞아떨어진 것이다.

"어떻게 된 일인지 자세히 말해보시오."

"옛날 안면도 있고, 투자할 곳이 있다고 꼬드겨 내가 넘어갔지요."

"한 번만 더 나에게 존칭을 쓰면 가만두지 않겠소."

동천몽이 눈을 부라리자 동천혁이 흠칫했다. 하지만 동천몽은 자신으로서는 올려다볼 수 없는 고귀한 신분으로 변했다. 더구나 옛날에 부렸던 행패까지 생각하자 도저히 형다운 말을 할 수가 없었다.

"아… 아니옵니다, 감히 소생이 어찌 대법왕님께."

더 이상 말이 이어지지 않았다.

동천몽이 어느새 면전으로 다가왔고 눈에서 살기를 뿜었다.

"그 기세는 모두 어디 갔소? 날 죽이지 못해 안달하던 그 기세 말이오? 수백 명의 수하들을 앞에 놓고 큰소리치던 그 광오하던 동천혁의 모습은 어디에 버렸느냔 말이오? 사내라면 끝까지 당당해야 하는 것 아니오. 당당하게 말하시오. 어머니에게 계집년이라고 소리치던 그 기세로 말이오."

부르르!

동천혁이 몸을 떨었다.

동천몽의 오른손이 떨리고 있었다. 폭발하는 살기를 안간힘을 다해 자제하고 있는 모습이었다. 그런 동천몽 앞에 어찌 오만방자해질 수가 있단 말인가. 쇠간을 지니지 않은 한 죽었다 깨도 동천몽의 말대로 할 수는 없었다.

"대… 대법왕님, 제발."

동천몽의 관자놀이가 부들거렸다. 이를 악물며 솟구치는 살기를 참아내는 모습이었다. 한동안 노려보던 동천몽이 조용히 돌아서며 뱉었다.

"아… 아미타불!"

동천혁이 잽싸게 앞으로 나아갔다.

"서랏!"

두 사람이 다가오자 조음상가 정문을 지키고 있던 두 명의 무사가 소리쳐 제지했다.

"아니, 이게 누구야? 너 인마 동천혁이 아니냐?"

"또 왔어. 그 새끼 더럽게 끈질기네."

챙!

좌측 무사가 검을 뽑아 들었다.

"한 번만 우리 눈에 띄면 그땐 모가지 자른다고 했지?"

"내가 자를게."

"알았어. 단번에 잘라 버려."

좌측 무사가 물러서고 우측 무사가 나섰다.

"흐흐! 네 이놈, 자르기 좋게 목을 앞으로 뻗어라. 옛정을 생각해 신속히 처리하겠다."

탁!

동천몽이 앞으로 나섰고 어느새 우측 무사의 검을 빼앗았다. 자신의 손에 있던 검이 한순간에 상대의 손으로 넘어가자 무사가 놀란 눈을 했다.

촤악!

동천몽의 손에 쥐어진 검이 떨어졌다.

직도항룡.

비명도 없이 무사의 몸은 두 조각이 되어 쓰러졌다.

"장주 조갑지 나오라고 해라."

"네!"

무사는 반항할 뜻이 전혀 없다는 듯 검까지 팽개치며 안으로 뛰어들어 갔다.

"건방진 놈들."

등 뒤에 숨었던 동천혁이 앞으로 나와 죽은 시신을 보며 욕을 내뱉었다. 그런 동천혁을 바라보는 동천몽의 표정이 어두워졌다.

"비켜라!"

그때 안으로부터 한 대의 화물마차가 나왔는데 마부가 소리쳤다. 동천혁이 비키지 않자 들고 있던 채찍이 날아왔다.

툭!

동천몽이 동천혁에게 뻗어가는 채찍을 향해 허공섭물을 펼쳤다. 그러자 채찍이 강력한 힘에 의해 방향을 틀어 동천몽의 손에 잡혔고 짧게 잡아당겼다.

마부는 미처 채찍을 놓지 못하고 그대로 날아오는 것을 동천몽이 오른손을 빠르게 원을 만들며 흔들자 채찍이 온몸을 칭칭 동여맸다. 자신의 채찍에 온몸이 묶인 마부가 땅바닥을 나뒹굴었다.

"저놈입니다."

그때 놀라 안으로 달려갔던 무사가 십여 명의 무사들을 대동하고 나타났다.

수염이 가슴까지 내려온 노인이 다가왔다. 얼굴이 붉은 것을 보아하니 상당한 내가고수임을 알 수 있었다. 죽은 무사를 힐끔 쳐다보더니 동천혁을 보며 웃었다.

"응원군을 데려오셨구만그래."

"네 이놈, 당장 내 돈을 내놔라! 하늘이 무섭지 않느냐? 아우님, 저 늙은이가 바로 이곳 총관인 백염수라입니다. 아우님도 기억할 것입니다. 옛날에 우리 집에 올 땐 백염수라가 아니라 백염수로 불렸잖습니까? 그런데 흑도세상으로 바뀌자 수라가 된 것이지요."

백염수라가 동천몽을 쳐다보았다.

어디서 한 번쯤은 본 것 같다는 생각이 드는 듯 움찔했다. 그리고 조금 전 동천혁의 아우님이라는 말을 떠올리고 눈을 모았다.

"아우님이라면 혹시 천몽?"

자신이 물어놓고 대답했다.

"아니야, 그놈에 대한 소문을 내가 듣지 못한 것은 아니지만 그럴 리가 없어."

"뒈지려면 눈이 돈다는데 아우님을 알아보지 못하는 걸 보니 네놈도 오늘로 인생 끝인 것 같구나. 아우님, 뭐 해? 어서 죽여 버려."

"백염수 네놈이 제 세상을 만나긴 만난 모양이구나. 아장거리던 날 향해 허리를 구부리며 깍듯하던 때가 엊그제 같은데 이제 내 앞에서 허리를 꼿꼿하게 세우다니."

"그러는 네놈이야말로 누구냐? 이놈, 까불지 말고 유언이나 남겨라. 동천혁 네놈이 장사꾼 후예답게 어디서 동천몽 닮은 아이를 데려와 돈을 찾아보려는 모양인데, 쯧쯧, 불쌍한 놈. 우선 저놈부터 잡아라."

세 명의 무사가 백염수의 명령을 받고 동천혁을 향해 날아갔다. 그러나 그들의 앞은 일목에 의해 막혔다.

동천몽이 전음으로 명령을 내렸다. 일목의 을씨년스런 생김새에 세 사내가 본능적으로 움찔했다.

"헛! 눈이 한 개라니."

"너는 누구냐?"

일목이 히죽 웃었다.

"하나를 세겠다. 그 안에 마지막으로 남기고 싶은 말 있으면 하도록 해라. 하나."

세자마자 일목의 검이 뽑혀 나왔다.

세 사람이 횡으로 서 있었는데 검이 수평으로 그어졌고 세 사람의 목이 단번에 베어졌다.

쿠쿠쿵!

몸뚱이가 쓰러지며 먼지를 일으켰다.

"다음은 누굴 죽일까요? 명령만 내려주시면 곧바로 베겠나이다, 대법왕님."

"대… 대법왕."

"설마 포달랍궁의 그 대법왕이란 말이냐?"

일목이 히죽 웃었다.

"요즘 가짜가 많다고 들었다. 하지만 이분은 진짜이시다. 의심나면 실험해 봐도 좋다."

대법왕의 진위에 대한 실험은 아주 간단하다. 무공이 강한지 아닌지로 판별하는 것이야말로 가장 확실하고 직접 부딪쳐 보면 된다. 그러나 생사가 걸린 문제이기 때문에 의심의 시선은 던지고 있었지만 아무도 나서지 못하고 있었다.

피식!

동천몽이 가벼운 미소를 지었다.

확인하고 싶으면 빨리 시작하라는 재촉이었다. 그러나 아무도 나서지 않았고 동천몽이 백염수를 보았다.

"네가 확인해야 하지 않겠느냐?"

스으으!

그대로 백염수에게 다가섰다. 백염수가 본능적으로 뒤로 한 걸음 물러서며 동천몽을 후려쳤다.

휙!

그러나 손을 채 반도 뻗지 못했고, 어느새 동천몽은 백염수의 손목을 쥐고 있었다.

휙!

백염수는 손목을 빠르게 반 바퀴 돌려 뽑아내려 했다. 그러나 동천몽의 손은 요지부동이었고 벼락같이 왼손을 들어 쳤지만 이 역시 잡혔다.

순식간에 양손이 동천몽에게 붙잡히자 당황한 표정을 감추지 못했다. 하지만 늙은이답게 그의 경험은 풍부했다. 면전의 동천몽을 향해 고개를 들이밀었다.

박치기를 시도한 것이었다. 양손이 잡혔으니 그보다 더 확실한 공격은 없었다.

그런데 그것은 돌이킬 수 없는 실수가 되고 말았다. 자주는 아니지만 재수가 없으려면 아주 희귀한 경우에 봉착하여 낭패를 당하는데 백염수가 그러했다. 사실 이 상황에서 백염수의 수법은 아주 적절했고 그보다 더 확실한 방법은 없다고 해도 과언이 아니었다.

그런데 상대인 동천몽이 박치기 하나로 한 지역을 주름잡았다는 것이 그에게는 치명적인 불행이었다.

빠아악!

백염수의 머리가 공격하자 동천몽 또한 일두사를 날렸고 두 머리가 정통으로 부딪친 것이다.

백염수가 멍한 얼굴을 했다. 워낙 강한 충격에 휩싸이다 보니 순간적으로 정신을 잃은 것이다. 멀건 눈빛으로 동천몽을 보았는데 그제야 조금씩 고통이 밀려오는 듯 표정이 우그러졌다.

"맙소사."

"초… 총관님 이마가 들어가 버렸다."

백염수의 툭 튀어나온 이마가 안으로 푹 꺼져 있었다.

휘청!

쓰러질 듯 비틀거렸지만 동천몽이 양손을 잡고 있었으므로 넘어지지는 않았다.

잠시 고통에 이를 깨물던 백염수가 빠져나가기 위해 양손을 비틀었지만 이미 묶인 것 같았다.

화악!

동천몽이 양손을 잡아당기자 앞으로 상체가 쏠려왔고 다시 머리를 들이박았다.

빡!

"어큭!"

휘익!

세차게 잡아당겼고 강한 반동에 끌려왔다.

동천몽은 다시 머리로 박았다.

빠악!

"으컥!"

백염수의 얼굴은 피로 범벅이 되었다.

그때 부하들이 백염수를 구하기 위해 달려들었지만 일목의 검이 가만있지 않았다. 일목의 검에 부하들은 순식간에 베어졌고 백염수의 눈은 더욱 절망에 빠졌다. 그러나 그가 선택할 수 있는 방법은 한 가지뿐이었다.

공격을 당할 바엔 차라리 아픔을 참고 선공을 취하는 것뿐이었다.

"개씨발!"

백염수가 악을 쓰며 대가리를 날리자 동천몽은 미소를 지으며 더욱 세차게 박았다.

빠샤!

"흐흑!"

무진장 아팠고 백염수의 눈이 모아졌다. 그제야 한 가지 사실을 깨달았는데, 동천몽이야말로 박치기에 뛰어난 능력을 지니고 있다는 사실이었다. 그렇지 않다면 얼굴에 피범벅이 된 자신의 머리를 박는데 어떻게 한 방울도 묻지 않을 수가 있단 말인가.

 대부분 신체가 접촉되면 상대의 피가 묻는다. 그런데 동천몽은 말끔했다. 그것은 시사하는 바가 컸고, 가장 확실한 것은 박치기에 관한 한 자신보다 월등하다는 것이었다.

 퍽!

 퍼퍼퍼!

 동천몽은 끝없이 머리를 박았다. 피하고 싶은 맘이 절절했지만 양손을 꼭 잡고 있어서 옴짝달싹할 수도 없었다.

 더욱 환장할 노릇은 안으로부터 지원무사들이 속속 몰려나왔지만 일목에 의해 썩은 집단처럼 베어지고 있다는 것이었다. 동천몽이 포달랍궁의 대법왕이란 사실을 확실히 인정했지만 이미 늦었다. 사실 처음부터 알았더라도 강호의 정세와 욱일승천의 기세로 뻗어가는 조음상가의 기세를 봤을 때 쉽게 고분고분하지는 않았을 것이었다. 어쨌든 자신의 운명은 남의 손에 의해 흘러가기 시작했다.

 얼굴은 피범벅이 되었으며 호흡이 거칠어지고 정신이 몽롱한 것이 죽음이 찾아오고 있다는 것을 느꼈다. 아마 이 세상에서 서서 죽은 사람은 자신이 처음일 것이라는 생각이 머리를 스친다. 몸은 늘어졌고 반항력까지 상실했지만 동천몽은 절대 쓰러지지 않도록 양손을 붙잡고 머리로 박아댔다.

 빡— 빠바박!

 "백염수, 이제 주제를 알겠느냐? 이유야 어쨌든 네놈은 과거 한때 우릴 주인으로 섬겼다. 어린 우리 앞에서 숨도 제대로 쉬지 못했지. 그런데 세상이 바뀌었다고 이렇게 확 안면을 몰수하면 안 된다. 제 분수를 모르면 장수에 곧바로 영향이 오느니라."

빠악!

다시 한 번 받혔고 백염수의 고개를 푹 떨구어져 종처럼 흔들거렸다.

"한 번 주인은 영원한 주인이다."

"그럼요… 그럼요."

동천혁이 맞장구를 쳤다.

오늘이 지나면 영원히 만나지 않을 것이다. 그래서 괴롭지만 동천혁의 기세를 살려주고 싶었다. 마지막이라는 생각이 들자 끝없이 불쌍하고 측은한 마음이 들어 어줍잖은 기세를 세워보는 것이었다.

그러나 동천몽의 속마음을 알 리 없는 동천혁은 기뻐 날뛰었다.

"건방진 놈들, 진짜 까불고들 있어."

검 한 자루만 쥐어주면 자신이 직접 벨 것 같았다.

동천몽이 손을 놓자 백염수의 몸이 힘없이 땅바닥으로 무너졌다. 이미 숨이 끊어진 듯 백염수는 꼼짝을 하지 않았고 고개를 쳐든 동천몽의 시선에 보이는 것이라고는 시신뿐이었다.

적지 않은 사람들이 있을 텐데도 인적이 없다는 것은 모두 도망쳤다고 봐야 한다.

"갑시다!"

동천몽이 동천혁의 손을 잡고 그대로 몸을 날렸다.

자신의 몸이 붕 떠올라 화살처럼 날아가자 동천혁이 기겁하며 소리쳤다.

"어어억! 아이고!"

동천몽은 삽시간에 장원 깊숙이 들어갔다. 뭔가를 찾는 듯 이리저리 장원을 날아다니는 동천몽의 눈에 짐 보따리를 싸 짊어지고 도망치는 식솔들의 모습이 보였다.

팟!

동천몽의 눈이 빛났고 독수리처럼 한 채의 전각 앞마당을 향해 꽂히듯 떨어졌다.

"으어어어!"

추락하듯 떨어지자 동천혁이 비명을 질러댔다.

전각 앞마당에는 두 대의 마차가 세워져 있었는데 십여 명의 무사들이 부지런히 물건을 싣고 있었다. 동천몽이 나타나자 마차에 짐을 싣던 무사들이 경계의 빛을 띠었다.

동천몽이 피식 웃었다.

무사들 손에 들린 것은 자기와 그림 등 진귀한 보물들이었다. 마차를 세워놓고 귀한 물건들을 싣는 것으로 보아 고위 간부가 도망치려 하고 있음을 알아차릴 수 있었다.

"뭣들 하느냐? 서둘러라! 지금쯤 들어오고 있을지도 모른다!"

짐을 싣는 무사들을 독려하며 한 노인이 모습을 드러냈다. 오 척도 되지 않을 듯 작은 키였는데 무척 뚱뚱했다. 너무 뚱

형제 조우 321

뚱한 탓에 아장거리며 걸었는데 동천몽을 발견하더니 흠칫했다.

"뉘… 뉘시오?"

경계를 하며 물었다.

동천몽이 웃음을 지었다.

"내가 변하긴 변했나 보군. 당신도 날 알아보지 못하는 걸 보면 말이야. 나 동천몽이니라."

"도… 동천몽."

조갑지의 안색이 하얗게 변했다.

목와북천에 도움을 요청했다. 그러나 그들이 자신을 돕기 위해 달려오는 시간보다 정문의 동천몽이 들이닥치는 시간이 빠를 것 같아 우선 대충 짐 몇 가지 챙겨 피신하려는 것이었다.

"저놈이다! 베라!"

조갑지가 악을 썼다.

동천몽이 오른손을 뻗었다. 매서운 바람이 열 명의 사내들을 휩쓸어갔다. 거센 돌풍이 흙먼지를 허공으로 말려 올리듯 동천몽의 장력은 열 명의 사내들을 일제히 하늘로 띄웠다.

자신들의 의지와 달리 몸이 하늘로 솟구치자 모두가 당황성을 터뜨렸다.

"엇!"

"이리욧!"

내기를 끌어올려 자신들을 끌어 올리는 동천몽의 장력에 대항하려 해보았지만 소용이 없었고, 몸은 끝없이 올라갔다. 한

순간 사내들의 얼굴에 공포가 떠올랐다.

오륙 장 정도의 높이면 얼마든지 진기를 운용해 땅에 안전하게 착지할 수 있었다. 그러나 그 이상의 높이가 되면 추락하는 속도와 위험을 가로막을 수가 없었는데 어느새 이십여 장 정도까지 솟구쳤다.

휘이이!

동천몽의 손에서 뿜어 나온 장력은 기이했다.

마치 하늘에서 단단한 흡인력이 뻗어 나오는 것처럼 열 명의 사내들을 계속 끌어 올리고 있었다. 끌려 올라가는 사내들은 발버둥을 쳤지만 그들의 몸은 어느새 오십여 장까지 치솟아 까마득하게 보였다.

엄청난 높이에 사내들의 얼굴에 공포가 떠올랐고 마침내 몸이 멈췄는데 사색들이 되어 더듬거렸다.

"으으으!"

"자… 장주님께서 개미로 보이잖아."

얼마나 높이 올라왔는지 지면의 사람들이 아주 조그맣게 보인다. 만약 여기서 떨어지면 말 그대로 추락이었다.

후다닥!

퍼드득!

조금 전과 달리 이번에는 밑에서 떨어지지 않도록 보이지 않는 힘이 받치고 있었다. 그러나 사내들은 본능적으로 떨어지지 않기 위해 양손을 새 날개처럼 뻗어 퍼득거렸다. 워낙 공포스러웠고 경황이 없었기 때문에 손에 쥐고 있던 검도 모두 떨어뜨리고 없었다.

보나마나 밑에서 받쳐 올리는 힘을 회수해 버릴 것이라는 생각이 들자 미친 듯 두려웠다.

"으으으!"

덜덜덜!

급기야 사내 중 한 명이 소리쳤다.

"살려주십시오! 제발 떨어뜨리지 말아주십시오!"

"대법왕님이라고 들었습니다! 대법왕님은 사랑이 풍부하시다고 들었습니다!"

지면에서 그 광경을 쳐다보던 동천혁은 신이 나 있었다.

킬킬거리며 큰 소리로 외쳤다.

"이 새끼들아, 사랑을 아무한테나 베푸는지 아느냐? 네놈들에게 베풀 사랑은 없느니라."

동천혁은 오른손 주먹을 왼손 사이로 쑤셔 내미는 욕을 연거푸 해댔다.

"패 죽일 놈들아, 손만 퍼득거리면 새냐? 주둥이로 새소리까지 내보거라. 그러면 내가 대법왕님께 네놈들 목숨을 부탁해 볼 수도 있느니라."

"꺄욱!"

"뻐꾹!"

"부엉!"

동천혁이 소리쳤다.

"부엉이 울음소리 낸 놈 누구야? 야 미친 새끼야, 낮에 무슨 부엉이가 우느냐?"

그러자 부엉이 울음소리 낸 사내가 외쳤다.

"저… 저희 고향에서는 낮에도 웁니다."

"네놈 고향이 어딘데?"

"소생의 고향은 남쪽입니다."

"똑바로 해, 새끼들아!"

"까욱!"

"뻐꾹!"

"짹짹!"

열 명의 사내들이 미친 듯이 소리쳐 새소리를 냈고 동천혁은 깔깔거리며 숨이 넘어갔다.

동천몽이 우울한 표정으로 동천혁을 보며 손을 거두었다.

"어… 어머니!"

"개… 개자식아!"

악담을 퍼부으며 사내들은 떨어졌다.

거센 먼지가 피어오르며 떨어진 사내들은 조용했다. 동천몽의 고개가 돌아갔다.

시선이 허공에 집중된 틈을 노려 몰래 도망치려 했던 조갑지는 일목에 의해 앞길을 차단당하고 있었다. 동천몽이 천천히 조갑지를 향해 다가갔다.

"이… 이보시게. 아니, 존경하는 대법왕님, 소생의 말을 조금만 들어주십시오."

"빼앗긴 돈이 얼마라고 했소?"

동천혁이 큰 소리로 말했다.

"황금 백 관."

동천몽이 마차를 쳐다보았다.

마차 안에 아무리 귀한 것이 실렸다고 해도 황금 백 관어치는 되지 못할 것이다.

동천몽이 눈앞에 있는 전각을 쳐다보더니 주위를 한번 휘둘러보았다.

"마차에 실린 보화는 물론 장원까지 넘기면 그럭저럭 백 관은 되겠군."

"그, 그건 안……"

안 된다고 말하려다 입을 다물었다. 지금은 고분고분하는 것이 안전하다고 판단 든 것이다. 일단 위기만 벗어나면 된다. 목와북천의 무사들이 도착하면 상황은 바뀐다.

부욱!

동천몽이 손을 뻗어 조갑지의 앞가슴 의복을 찢었다.

툭!

의복이 찢어지고 한 통의 봉서가 나왔는데 장원 문서였다. 집문서를 살피던 동천몽이 일목을 향해 말했다.

"가서 문방사우를 준비해 오라."

"무… 문방사우?"

일목의 눈이 번쩍거렸다.

언뜻 강호인들의 별호 같기도 했고 아닌 것 같기도 했다. 특히 준비해 오라는 말을 보면 일단 별호와는 거리가 있다는 생각이 들었지만 감이 잡히지 않았다.

그게 뭐냐고 묻고 싶었지만 눌러 참았다. 아무리 주종관계지만 무식이 폭로되는 건 싫다. 더구나 동천몽 또한 그다지 유식과는 거리가 멀 뿐만 아니라 한 번도 자신보다 학문 면에서 앞선다고 생각하지 않기 때문에 더욱 싫었다.

"알겠습니다."

거칠게 돌아섰다. 돌아서는 자세만 봐서는 완전히 뜻을 이해한 동작이었다.

앞마당을 벗어난 일목의 눈이 횃불처럼 이글거렸다.

다른 건 몰라도 동천몽보다 무식하긴 싫었다. 최소한 상식과 지식 면에서만큼은 앞서고 싶었다. 그래야 아무리 상전이라고 해도 함부로 못한다는 것이 죽은 아버지의 유언이었다.

일목의 신형이 빠르게 움직였다.

사람을 찾아 움직이는 것인데 모두가 도망친 듯 개미새끼 한 마리 발견되지 않았다. 너무 늦어도 괴팍한 성질에 가만있지 않을 것이므로 서둘러 찾아야 했다.

팟!

미친 듯 장원을 뒤지고 다니던 일목의 눈이 빛을 발했다.

한 사내가 눈에 띄었다. 보따리 두 개를 짊어지고 도망치는 것이 직위도 별 볼일 없는 하급 식솔이었다.

탁!

"끄억!"

일목이, 그것도 하나뿐인 눈을 번쩍거리며 앞을 막아서자 사내가 기절할 듯 놀라며 양어깨에 짊어지고 있던 보따리를 떨어뜨렸다.

"허허헉! 누구세요?"

사내는 일단 보따리 앞을 막아섰다.

일목이 인상을 썼다. 그러자 더욱 험악했고 사내는 부르르 떨었다.

"명함이 뭐냐?"

멈칫!

사내가 눈을 굴렸다.

"이 자식이, 명함이 뭐냐니까?"

"그… 그게 뭔데요?"

"이름을 묻는 것 아냐? 아 이 자식, 진짜 무식하네."

"아, 그렇습니까? 이 상황에서 이름은 왜?"

"됐다. 관두고, 너 문방사우가 뭔지 알아?"

사내가 눈썹을 찌푸렸다.

"문방사우라면 그 문방사우 말입니까?"

"응, 그래."

"아니, 문방사우도 모른단 말입니까?"

"개새끼야, 몰라서 묻는 게 아냐! 그냥 묻는 거야, 네놈이 아는지 모르는지 알고 싶어서."

"아무리 부목이지만 문방사우를 모르겠습니까?"

"자세히 설명을 해봐, 새끼야."

"문방사우라는 건 한마디로 지필묵연을 말하는 것 아닙니까?"

"안다니까, 이 새끼. 계속 인상 쓰네. 가봐."

무섭게 나타날 때와 다르게 선뜻 가라는 말에 사내가 머뭇거렸다.

일목이 버럭 소릴 질렀다.

"꺼져, 새꺄! 빨리!"

"네."

사내가 짐 보따리를 메고 바람처럼 도망쳤고 일목이 웃음을 지었다.

일목이 종이와 붓과 벼루, 먹을 건네며 거만한 표정을 지었다. 동천몽이 인상을 썼다.

"뭐 하느냐? 어서 먹을 갈거라."

"아예!"

일목이 먹을 갈았고 동천몽이 조갑지에게 붓을 내밀었.

조갑지가 붓을 쥐며 쳐다보았다.

동천몽이 먹이 가득한 벼루를 옆에 놓으며 말했다.

"내가 부르는 대로 써라. 나 조갑지는 오늘 오시부로 조음상가를 동천혁에게 진 부채의 대가로 모두 넘긴다. 오시 이후부터 이곳의 주인은 동천혁이다. 넘기는 재산에는 내가 부리던 모든 식솔까지 포함된다."

조갑지가 경악했다.

"뭐 하느냐? 빨리 써라."

"아… 안 됩니다. 절대 쓸 수… 헉!"

조갑지가 경악했다.

슬며시 쥔 손에 힘이 들어가더니 자신도 모르게 오른손에 쥔 붓이 먹물을 적셨고 동천몽이 활짝 편 종이에 글을 써 내려가기 시작했다. 아무리 안간힘을 다해 붓을 놓으려 해도 손가락이 벌려지지 않았고 남의 팔처럼 순식간에 종이 위에는 자신의 필치로 글씨가 쓰여졌다.

사사삭!

자신의 수결까지 완벽히 마치자 동천몽이 붓을 빼앗았고 바람에 글씨를 말리더니 접어 동천혁에게 넘겼다.

문서를 받아 든 동천혁의 입이 쩍 벌려졌다.

"안 되오, 그건 내 뜻과 전혀 상관없는!"

"너만 죽으면 저 문서는 완벽해진다."

빠악!

동천몽의 주먹이 머리를 쳤고 조갑지의 신형이 천천히 넘어졌다.

동천혁은 문서를 보고 또 보며 어찌할 바를 몰라 했다.

그런 동천혁을 무거운 시선으로 보던 동천몽이 입을 열었다.

"형."

동천혁이 놀라 쳐다보았다.

"형이란 호칭이 오늘로 마지막이 될 것이오. 두 번 다시 내 입에서 형이란 말은 나오지 않을 것이오. 뿐만 아니라 이렇게

서로 얼굴 보는 것도 마지막이오. 만약 다음에 또 만나게 되면 그때는 내 손에 죽을 것이오."

흠칫!

동천혁이 기겁했다.

동천몽이 나직이 말했다.

"건강하시오."

깊은 시선으로 다시 한 번 쳐다본 동천몽이 몸을 돌렸다. 일목이 뒤를 따랐고 동천몽은 불어오는 바람을 맞으며 천천히 멀어져 갔다. 동천몽이 사라지자 동천혁의 표정이 살벌해졌다.

"개자식, 어휴 그냥."

동천혁이 이를 갈아붙였다.

"네놈을 언젠가는 내 손으로 죽이고 말겠다."

살기 담긴 목소리로 욕을 퍼붓고 동천혁은 문서를 품에 넣었다. 이제 문서를 갖고 관할 관부에 자신의 재산으로 등록만 하면 된다.

동천혁이 관부를 가기 위해 막 몸을 돌릴 때 옷자락 펄럭이는 소리가 들리더니 엄청난 사람들이 날아내렸다.

동천혁의 눈이 커졌다.

비록 무림인은 아니지만 오랫동안 자신의 집을 출입한 무림인들을 보았다. 그래서 척 보면 그들의 능력을 대략 읽을 수 있었는데, 눈앞에 나타난 사람들은 절정의 고수들이었다. 그것도 한두 명이 아닌 일백여 명 가까운 숫자였다.

그들이 고수라는 것은 조갑지의 시신을 보고서도 함부로 경거망동하거나 흥분하지 않았고 날아내려 서자마자 일제히 오와 열을 맞추어 정렬했다는 것이었다.

뚜벅뚜벅!

수뇌로 보이는 사내가 다가왔다.

사십 중반쯤 되어 보였는데 관옥 같은 용모였고 입가에 부드러운 미소를 띠고 있었는데 옆구리에 허름한 장검 한 자루를 꿰찼다. 병기는 제이의 생명이다. 그래서 너나 할 것 없이 무척 포장에 공을 들이는데 중년인의 검은 평범하다 못해 초라했다. 그러나 전체적으로 절대 초라해 보이지 않는다.

"내 눈이 잘못되지 않았다면 혹시 동천혁 공자 아니시오?"

동천혁의 표정이 굳어졌다.

자신을 알고 있어서 굳어진 것이 아니라 입가에 적대감을 드러내지 않았다는 것 때문이었다. 이 상황이면 대부분 다짜고짜 검을 뽑아 들거나 흉악한 기세로 겁을 준다.

'다르다!'

자신이 지금까지 봐왔던 강호인들과는 차원이 다름을 느꼈다.

"뭣들 하느냐? 조 장주의 시신을 수거해 양지바른 곳에 묻거라."

"예, 단주."

두 명의 무사가 조갑지의 시신을 감싸 사라졌다.

동천혁의 눈살이 찌푸려졌다. 조갑지와 함께한 시간이 적지 않아 목와북천의 세력 편재에 대해 조금 알고 있었다. 그중 단주로 불리는 집단은 딱 한곳 있었다.
"무… 무혈단?"
흑의중년인이 웃었다.
"우리를 어떻게 아시오? 맞소이다. 우린 무혈단이오."
동천혁은 하마터면 쓰러질 뻔했다.
너무 놀라 쉽게 가슴이 진정되지 않았고 조금 전까지 달콤했던 미래가 갑자기 암흑천지로 바뀌는 것 같았다.
무혈단(無血團)은 백쾌섬의 친위대이다. 백쾌섬이 직접 골라 선발한 고수들로 살인을 해도 피를 보지 않는다 하여 무혈단이라는 이름이 붙여졌다. 피가 흘러나오지 않게 죽인다는 것은 그만큼 솜씨가 고절하다는 반증이다.
"동 공자에게 한 가지 묻겠소이다."
"예, 뭐든지 물으십시오. 아는 대로 말씀해 드리겠습니다."
동천혁이 넙죽 허리를 구부렸다.
무혈단주 용천명이 웃음을 짙게 지었다.
"감사합니다. 이렇게 적극 협조해 주신다니 기쁩니다. 조금 전 동 공자와 같이 있던 인물이 혹시 대법왕이란 자 아니었습니까?"
"맞습니다. 대법왕이란 자였습니다."
"사적으로 동 공자의 아우 되시지요?"
"그렇습니다. 하지만 난 아직까지 그놈을 한 번도 내 동생으로 인정해 본 적이 없습니다."

동천혁이 대번에 적개심을 드러냈다.

"그놈은 벼락을 맞아야 할 놈입니다. 조금 전 나에게 온갖 지랄을 떨고 떠났습니다."

"떠난 지 오래되었습니까?"

"아직 차 한 잔 마실 시간도 지나지 않았습니다. 부지런히 추적하면 한 시진 이내에 잡을 수 있을 것입니다. 제발 그놈을 잡아 죽여주십시오."

"고맙소이다. 과연 동 공자는 우리의 친구입니다."

"별말씀을. 어서 지체할 시간 없소이다. 어서 쫓아 놈을 꼭 죽여주십시오."

"들었느냐? 모두 나를 따르라."

"반드시 죽여주십시오. 기어코 죽여야 합니다. 그놈 얼굴도 보기 싫습니다."

"염려 마시오."

웃으며 대답을 하던 용천명이 멈칫거렸다.

용천명이 주위를 살폈다. 그와 동시에 도열해 있던 부하들까지 뭔가 이상한 낌새를 느낀 듯 주위를 휘둘러보았다. 그러나 그들 눈에는 아무것도 보이지 않았다. 하지만 얼굴들은 하나같이 돌덩이가 되어 있었다.

'이런!'

용천명의 낯빛이 굳다 못해 하얗게 변하고 있었다.

상상을 초월한 기운이 압박해 오고 있었다. 그런데 그 무서운 힘을 발출하는 상대는 보이지 않고 있었다.

자신들은 포위된 것이다. 그것도 숨을 쉴 수 없을 만큼 강력한 힘에 의해 철저히 묶이고 만 것이었다.
"흐허허헉!"
문득 동천혁이 소스라치게 놀란 표정을 지었다.
그의 몸은 북풍한설에 떠는 문풍지 같았는데 한곳을 응시하고 있었다.
조금 전 분명히 떠난 동천몽이 다가오고 있었다.
"대… 대법왕님."
동천혁의 목소리가 떨려 나왔다.
동천몽은 밝은 미소를 지었다.
"끄으응!"
동천혁은 신음을 흘렸는데 태어나 사람의 웃음이 이토록 소름 끼치게 느껴진 적이 없었다. 온몸이 뜨거워졌고 호흡이 빨라지며 다리가 너무 떨려 똑바로 서 있을 수가 없다.
"왜 그렇게 떠십니까?"
"아… 아닙니다. 그냥."
동천몽이 이상하다는 듯 고개를 갸웃거리더니 용천명을 돌아보았다.
"네가 용천명이냐?"
직설적으로 물어왔다.
더구나 한참 나이 어린 동천몽이 거침없이 하대를 한다. 다른 사람들 같았으면 한 번쯤 인상이라도 썼을 텐데 이상하게 불쾌한 감정은 떠오르지 않는다.

그리고 자신도 모르게 존댓말을 한다.

"그렇소, 대법왕."

자신의 어투가 불만스러워 이마를 찡그렸다.

적에게, 그것도 나이가 한참 어린 젊은 사람에게 깍듯한 예의라니 이해가 되지 않는다. 하지만 입만 열면 자신도 모르게 공손한 어투였다.

'믿을 수 없다!'

동천몽의 기세에 자신의 본능이 제압당하고 만 것이다. 본능은 의지를 앞지르고 장악한다. 그래서 의지와는 상관없이 공손해진 것이다.

천하에서 백쾌섬 말고는 누구에게도 구부려 보거나 존칭을 사용해 본 적이 없었다.

용천명이 숨을 들이켰다.

아무리 가슴을 펴고 당당해지려고 해도 자신이 대호 앞에 선 토끼 같다는 생각이 든다.

"맙소사!"

"으음!"

수하들이 신음을 흘렸다.

고개를 돌린 용천명의 안색이 더욱 어두워졌다. 자신들을 압박한 상대의 정체가 드러났기 때문이었다.

일단의 승려들이 자신들을 완전히 포위하고 있었다. 묻지 않아도 포달랍궁이 자랑하는 천룡구십구불이라는 것을 알아차렸다. 특히 그들 선두에 있는 맨발의 승려에게 용천명의 시선이 꽂혔다.

　승려이지만 어떤 승부사보다 강한 기세가 풍겨 나왔다. 특히 맨발 차림은 이쪽을 주눅 들게 하기에 부족하지 않을 만큼 도전적이고 공격적이었다.

　"명령을 내려주십시오, 대법왕이시여."

　피가 고파 죽겠으니 어서 피를 흘리게 해달라는 간청이었다. 승려의 입에서 나온 말 때문인지 소름이 끼쳤다.

　"조금만 기다리거라. 시간은 넉넉하다."

　덕배 선사가 한쪽으로 물러났다.

　동천몽이 용천명을 향해 물었다.

　"바쁘겠구나?"

　용천명은 동천몽의 질문의 뜻이 무엇인지 어렵지 않게 알아차렸다.

　백쾌섬에 대한 질문이었다. 흑도천하를 이루었으니 찾아오는 사람들 접대하랴, 남은 무림맹 인물들 궤멸하랴 정신없을 것이라는 뜻이었다.

　"보고 싶군. 참 멋진 친구였어. 본왕이 아는 인물 중 유일하게 멋을 아는 친구였어. 식도락도 알고."

　그것은 틀림없는 칭찬이었다.

　"아쉬움이라면 술 한잔 대접하지 못했다는 건데, 당분간은 내 생각할 틈이 없겠지."

　백쾌섬을 생각하는 듯 하늘을 쳐다보았는데 입가에 미소를 띠고 있었다.

용천명이 침을 삼켰다.

가장 궁금한 것을 물어볼 때였다.

"어, 어떻게 우리가 올 것이라는 것을 아셨습니까?"

동천몽이 고개를 내려 용천명을 보았다. 여전히 입가에는 부드러운 미소가 짙었다.

"어떻게라니? 딱 보면 답이 나오는 것 아닌가?"

당연히 알고 있었다는 듯한 말이었다.

조갑지의 도움은 가장 가까운 목와북천 분타로 갔다. 그럼 당연히 분타 무사들이 출발할 것이라는 것이 누구든 생각할 수 있는 정답이었다. 그런데 동천몽의 말은 분타가 아닌 자신들이 올 것을 알고 있었다는 뜻이다.

"......"

여전히 의혹 가득한 표정을 풀지 않자 동천몽이 다시 말했다.

"그대 같았어도 알 것이다."

입장을 바꾸어 자신일지라도 목와북천의 최고급 무사들이 온다는 것을 알았을 것이라는 말이었다.

다시 생각에 잠긴 용천명이 눈을 번쩍 떴다.

동천몽의 말뜻이 헤아려진 것이었다.

"아아!"

자신도 모르게 감탄을 했다.

조갑지는 대법왕이란 자가 왔다고 전서구를 보냈다. 그건 분타 무사들 능력으로는 절대 해결이 되지 않는다는 의미이기도 하다. 그렇다면 분타주 입장에서는 곧바로 상부에 서신을 띄울 것이다. 그것도 가장 빠른 수단을 이용해서.

문제는 상부, 즉 백쾌섬과 목와북천 고위간부들이 어디에 있느냐는 것이었다.

"하면?"

용천명이 눈을 빛냈다.

동천몽이 맞다는 듯 고개를 끄덕였다.

"본왕은 백쾌섬과 측근들이 여기서 멀지 않은 검문산 제하궁에 묵고 있다는 것을 알고 있었다."

제하궁은 흑도십문 중 가장 세력이 크다. 목와북천은 아직 세력은 있지만 본거지가 가까운 곳에 없었다. 그래서 제하궁을 임시 흑도총단으로 삼은 것이다.

동천몽이 장안으로 온 것 또한 백쾌섬을 찾아서였다. 그러다 우연히 거지가 되어 있는 동천혁을 만났다.

아무튼 장안 분타로 날아간 전서구는 곧바로 제하궁으로 갔고 백쾌섬은 부랴부랴 이들을 보냈다.

"필시 백쾌섬은 자신이 친히 출동하겠다고 했을 것이다. 흑도천하가 되었다고는 하지만 아직은 곳곳에서 저항 세력이 등장하고 안심할 단계가 아니지. 그래서 수하들이 막았을 것이다. 만약 백쾌섬이 날 잡기 위해 출동했다가 무슨 변고라도 당하면 애써 정복한 천하가 급속히 흔들릴 테니까."

마치 당시 현장에 있었던 사람처럼 얘기하고 있었다. 동천몽의 말은 전혀 틀리지 않았다.

"비록 자신은 출동하지 않지만 필시 정예를 보낼 것이라는 걸 난 읽었다. 그래서 천룡구십구불을 대기시켜 놓고 너희가 나타나길 기다리고 있었다."

완벽한 함정에 빠지고 말았다. 이곳에 출동한 무혈단은 말 그대로 정예였다. 비록 무림맹을 와해시켰다고는 해도 목와북천 또한 상처가 컸다. 그래서 정예는 아껴야 할 처지였지만 상대가 가장 큰 장애인 동천몽이었기에 과감히 칼을 뽑아 든 것이다.

"죽은 그대들 시신을 보고 백쾌섬이 어떤 반응을 보일지 궁금하구나."

그때 동천몽을 향해 또 한 명의 승려가 다가왔다.

키가 팔 척에 가까운 승려였는데 비쩍 말라 바람이 불면 금방이라도 휘어질 것 같았다. 그러나 다가오는 승려를 바라보는 용천명은 또다시 마른침을 삼켰다. 자신도 벅찬 느낌이 들 만큼 강한 기세가 뿜어 나왔다.

"준비를 마쳤습니다."

동천몽이 고개를 끄덕였다.

"수고했느니라. 대기하도록."

승려가 허리를 구부리고 다시 돌아갔다. 천룡구십구불이 전부인 줄 알았는데 그게 아닌 모양이었다.

"백팔밀승이라고 들어보았나?"

"으헉!"

"저런!"

용천명보다 수하들이 더욱 놀라는 반응을 보였다.

백팔밀승은 천룡구십구불과 어깨를 나란히 한다. 혹자는 백팔밀승의 능력이 더 뛰어나다고도 말한다.

 "저들은 포위망을 벗어난 그대의 부하들을 도륙할 것이다."

 용천명이 기겁했다.

 이중의 포위망을 쳤다는 것은 단 한 명도 살려 보내지 않겠다는 의지였다.

 "시작해라."

 동천몽이 명령을 내리고 뒤로 물러났다. 동천몽이 빠지고 천룡구십구불이 모습을 드러냈다.

 비록 강력한 살상력을 지닌 무승들이지만 평소에는 부드러움과 자비로 넘쳐 난다. 그런데 지금의 천룡구십구불은 염라사자를 방불케 했다. 분위기라면 무혈단 또한 뒤지지 않았는데 천룡구십구불에 비하면 현저히 떨어졌다. 냉혹하고도 매서운 분위기를 풍긴다는 것은 그만큼 감정이나 지닌 능력이 절대의 경지에 올랐다는 반증이기 때문에 무혈단 무사들의 안색이 더욱 굳어졌다.

 콱!

 용천명의 주먹이 쥐어졌다.

 진정한 전사라면 절대의 위험을 헤쳐 나올 줄 알아야 한다. 불가능을 딛고 일어설 때 능력은 한 단계 발전하고 세상을 보는 눈은 성장한다.

 "흑도의 자존심이라는 것을 잊지 말자."

 구차한 말은 오히려 역효과를 낳는다.

무사에게 명예와 자존심은 절대적 가치이다. 진정한 무사는 살기 위해 싸우지 않고 자신의 의지를 알리기 위해 싸운다. 또한 이기기 위해 싸우는 것이 아니라 만족을 위해 싸운다.

씨익!

히죽!

다가오는 천룡구십구불을 보며 무혈단 무사들이 웃었다. 그것은 비아냥도 아니었고 상대를 기죽이기 위한 전략도 아니었다. 패배가 눈앞에 보였기 때문에 웃었다.

패배하지 않기 위해 자신은 모든 투쟁력을 끌어내야 하고, 그렇게 싸우는 싸움은 짜릿하며 어떤 쾌감보다 앞선다는 것이 지난날의 경험이었다.

"크흐흐!"

"으하하!"

웃음소리는 갈수록 커졌고 용천명의 신형이 날아갔다.

그는 싸울 때 항상 앞장선다. 수뇌는 뭐든지 앞장서야 한다는 것이 용천명의 생각이었다. 수뇌가 위험에 맞서고 어려움에 앞서 뛰어들어 들 때 그 집단은 강하고 수하는 용맹스러워진다.

쉬이이!

파파파!

용천명이 움직이자 수하들 또한 검을 뽑아 들고 달려들었다.

콰아아!

용천명의 검이 덕배 선사를 후려쳤다.

덕배 선사 또한 기다렸다는 듯 오른손을 뻗었다.
쾅!
두 사람이 휘청 하며 한 걸음씩 물러났다.
"밀종대수인."

『대법왕』 제7권에 계속…

곽우 武士廓優

참마도 新무협 판타지 소설

『무정지로』, 『화산진도』의 작가 참마도,
그가 돌아왔다!
새롭게 시작되는 그의 네 번째 강호 이야기!!

"힘이 있는 자가 없는 자를 돕는 것입니다.
또한 힘이 없다면 돕기 위해 노력이라도 하는 것입니다.
그것이 진정한 협 아니겠습니까?"
"호오……."

송완은 다시 봤다는 듯 곽우를 바라보았고 담고위는
무슨 케케묵은 보물단지 보는 듯한 얼굴을 만들었다.
송완은 살짝 킥킥거리며 웃다가 이내 곽우에게 말했다.

"틀렸다. 협이란 무공이 높은 자의 중얼거림일 뿐이야.
무공이 낮은 자는 그저 그 협을 바라만 보고 있어야 하는 것이지.
그래서 세상은 협사가 널렸고
그 협사의 주변엔 구더기들이 들끓고 있는 거야."

강호라는 세상 속에서 지금 한 사람이 그 눈을 뜨려 한다.
한 자루의 부러진 검과 함께 곽우라는 이름을 가지고……

유행이 아닌 자유추구 -
WWW.chungeoram.com
Book Publishing CHUNGEORAM

이경영 소설

SCHADEL KREUZ
섀델 크로이츠

[2부] *Philosopher* 필라소퍼

정도를 추구하고 세상을 바로잡는
하얀 왕의 힘이 필요한 역전체 군단.
신의 존재에 가까운 '절대자'와
또 다른 천요의 등장.
그들의 목적은 헨지를 통한
공간왜곡의 문!

주어진 운명에 대항하는 자들과 이를 막으려는 자들.
그리고 밝혀지는 전설의 진실 앞에 또 다른
전설의 존재가 탄생하는데…….

섀델 크로이츠, 그들의 임무가 시작되었다.

― 유행이 아닌 자유추구 ―
WWW.chungeoram.com
BOOK PUBLISHING CHUNGEORAM

CHARM MASTER
참마스터

눈매 퓨전 판타지 소설

부적(Charm)이란

만드는 자의 정성, 만드는 자의 능력, 받는 자의 믿음,
이 세 가지가 충족되어야 최고의 힘을 발휘한다.

이계에서 넘어온 영환도사의 후손 진월랑!
아르젠 제국의 일등 개국 공신 가문이었던 이계인 가문, 진가가 하루아침에 몰락했다.
그것도 가장 믿었던 사람으로 인해.

홀로 살아남은 어린 월랑은 하루하루 생존 게임이 벌어지는
살인자들의 섬으로 보내지는데…….

**독과 부적의 힘을 손에 넣은 진월랑!
그가 피바람을 몰고 육지로 돌아온다.**

유행이 아닌 자유추구 -
WWW.chungeoram.com
Book Publishing CHUNGEORAM